언어의 감옥

언어의 감옥
구조주의와 러시아 형식주의 비판

초판 1쇄 인쇄 2024년 8월 20일

초판 1쇄 발행 2024년 8월 28일

_

지은이 프레드릭 제임슨

옮긴이 김영희 · 윤지관

펴낸이 이방원

책임편집 조성규   **책임디자인** 양혜진

마케팅 최성수 · 김 준   **경영지원** 이병은

_

펴낸곳 세창출판사

신고번호 제1990-000013호 **주소** 03736 서울특별시 서대문구 경기대로 58 경기빌딩 602호

전화 02-723-8660 **팩스** 02-720-4579 **이메일** edit@sechangpub.co.kr **홈페이지** http://www.sechangpub.co.kr

블로그 blog.naver.com/scpc1992 **페이스북** fb.me/Sechangofficial **인스타그램** @sechang_official

_

ISBN 979-11-6684-345-7 93800

© 김영희 · 윤지관, 2024

이 책에 실린 글의 무단 전재와 복제를 금합니다.

The
Prison-House
of Language

언어의 감옥

구조주의와 러시아 형식주의 비판

프레드릭 제임슨 **지음** | 김영희 · 윤지관 **옮김**

세창출판사

일러두기

1. 이 책은 Fredric Jameson, *The Prison-House of Language: A Critical Account of Structuralism and Russian Formalism* (Princeton: Princeton University Press, 1972)를 번역한 것이다.
2. 단행본, 정기간행물 등의 제목에는 겹낫표(「 」)를, 논문, 단편 등의 제목에는 홑낫표(「 」)를, 영화 제목에는 홑화살괄호(〈 〉)를 사용했다.
3. 인명을 포함한 외국어 표기는 국립국어원의 외래어 표기법과 그 용례에 따랐으나 몇몇 경우는 관용적 표기에 따랐다.
4. 원문에서 이탤릭체로 강조된 것은 고딕체와 별색으로 표기하되, 기타 사유로 이탤릭체로 표기된 것은 별다른 표시를 하지 않았다. 전체 대문자로 표기된 것은 겹화살괄호(《 》)로 표기했다.
5. 원주와 옮긴이주는 일관된 번호체계를 따른다. 이 중 옮긴이 주석은 별색으로 처리하고 '—옮긴이'를 달았다.
6. 제임슨이 인용문에 추가한 내용은 대괄호([ ])에 넣고 '—제임슨'이라고 표기했다. 옮긴이가 본문에 추가한 것도 대괄호([ ])에 넣었으나 여기에는 '—옮긴이'라고 표기했다.

언어의 감옥 속에서 생각하는 것을 거부한다면
생각하기를 그만두어야 한다.
우리는 우리에게 보이는 한계가
정말 한계인지
의심하는 것 이상으로는 나아갈 수 없기 때문이다.*

니체

*   니체(Friedrich Nietzsche)가 남긴 '유고(Nachlass)'(1885~1887)의 한 구절이다. — 옮긴이

서문

사유의 역사는 사유 모델의 역사다. 고전역학, 유기체, 자연도태, 원자핵이나 전자장, 컴퓨터 — 이들은 원래 자연계를 체계적으로 이해하는 데 사용되다가 인간 현실을 조명하는 데 활용된 사물이나 체계이다.

모든 모델의 생애는 상당히 예측 가능한 리듬에 따른다. 초기에는 새로운 개념이 새로운 에너지를 대거 방출하고, 새로운 인식과 발견을 쏟아 내고, 완전히 새로운 문제들을 가시화하며, 이는 다시 풍성한 새로운 저작이나 연구를 낳는다. 이 초기 단계 동안, 모델 자체는 안정성을 유지하면서 대체로 세계에 대한 새로운 관점을 획득하고 정리하는 매개체로 기능한다.

모델의 역사에서 쇠퇴기에는 그만큼 더 많은 시간을 모델 자체를 재정비하는 데, 즉 모델 자체를 그것의 연구대상과 부합하도록 하는 데 투여해야 한다. 이제 연구는 실제적이기보다 이론적이 되고, 전제들(모델 자체의 구조)로 되돌아가는 경향을 띠면서, 모델의 부적합성으로 인해 점점 더 가중되는 거짓 문제와 딜레마에 시달리게 된다. 이를테면 에테르나 집단무의식 같은 것을 떠올려 봐도 좋겠다.

그러다 결국 그 모델은 새 모델로 교체된다. 이 책에서 다루는 사상가 중 일부는 이 중대 사건을 변이變異, mutation라고 부른다(사실 이 용어 자체가 한 모델을 전혀 다른 연구분야에 비유적으로 적용한 빼어난 사례이기도 하다).[1] 이런 대체는 그야말로 절대적인 단절을, 즉 절대적인 종말과 여태까지 보지 못했던 어떤 것의 시작을 나타낸다. 단 한 번의 혁명적 실험이나 단 한 권의 결정적 저작의 출간처럼 정확한 날짜를 늘 특정할 수는 없다고 해도 말이다. 또한 새 모델을 의식적으로 마련할 수 있는 것도 아닐 것이다. 기존 패러다임에 불만이라고 해서 머리를 굴려 뚝딱 새 패러다임을 만들어 낼 수는 없는 노릇이니까.

유기체 모델, 즉 낭만주의 철학과 19세기의 과학적 사유를 단번에 촉발시킨 원형原型이라고 할 수 있는 유기체 개념의 역사가 실로 그러했다. 유기체 관념의 이점은 이 관념 속에서 통시적 영역과 공시적 영역이 하나의 살아 있는 종합을 이룬다는, 더 정확하게 말해 이 두 영역이 아직 미분화된 상태라는 점이었다. 통시적인 것(유기체의 점진적 변화의 관찰)이야말로 관찰자의 주의를 공시적 구조(변화하고 발전해 온, 그리고 이제 유기체 자체의 삶에서 상호 동시적으로 공존하는 모습으로 이해할 수 있게 된 저 기관organ들)로 이끌어 가기 때문이다. 그리하여 바로 이 두 차원의 교차 지점에서 기능function과 같은 개념들이 발견되며, 이 개념들과 더불어 역사는 하나의 독자적인 이해 양식으로서의 자격을 얻는다.

그러나 유기체 모델은 궁극적으로 실체론적 사고에 지나치게 의존한

---

1   여기서 'mutation(돌연변이, 변이)'은 종의 다양성과 진화에 영향을 미치는 유전자나 염색체상의 변형을 가리키는 생물학적 개념. — 옮긴이

다. 그 연구대상이 자율적 실체로 미리 주어진 것이 아닐 때, 이 모델은 사회나 문화 영역의 유기체론에서처럼 방법론적 목적을 위해 허구적 대상을 꾸며 내게 된다. 이런 실체론적 사고에 맞선 반작용, '장場, field'이나 관계성의 다양한 상像 가운데 가장 철저한 것은 현재 등장하고 있는 언어 자체를 기본 모델로 제시하는 경우이다.

모델로서의 언어! 모든 것을 다시금 언어학의 관점에서 재고찰한다는 것! 그렇게 하려고 생각한 사람이 여태 없었다는 것이 오히려 놀라울 뿐이라고 여겨질 수도 있겠다. 의식의, 그리고 사회생활의 온갖 요소 가운데 언어야말로 비할 바 없는 모종의 존재론적 우선성을 ─구체적으로 어떤 유형의 우선성인지는 더 규명해 봐야겠지만─ 갖는 것 같으니 말이다. 이에 대한 반론도 있을 것이다. 즉 구조주의 기획을 이런 식으로 기술한다면 구조주의가 철학사의 지난 문제틀problemetics을 재연하며 이제는 더 이상 관심을 기울일 필요가 없어진 마르크스Marx 이전의, 아니 사실상 헤겔Hegel 이전의 개념적 딜레마와 가짜 문제들로 되돌아간다고 인정하는 꼴이라고 말이다. 그러나 이 책에서 나중에 살펴보겠지만, 이는 구조주의의 구체적인 일상적 작업보다는 그 궁극적인 모순들에 더 들어맞는 말이다. 즉 구조주의의 내용 ─《언어Language》의 조직구조와 지위─ 은 기존의 문제들을 예상치 못한 새로운 방식으로 다시금 제기하는 일군의 새로운 자료를 제공한다. 따라서 이데올로기적인 이유로 구조주의를 '거부'하는 것은 작금의 언어학적 발견들을 우리의 철학 체계에 통합하는 과제를 거부하는 것이나 마찬가지다. 내 생각으로는 구조주의에 대한 진정한 비판은 오히려 그것을 완전히 통과해 나가는 작업을 우리에게 요구한다. 그럴 때 비로소 그 반대편의 뭔가 완전히 다르고 이론적으로 한결 만족스러운 철학적 시각에 도달하는 것도 가능하지 않을까 싶다.

그렇다고 해서 구조주의의 출발점 —언어 모델의 우선성— 자체가 우리가 곧 살펴볼 개념적 딜레마와 완전히 무관하다는 말은 아니다. 이 같은 출발점이 독창적이라고 해서 덜 자의적인 것은 아니고, 거기서 나온 사고체계들도 그것들을 가능케 한 전제에 대한 모종의 궁극적이며 곤혹스럽고 고통스런 재검토를 면할 수 없을 것이다.

여기서 소크라테스 이전 사상의 이율배반을 환기하고 싶어지기도 한다. 세계라는 피륙의 단일 구성요소를 —이를테면 물이나 불이라는 식의— 밝히려 했지만 결국 물이나 불의 구성 자체는 다른 유형의 것일 수밖에 없음을 발견하게 되었으니 말이다. 사실 오늘날 우리가 모든 것은 결국 역사적이라거나 경제적, 성적性的, sexual, 혹은 언어적이라고 말하는 경우에도 현상들이 뼈 한 점 피 한 방울까지 다 이 원료로 구성되어 있다는 뜻이라기보다는 이들 각각의 방법으로 분석해 볼 수 있다는 뜻이다.

그러나 여기에서 유사한 역설들이 생겨난다. 얼핏 생각하면, 언어학적 방법을 역시 본질적으로 언어 구조인 문학에 적용하는 것만큼 어울려 보이는 일도 없다. 그렇지만 작품의 언어 조직이라면 슈피처Leo Spitzer와 아우어바흐Erich Auerbach 혹은 더 최근에는 J.-P. 리샤르Jean-Pierre Richard의 기존 수사학[2]에서 훨씬 더 상세하게 다룬 바 있다. 우리는 결국 문학작품을 하나의 언어체계로 보는 시도 자체가 실제로는 은

---

2 슈피처(1887-1960)의 『문체 연구(*Stilstudien*)』(1928), 아우어바흐(1892-1957)의 『미메시스(*Mimesis*)』(1946), 리샤르(1922-2019)의 『문학과 감각(*Littérature et Sensation*)』(1958) 등 문체론적 비평의 대표 작들을 떠올릴 수 있겠다. — 옮긴이

유metaphor의 적용이라는 결론을 마주하게 된다.

이 같은 변증법적 역전은 이 체계의 경계 지점에서도 발견될 수 있다. 이를테면 그레마스Algirdas Greimas의 말[3]이 떠오르는데, 그는 구조주의 의미론의 연구대상을 의미효과meaning-effect라고 부른다. 모든 의미를 우리의 대상으로 설정한 이상 이제 의미를 의미작용signification 자체의 견지에서 운위할 수 없어지고, 각 의미의 내용과 상관없이 모든 의미가 공유하는 형식적 공통점이 무엇인지 판단하기 위해서는 우리는 어떻게든 의미영역 바깥에 위치할 수밖에 없다는 듯이 말이다. 내용으로서 표현expression은 결국 그 형식으로서 인상impression을 요구한다. 우리는 결국 사고思考의 구조를, 그런 사고를 하는 것이 어떻게 '느껴지는지'에 의거해 설명할 수밖에 없다.

그러나 언어적인 모델이나 은유를 사용하는 데 대한 더 깊이 있는 정당화는 다른 곳에서, 즉 과학적 타당성이나 기술적 진보에 대한 주장과 반론의 바깥에서 찾아봐야 할 것 같다. 오늘날의 이른바 선진국의 사회생활의 구체적 성격이 바로 그런 것이다. 이 나라들은 자연 자체를 소거해 낸 세계, 메시지와 정보로 가득 차 있는 세계의 스펙터클spectacle을 제공하며, 이 세계의 복잡한 상품망은 바로 기호체계의 원형 자체라고 할 수 있다. 그런 점에서 방법으로서의 언어학과 오늘날 우리의 문화인바 체계화되고 탈체화脫體化된 악몽은 서로 깊이 조응하고 있다.

이 책에서 이루어지는 검토는 새로운 언어학 분야들에 대한 사회학적

---

3   '의미효과'는 의미가 구조 내부의 상호작용의 효과로 발생한다는 A. J. 그레마스의 생각을 담은
     표현. ― 옮긴이

분석을 목표로 하지 않는다. 심지어 문제의 운동들의 발전 과정에 대한 역사적이고 일화적인 설명을 제공하겠다는 생각도 없다. 이런 설명은, 이를테면 러시아 형식주의자에 대해서라면, 영미권 독자들도 빅토르 에를리히Victor Erlich의 결정판 『러시아 형식주의Russian Formalism』[4]를 통해 접할 수 있다. 이 책은 제1차 세계대전 중 상트페테르부르크와 모스크바에서 언어학도들과 문학연구자들이 만난 그 기원에서부터 숙명의 해인 1929년[5] 논쟁적인 비평 일파로서의 존재를 마감하기까지 러시아 형식주의의 운명을 추적하고 있다.

구조주의에 대해서는 이와 비견할 만한 작업이 없다. 구조주의의 '지각변동'이 일어난 시점은 편의상 레비스트로스Claude Lévi-Strauss의 『슬픈 열대Tristes tropiques』가 출간된 1955년으로 잡을 수 있고, (1960년 『텔켈Tel Quel』의 창간과 1962년 레비스트로스의 『야생의 사고La Pensée sauvage』의 출판과 같은 중요한 이정표에 이어) 1966년에서 1967년 기간 동안 이미 전설이 된 라캉Jacques Lacan의 『에크리Écrits』와 데리다Jacques Derrida의 세 주저[6]가 짝지어 등장하면서 일종의 정점에 도달했다고 할 수 있다. '구조주의Structuralism'라는 명칭에 관한 한, 나는 그것을 언어체계의 은유 내지 모델에 기초한 작업이라는 가장 엄격하고 가장 한정된 의미로 이해한다. 따라서 이를 자신들의 체계에 가져다 붙인 장 피아제Jean Piaget나 뤼시

---

4   Victor Erlich, *Russian Formalism* (The Hague, 1955). — 옮긴이

5   1929년 러시아 형식주의의 주요 기점이 된 연구소들의 해산 명령, 교육기관에서의 교육 금지 등 소련 정부의 이데올로기적 탄압이 본격화되었다. — 옮긴이

6   1967년 출간된 『목소리와 현상(*La Voix et le Phénomène*)』, 『그라마톨로지(*De la grammatologie*)』, 『글쓰기와 차이(*L'écriture et la différence*)』를 가리킴. — 옮긴이

앵 골드만Lucien Goldmann에는 해당되지 않고, 일부 미국 사회학파들의 용법과도 아무런 관계가 없겠다. 그렇지만 이 책에서는 유리 M. 로트만 Yury M. Lotman과 타르투대학University of Tartu의 그 동료들이 발전시킨 소비에트 구조주의의 매우 풍부한 자료에 대한 논의는 의도적으로 배제했음을 밝혀 두어야겠다.

나 자신의 계획 ―이 운동들에 대한 개관을 제공하되 이 개관이 동시에 그 기본 방법론에 대한 비판적 검토가 되도록 하는 것― 은 지지파와 반대파 모두에게서 공격을 받을 것이 틀림없다(구조주의의 지지파와 반대파 말이다. 러시아 형식주의에 아직도 반대파가 있고 아직도 지지파가 있는가?). 그러나 나의 비판은 세세한 판정을 목표 삼는 것도, 다루는 작업에 대해 긍정적이든 부정적이든 의견 표명을 목표 삼는 것도 아니다. 다만 러시아 형식주의와 구조주의를 각기 하나의 지적 총체로 간주하며 콜링우드R. G. Collingwood라면 '절대적 대전제absolute presupposition'라고 불렀을 법한 것들[7]을 드러내고자 한다. 그럴 때 이 대전제들은 스스로 목소리를 낼 것이며, 이런 전제나 모델이 원래 그렇듯 너무 근본적이어서, 수락이나 거부의 대상이 될 수 없다.

또한 본질적으로 공시적 사유가 빚어낸 시야와 왜곡에 관련된 나의 발견들이 전혀 놀라운 것은 아닐 것이다. 비록 공시적 체계의 귀결들을 이렇게 세세히 들춰낸 선례는 없다고 믿지만 말이다.

아예 처음부터 나의 비판의 한계선을 그어 일부 구조주의자가 주장

---

7   콜링우드(1889-1954)는 영국의 철학자·역사학자로 그는 특정 주제나 연구분야에 대한 이해의 바탕이 되는, 깊이 뿌리박힌 근본적 믿음이나 때로는 무의식적인 가정인 '절대적 대전제'를 강조했다. ― 옮긴이

해 온 실제 역사와 통시적 사유의 구분 —독자들도 앞으로 보게 될 테지만— 을 차용하고 싶기도 하다. 나의 길잡이이자 항구적 관심사는 소쉬르Saussure 언어학의 공시적 방법과 실제 시간 및 역사 사이의 가능한 관계를 밝히는 일이다. 이러한 관계의 역설적 면모가 가장 잘 드러난 곳은 형식주의와 구조주의가 다른 어디보다 가시적이고 지속적인 성과를 만들어 낸 문학비평 영역이다. 바로 시클롭스키Victor Shklovsky와 프로프 Vladimir Propp에서 레비스트로스와 그레마스에 이르는 서사구조 분석이 그것이다. 물론 역설적인 것은 여기서 공시적 방법이 다름 아닌 시간 속의 변화와 사건을 포착하는 정신의 형식들을 바라보는 대단히 풍성하고 암시적인 관점을 낳게 된다는 점이다.

여기서 다시 한 걸음 더 나아갈 수 있다면 과연 어떨까? 성숙기에 형식주의자들은 역사소설과 영화 등 다른 곳에서 운을 시험해 보지 않을 때는[8] 전통적 유형이라고 부르기는 망설여지는 문학사가로 진화해 나갔다(그리고 이는 스탈린주의의 압박 때문만은 아니었다). 문학사를 변이로 바라보는 형식주의자들의 발상은, 나중에 살펴보겠지만, 철학적으로 불만족스러우면서도 상상력을 자극한다.

구조주의로 말하자면, 레비스트로스 같은 사상가가 —자연상태와 사회계약에 관한 루소Jean-Jacques Rousseau의 분명 구시대적인 성찰이 다시금 시대의 질서가 된 것도 이 사람 덕분이고, 숨 막히는 인공적인 문명의 한가운데서 문화의 기원에 대한 명상이 되살아난 것도 이 사람 덕

---

8 가령 시클롭스키는 반(半)자전적 역사소설, 『감성여행(A Sentimental Journey)』을 썼고, 유리 티냐노프(Yuri Tynianov, 1894-1943)는 역사소설을 쓰는 한편 시나리오 작가이자 영화비평가로 소련 영화계에도 기여했다. ─옮긴이

분인데— 역사에 대한 우리의 생각에 영향을 미치지 않았다고 그 누가 주장할 수 있겠는가? 그리고 구조주의에 도대체 궁극적이고 특권적인 연구분야가 있다면, 그것은 아마도 새롭고 엄밀한 방식으로 구상된 사상사에서 찾아볼 수 있으리라는 것이 이 책의 주장이 될 것이다.

요컨대, 공시적 체계로는 도저히 적절한 개념적 방식으로 시간현상들을 다룰 수 없다고 말한다고 해서 그 공시적 체계를 통과해 나올 때 통시성 자체의 신비에 대한 더 고도의 감각을 갖게 된다는 점을 부인하는 것은 아니다. 우리는 시간성을 당연하게 여겨 왔다. 모든 것이 역사적이라고 하다 보니 역사라는 관념 자체에서 내용이 사라져 버린 것 같다. 아마도 시간의 씨앗들에 대한 우리의 매혹을 되살려 내는 것이야말로 언어 모델이 지닌 궁극적인 예비적 가치일 것이다.

1972년 3월
라 호야La Jolla에서

차례

1부

언어 모델

의미냐 언어냐? 논리학이냐 언어학이냐? 이것이 영국철학과 대륙철학, 언어분석학파 내지 일상언어학파와 거의 우리가 지켜보는 가운데 형성되어 온 구조주의 사이에 놓인 엄청난 간극을 설명해 주는 숙명적인 선택지들이다. 기원은 결과만큼이나 많은 것을 말해 주는 법이니, 우선 페르디낭 드 소쉬르Ferdinand de Saussure가 사망한 지 3년 후인 1916년 그의 강의 노트를 수집하여 펴낸 『일반언어학 강의Cours de linguistique générale』와, 1922년 첫 선을 보인 C. K. 오그던C. K. Ogden과 I. A. 리처즈I, A. Richars 공저의 『의미의 의미The Meaning of Meaning』 같은 영미 전통의 전형적 산물을 병치해 보는 데서 출발하는 것도 좋겠다.

　각기 자기 문화권에서 막대한 영향력을 행사한 이 두 저서가 그 문화권에 관해 말해 주는 바는 계시적이자 징후적이다. 이 두 저서에서 상호배타적인 두 가지의 사고양식을 본다든가 이 저서들을 분석적 이해와 변증법적 이해 사이의 대비로 내세우는 것은 그럴싸해 보이지만 아주 정확하지는 않다. 그보다는 연구대상에 애당초 내재한 양면성을 통해,

다시 말해 두 얼굴을 지닌 언어의 독특한 구조 자체를 통해 이들의 입장 차이를 설명하는 편이 더 적절할 것이다. 언어의 두 얼굴에 대해 소쉬르는 다음과 같은 유명한 이미지로 설명한다. 그것은 "한 장의 종이에 비할 수 있다. 생각이 앞면이고 소리가 뒷면이다. 한 면을 자르면서 다른 한 면은 안 자를 수는 없다. 마찬가지로 언어에서는 생각에서 소리를 분리해 낼 수도, 소리에서 생각을 분리해 낼 수도 없다."[1]

그러나 이 두 측면은 단순히 서로 다른 철학을 넘어 전혀 다른 학문 분야의 출발점이 된다. 이 책에서 우리가 언어학이 한때 과학을 자임하며 하나의 모델로서 그리고 유익한 은유로서 독립해 나왔던 문학 및 철학 영역으로 되돌아가는 현상을 다루게 된다면, 그것은 과학이 지닌 온갖 위세를 동반한 회귀가 될 것이다. 한편 그 철학적 대안 또한 기호논리학을 통해 헤겔 사후 체계적인 철학작업의 폐허 위에 그 방법론적 자율성을 확보해 나간다.

영미의 접근법이 영국 경험주의의 오랜 전통에 그 철학적·이데올로기적 뿌리를 두고 있는 것은 물론이고 어떤 의미에서는 그 전통의 연장이라고 할 수 있다. 이와 마찬가지로 소쉬르의 독창성은 그의 등장 당시 언어학의 상태를 먼저 짚어 보지 않고서는 제대로 평가하기 어렵다. 그래야만 그가 도대체 무엇을 바꿔 놓은 것인지 파악할 수 있는 입지에 서게 된다.

다른 분야도 그렇지만 언어학에서도 낭만주의운동은 중간계급의 부상과 더불어 모든 부각된 문제와 그 해법을 새롭고 역사적인 맥락에서

---

1   Ferdinand de Saussure, *Cours de linguistique générale* (Paris, 1965, third edition), p. 157.

철저하게 재평가하는 신호탄이 되었다. 언어학에서 영원불변하고 규범적인 법칙을 선호하는 고전적 사고는 결국 언어를 논리학(이를 성문화한 것이 이른바 문법인데)과 거의 동일시하는 결과를 낳았다. 낭만주의 시대는 문법을 문헌학으로 대체했으며, 이 시대의 특징은 거창한 역사적 발견(특히 독일 학자들의 발견들, 즉 그림의 법칙, 보프Franz Bopp의 인도유럽어 재구축, 로망스어와 게르만어 문헌학의 훌륭한 학파들의 정교한 연구성과)이 갑자기 쏟아져 나오고 신문법학파, 특히 헤르만 파울Hermann Paul에 의해 언어법칙들로 성문화되기에 이르렀다는 데 있다.[2] 파울의 생각들이, 소쉬르가 첫 연구에 착수한 시기의 언어학에서 지배적인 지적 조류로 자리 잡고 있었다고 보아야 할 것이다.

1장

도그마의 정교화는 광맥의 고갈과 동시에 일어난다고 추정해도 좋을 법하다. 어쨌든 소쉬르의 혁신은 무엇보다도 신문법학파의 신조에 대한 반작용으로 볼 수 있겠다. 변화와 진화에 대한 관심, 조상언어proto-languages를 복원하고 어족 및 그 내부의 친족관계를 확정짓는 작업에 대

---

2   그림의 법칙(Grimm's Law)은 언어학자이자 동화수집가인 야코프 그림(Jacob Grimm, 1785~1863)이 체계화한 인도유럽어의 음운 변화 규칙이다. 프란츠 보프(1791~1867)는 인도유럽어 비교연구를 선도하였고 헤르만 파울(1846~1921)은 신문법학파를 주도하였는데, 그림을 포함해 모두 독일의 언어학자다. — 옮긴이

한 관심은 결국 "언어학에서 역사적이지 않은 것은 과학적이지 않다"[3]
는 파울의 확신으로 이어졌다. 이에 맞서 소쉬르는 공시적인 것을 통시
적인 것으로부터, 구조적 연구를 역사적 연구로부터 분리해 냈는데, 이
구분도 마찬가지로 절대적이며, 마찬가지로 단정적인 가치판단인 방법
론적 전제를 깔고 있다. 즉 "어떤 것이 유의미하다면 그것은 그만큼 공
시적일 것이다."[4]

그러나 소쉬르의 출발점은 단순한 반작용에 그치지 않는다. 즉 그것
은 동시에 지적 에너지의 해방이다. 통시성과 공시성(소쉬르 이전에도 지질
학에서 달리 수용되어 쓰이던 용어지만, 이 형태로 창안해 낸 것으로 그인 듯하다)의 이
러한 구별을 통해 소쉬르는 두 상호배타적인 이해 형태의 존재를 입증
해 낼 수 있었던 것이다. 이에 비춰 보면, 역사언어학historical linguistics
은 개별적 변화들, 고립된 사실들만을 대상으로 삼았다는 것을 알 수 있
다. 그 법칙들조차 어떤 면에서 국부적이고 우발적이다. 즉 과학적으로
보일 수도 있지만 무의미하다고 할 수 있다. 소쉬르의 독창성은, 하나의
총체적 체계로서의 언어는 직전에 달라진 것이 있다 해도 매 순간 완전
하다는 사실을 역설한 데 있다. 다시 말해 소쉬르가 제시한 시간 모델은
시간적으로 이어지는 일련의 완전한 체계들의 모델이며, 그에게 언어란
그 매 순간에 의미의 모든 가능성 일체를 내포하는 하나의 영원한 현재
이다.

소쉬르의 통찰은 어떤 의미에서는 실존적 통찰이다. 통시성이라는 사

---

3   Milka Ivić, *Trends in Linguistics* (The Hague, 1965), p. 61에서 재인용.

4   É. Buyssens, "La Linguistique synchronique de Saussure", *Cahiers Ferdinand de Saussure*, Vol. ⅩⅧ(1961), pp. 17–33에서 재인용.

실, 즉 소리에 그 나름의 역사가 있고 의미는 변화한다는 점은 누구도 부정하지 않는다. 다만 발화자에게는 언어의 역사 중 어느 순간에서든 단하나의 의미, 즉 바로 그때 통용되는 의미만이 존재한다. 낱말은 기억이 없기 때문이다. 장 폴랑Jean Paulhan이 그의 짧고 기발한 책에서 보여 주었듯, 어원학이 동원된다 한들 이 언어관은 논박되기는커녕 오히려 확인될 따름이다. 일상생활에서 그렇듯이 어원학이란 과학적 사실이라기보다는 수사적 형식으로 사용되기 때문이다. 다시 말해 논리적 귀결의 도출을 뒷받침하기 위한 역사적 인과성의 부당한 사용이라 할 수 있는 것이다. ("'어원학etymology'이라는 단어 자체가 그렇다. 'etymology어원/어원학'는 'etumos logos참뜻/참말'이며 따라서 진정한 의미이다. 이렇게 어원학은 자신을 선전하며, 우리로 하여금 그 자체의 제1원리인 자기 자체로 돌아가도록 만든다."[5]).

우리는 이 모든 것을 또 다른 방식으로 표현할 수도 있다. 공시적인 것과 통시적인 것의 존재론적 토대가 서로 판이함을 보여 주는 것이다. 전자가 모국어 발화자의 즉각적인 실제 체험에 있다면 후자는 일종의 지적 구성물에 의존한다. 즉 바깥에 서서 실제 체험을 순전히 지적인 연속성으로 대체하는 사람의 입장에서 실제로 체험된 시간의 한 순간과 또 다른 순간을 비교한 결과물이라고 할 수 있다. 단적으로 이를테면 우리는 'etymology어원'와 etumos logos참뜻가 같다는 것이 도대체 무슨 뜻인지 물을 수 있다. 누구에게 같다는 말인가? 이 동일성, 다시 말해 숱한 세대에 걸친 개별적 체험들과 무수한 구체적 발음의 소멸을 가로지르는

---

5   Jean Paulhan, *La Preuve par l'étymologie* (Paris, 1953), p. 12. 폴랑(1884-1968)은 프랑스의 문학평론가이자 언어학자. — 옮긴이

이 동일성이란 대체 어떤 원칙에 입각한 것인가? 만약 이 질문이 너무 기발해 보인다면 그것은 우리가 아직도 온갖 종류의 실증주의적 전제에 붙잡혀 있기 때문이요, 아직도 관찰자의 입장을 당연시하며 별로 문제로 인식하지 못하기 때문이다.

소쉬르 작업의 제1원칙은 따라서 반反역사성의 원칙인데, 이것의 발견이 소쉬르의 생애에 어떤 역할을 했는지 안다면 그 의미를 더 잘 이해하게 될 것이다. 소쉬르는 마음에도 없는 혁명가 역할을 한 것 같다. 그는 혁신을 이루었지만, 그의 혁신은 자기 시대와 본능적으로 불화한 사람, 자신의 젊은 시절을 지배하던 사고양식에 처음부터 못마땅해 안달하던 사람의 것이 아니라, 사후 출판된 저서에서 공격한 바로 그 통시적인 신문법학파의 학설을 가르치고 전파하는 데 평생을 바친 사람의 것이다. 그가 생전에 발표한 주저는 『인도유럽어 모음의 원시체계 연구 *Mémoir sur le système primitif des voyelles dans les langues indoeuropeénnes*』로 당대인들은 소쉬르라고 하면 이 저서를 먼저 떠올렸다. 그가 22세 되던 1879년에 출간된 이 저서는 신문법학파 최고의 업적 가운데 하나이자 통시적 원칙에 의거한 귀납 작업으로, 이를 통해 그는 이전까지는 이미 성문화된 '법칙'들에 대한 '예외'로 간주되어 온 특정 음운 패턴들의 숨은 규칙성을 입증하고자 했다. 따라서 그가 공시성과 통시성의 분리라는 핵심 개념에 도달한 것은 ―혹은 더 적극적으로 표현하자면 체계system 개념을 발전시킨 것은― 자신이 겪은 역사 경험 자체 및 거기서 가능하다고 본 사고 및 설명 유형들에 대한 점증하는 불만 때문이었다고 추정해도 좋겠다. 이 불만은 일반법칙이 없어서가 아니라 오히려 너무 많아서 생긴 것으로, 정작 정신적 활동에는 공소할 정도로 도움이 안 된다는 것이다. 한마디로 말해, 각종의 음운 변화 표를 앞에 두고 소쉬르는 어떤 현상의 외적인 원인과 내재된 원인의 구별을 점차 정립해 나갔는데, 이 구별이 체계 개념 자체의 정의라 할 수 있다. 여기서 관건은 정신에 만족스러운 유의미한 설명으로서의 법칙이라는 개념 전체이다. 분명 통시적 변화의 패턴은 규칙적이며 예측 가능한 반복적 패턴으로 만들어 낼 수 있다. 실제로 소쉬르도 위에서 언급한 뛰어난 사례에서 그것을 해냈다. 그러나 이런 규칙성이라는 단지 경험적인 사실은 언어 자체의 외부에 자리한 원인들 ―지리적 장벽, 이주, 인구변화― 에서 비롯된 것이니만큼 언어체계 내에서는 아무런 의미가 없다. 따라서 그 법칙은 한 계열의 항들(언어 패턴)에서 다른 계열의 항들(지리적 법칙 내지 인구이동)로의 비약을 나타낸다고 할 수 있다.

역사 자체에서 뽑은 실례에서 이런 괴리를 더 분명히 보여 줄 수 있을지도 모르겠다. 예컨대 신교도인 네덜란드와 구교도인 벨기에의 종교적·문화적 분리에 대한 고전적 해석에 피터르 게일Pieter Geyl이 가한 수정을 생각해 보자.[6] 여기서 문제가 되는 것은 물론 국경선의 필연성이라는 사실이다. 그러나 역사적 사안에서 '필연'이라는 단어는 무슨 결정론적 전제가 아니라 바로 역사적 이해라는 관점에서 주어진 사건이 이해 가능한 것임을 나타내는 기호라 볼 수 있다. 이전 역사가들이 보기에는, 이 분할은 얼마간 '필연적'이었으니, 양쪽 주민의 근본적인 문화 차이를

---

6   Pieter Geyl, "The National State and the Writers of Netherlands History", *Debates with Historians* (London, 1955), pp. 179-197. 네덜란드 19주는 독립전쟁(1568-1648)을 통해 북쪽은 네덜란드 공화국으로 독립하고 여전히 스페인 지배하에 있던 남네덜란드는 1830년 혁명을 거쳐 벨기에로 독립함. 피터르 게일(1887-1966)은 네덜란드의 역사학자. ─ 옮긴이

반영한 것이기 때문이었다. 북쪽에서는 신교도들이 종교적 이유로 스페인인들에게 저항했지만, 남쪽에서 왕권에 대항한 구교도 반란세력은 덜 완강했고 따라서 더 쉽게 진압되었다. 나중에 피렌Henri Pirenne 및 그 학파가 또 다른 형태로 같은 주장을 펴는데,[7] 다만 이들의 재해석은 이전의 설명에서 역력히 드러났던 친신교적 경향보다는 친프랑스적 경향을 반영하고 있다. 플랑드르 지방에 중세부터 이어져 온 온전히 자율적인 문화가 존재한다는 피렌의 학설은 결국 동일한 일반론, 즉 최종적인 국경은 두 지역 사이에 이미 존재해 온 깊은 분열의 인준일 뿐이라는 결론에 도달한다.

게일은 이 다양한 학설들이 제가끔 당시 네덜란드와 벨기에가 처한 역사적 국면들에서 직접적인 정치적·논쟁적 목적에 복무했음을 어렵지 않게 밝혀내는데, 짐작한 대로 게일 자신의 해법도 환원론적이고 오류 적발식이다. 그는 모두가 알고 있었던 사실, 즉 신교가 남쪽보다 북쪽에 더 집중되어 있지도 않았다는 사실을 지적하고 또 현재의 종교적·국가적 변경지역이 지리적 변경지역과 일치한다는 점, 다시 말해 신교 군대가 단단히 지키고 있어 파르마Parma 공작[8]의 군대의 힘으로는 뚫을 수 없었던 북쪽의 큰 강들이 시작되는 유역과 일치한다는 점을 밝힘으로써 종래의 이론들을 기각한다. 자연적 장애가 만들어 낸 이 휴전선이 있었기에 양쪽 각각에서 문화적 강화講和가 활발하게 진척되었고, 따라서 오늘날 벨기에나 네덜란드에서 나타나는 상대적인 종교적 동질성은

---

7   앙리 피렌(1862-1935)은 여기서 '남쪽'에 해당하는 벨기에의 역사학자다. — 옮긴이

8   파르마 공작은 네덜란드 독립전쟁에서 스페인군 사령관이었던 파르네세(Alessandro Fanese, 1545-1592)를 가리킨다. — 옮긴이

사실 그리 놀랄 일이 아니다.

　내가 이 예를 든 것은, 여기서 제기된 역사 해석의 논지에 무슨 논평을 하기 위해서가 아니라, 각종의 역사적 설명이 정신에 미치는 다양한 효과를 강조하고자 하는 뜻에서다. 게일의 이론은 역사의 역사로서 통시적으로 만족스럽다고 할 수 있겠으니, 즉 그의 이론은 종래의 역사적 입장들을 제시하고 연이어 거부하는 과정을 통해 준비된, 역사적 수수께끼에 대한 해법이니만큼 정신에 매우 우아하고 기품 있게 다가온다. 그러나 공시적으로 보면 그 이론 자체에는 무엇인가 껄끄러운 것이 남아 있다. 즉 그 이론의 기본적인 방향은 역사의 이해 가능성의 궁극적 원천을 인간행동 자체의 바깥에, 비인간적인 환경의 우연적 사건들에 두며, 인과사슬의 궁극적 항을 역사 외부, 즉 지질학에, 지리적 영토 배치라는 순전한 물리적 사실에서 찾는다는 것이다. 이 궁극적 항에도 그 나름의 역사가 있는 것은 물론이지만(지구 발달의 이전 단계에서 큰 강들의 출현, 삼각주의 형성, 거기 침적된 토양의 화학적 구성 따위), 그 역사는 순전히 인간적인 사건들의 연쇄와는 전혀 공통되는 바가 없는, 더 방대하고 실로 비교조차 안 되는 거대한 규모의 전혀 다른 사건들의 연쇄다. 나는 심지어 연쇄의 유형 개념 자체, 제대로 분석하지도 않은 채 논의 속에 슬그머니 끼워 넣은 전제처럼 여겨질 법한 내적 원인과 외적 원인의 구별이 실은 게일의 이론 자체에 함축되어 있다고 말하고 싶은 마음도 든다. 그의 의표를 찌르는 마무리가 갖는 힘은 바로 인간적 인과율 형식을 비인간적 인과율 형식으로 옮겨 놓는 데서 나오기 때문이다.

　그렇다고 게일의 이론이 논박하고자 했던 관념론적 역사, 인간 행동과 지질학적 변동처럼 서로 차원이 다른 현실들을 하나의 공통된 개념틀 속에 함께 묶어 놓겠다고 예고하는 그런 역사로 되돌아가자고 주장하려는 것은 물론 아니다. 그러나 큰 강들의 존재라는 사실이 각 인근 주민들에게 우연한 일로 여겨졌을 리도 없고, 여기서 말하는 외적 영향의 형태로 새삼 우연성을 띤 채 되돌아오기 훨씬 전부터 이미 어떤 의미 형태로 각 주민의 문화 속에 들어와 있었던 것이 틀림없다는 점은 지적해 둘 만하다. 우연성contingency 혹은 '운hasard'이라는 개념에서부터 우리는 소쉬르의 혁명이 '순수시' 이론들이라든가, 시어 자체에서 외적이거나 우연적인 것의 마지막 흔적까지 없애 버리려는 미학 영역 내부의 투쟁과 시대를 같이한다는 사실을 상기하게 된다. 소쉬르의 언어학적 해법의 진가를 가장 극적으로 보여 줄 만한 또 다른 방편도 있다. 역사 기술에서조차 게일의 해법이나 그가 공격하는 초역사meta-history의 해법 말고도 또 다른 해법, 즉 구조적 역사의 유형을 생각해 볼 수 있다는 것이다. 이 유형에서 보자면 네덜란드와 플랑드르의 관계는 일정한 수의 대립(구교-신교, 플랑드르인-왈롱인)의 맥락에서 연구될 것이며 이 대립들은 다시 일련의 순열이나 한정관계로 조합 내지 조정될 수 있을 것이다.[9] 이 관점에서는 앞선 조합들이란 일련의 주사위 던지기에서 앞서 나온 숫자들만큼이나 관련성이 적은 셈이다.

아무튼, 소쉬르가 이론을 가다듬어 나갈 때도 이와 비슷하게 다양한 설명체계들이 근원적으로 양립 불가능하다는 느낌이 작용하고 있었을 법하다. 물론 이 설명은 여전히 소극적인 설명방식이고, 이렇게 보자면

---

9   플랑드르 지방은 스페인에 지배되던 당시 신·구교 사이의 대립이 있었고, 19세기 중엽 벨기에가 독립하게 된 이후에는 네덜란드어를 쓰는 플랑드르인과 프랑스어를 쓰는 왈롱인 사이의 대립이 있었다. ─ 옮긴이

소쉬르의 생각은 당대에 제기된 실증주의에 대한 여러 반대 가운데 하나일 뿐이다. 핵심적인 것은 바로 그의 체계 개념이며, 그것이야말로 19세기 말엽의 종교부흥과 베르그송Henri Bergson, 크로체Benedetto Croce 및 이들이 발전시킨 언어학운동들에서 엿보이는 관념론적·인본주의적·반과학적 저항과 소쉬르가 구별되는 점이다. 소쉬르의 위치는 후설 Edmund Husserl의 위치와 여러 면에서 유사한데, 후설처럼 그 역시 과학적·양적 사고양식 말고도 동등한 가치를 지닌 인본주의적·질적 사고양식이 존재함을 지적하는 데 만족하지 않고 이러한 사고구조를 방법론적 방식으로 성문화하려 했고 그럼으로써 온갖 종류의 새롭고 구체적인 탐구를 가능케 해 주었던 것이다.

기존 언어학에 대한 소쉬르의 불만은 근본적으로 방법론에 대한, 그리고 용어에 대한 불만이었다. 소쉬르가 생전에 비교적 널리 알려지지 않았다는 점을 생각해 보고, 얼마 안 되는 출간된 저작들을 검토해 보고, 그의 원고들이 그가 사망한 후 어떻게 되었는지 웬만큼 알고 나면, 그의 침묵에는 무엇인가 원형적인 면이 있다는 느낌을 피하기 어렵다. 그것은 말하기를 당당히 거부하는 저 전설적인 사례들과 같은 자세이다. 바로 랭보의 몸짓이 그 대표 격인, 모습과 형태는 달라도 현대 초기에 거듭 나타났던 그 자세 말이다. 비트겐슈타인Ludwig Wittgenstein의 과묵함, 발레리Paul Valéry가 오랫동안 시를 포기하고 수학에 몰두한 일, 카프카Franz Kafka의 유언장, 호프만스탈Hugo von Hofmannsthal의 「찬도스 경의 편지Letter from Lord Chandos」 등.[10] 이들은 모두 언어 자체에서 일어난

---

10   카프카는 막스 브로트(Max Brod)에게 남긴 두 개의 자필 메모에서 자신의 수고(手稿)와 편지, 스케

일종의 지각변동을 증언하고 이런 새로운 사고 패턴으로의 전환기에 전승되어 온 용어들과 심지어 전승되어 온 문법과 구문마저 점차 퇴화하고 있음을 증언한다. "말할 수 없는 것에 대해서는 침묵해야 한다."[11] 그러나 이 유명한 문장은 그것도 어쨌든 말해질 수 있었다는 점에서 그 속에 이미 역설을 담고 있다. 그래서 이 침묵들에 관해 우리가 아는 것이 있다면 그것은 의미가 비워진 공식적 예술형식을 통해서가 아니라 부차적이고 비영구적인 매체, 회상과 대화 한 토막, 그리고 편지와 쪽지를 통해서다. 사실 소쉬르 특유의 불안이 보존되어 우리에게 전해진 것은 앙투안 메이예Antoine Meillet에게 보낸 편지에서다.

그러나 나는 이 모든 게, 그리고 언어학적 사실과 관련된 상식적인 소리는 대체로 열 줄 써 내려가기도 어렵다는 게 신물이 나네. 사실들을 논리적으로 분류하고 그것들을 바라보는 시각들을 분류하는 작업을 오래 하다 보니, 언어학자에게 다음과 같은 것을 알려 주려면 얼마나 엄청난 노력이 필요할지 갈수록 절감되기 시작하네. 언어학자의 매 작업을 적절한 범주로 환원시켜 놓고 보면 언어학자가 하는 일이 진정 무엇인지 그리고 그와 동시에 언어학이 종국에 해낼 수 있는 일이라는 게 모두 얼마나 허망한 것인지 말일세.

결국, 여전히 관심이 가는 것은 한 언어의 고풍스러운 회화적 측면

치를 모두 모아서 없애 달라고 했고, 오스트리아의 시인이자 극작가인 호프만스탈(1874-1929)의 「찬도스 경의 편지」는 1902년 발표된 가상의 편지 형식의 산문작품으로 언어의 현실 묘사 능력에 대한 회의와 절필 의사를 토로한다. ― 옮긴이

11   비트겐슈타인의 중심 저서인 『논리철학 논고(Tractus Logico-Philosopicus)』에서 재인용. ― 옮긴이

뿐이네. 그것이 특정한 기원을 지닌 특정 민족의 것인 한 다른 언어와 달라지는 점, 언어의 민족학적 측면이라 할 만한 점 말일세. 그런데 문제는 바로, 더 이상 그런 류의 연구에, 특정 환경에서 나온 특정 사실을 알아보는 일에 거리낌 없이 매진할 수가 없다는 데 있네.

현재 사용되는 용어들의 완전한 부적합성, 개혁을 해야 한다는, 그리고 언어라는 것이 일반적으로 어떤 물건인지 보여 줘야 한다는 필요성 — 이런 점들이 내가 역사적 연구에서 얻을 수 있는 모든 즐거움을 거듭거듭 망쳐 버리니 말일세. 이런 일반언어학적 고찰에 관심을 두지 않아도 된다면야 더 바랄 나위가 없겠네만.

나로서는 썩 내키지 않는 일이지만 이 모두가 한 권의 책으로 엮어질 것이네. 거기서 어떻게 지금의 언어학에는 나한테 조금이라도 유의미한 용어가 단 하나도 없는지 열정도 열의도 없이 설명하게 되겠지. 그런 연후에야, 하다가 만 내 작업에 다시 착수할 수 있을 것 같네.[12]

소쉬르가 증언하는, 그리고 위에서 언급한바 다른 대대적인 언어손상의 순간들에서 극적으로 드러나는 이 전환은 실체론적 사고방식에서 관계론적 사고방식으로의 이동이라고 할 수 있다. 언어학만큼 이 전환이 첨예하게 드러난 곳도 없을 것이다. 소쉬르의 발견은 언어학에서 용어 문제의 원인이란 이 용어들이 실체 내지 대상(즉 '단어'와 '문장')을 명명하려 한 데서 비롯되었다는 점이다. 언어학은 이 같은 실체의 부재를 특징으

---

12   앙투안 메이예(1866-1936)에게 보낸 1894년 1월 4일 자 편지, *Cahiers Ferdinand de Saussure*, Vol. XXI (1964), p. 93. 메이예(1866-1936)는 프랑스의 비교언어학자로 소르본대학에서 소쉬르에게 배웠고 소쉬르의 뒤를 이어 비교언어학 강의를 진행하였다. — 옮긴이

로 하는 과학이었는데도 말이다.

다른 경우들을 보면 사물, 즉 대상이 미리 주어져 있어서 다양한 관점
에서 자유롭게 고찰하기만 하면 된다. 이에 비해 여기에서는 무엇보
다도 관점이 선행하는데, 관점은 옳을 수도 그를 수도 있지만 어쨌든
처음에는 오로지 관점들만이 존재하며, 그리고 당신은 그것들에 기대
어 차후에 대상을 창조한다. 당신의 관점이 옳은 것이라면 이 창조물
들은 실재에 부응하지만, 부응하지 않는 경우도 있다. 그러나 어느 경
우든, 어떤 것도, 어떤 대상도 그 자체로 존재하는 것으로 주어지는 일
은 그 어느 때도 없다. 가령 일련의 성음聲音의 경우처럼 그야말로 물질
적 사실, 어디로 보나 그 자체로 물질적 사실의 면모가 생생한 사실을
마주하고 있을 때조차 말이다.[13]

이처럼 소쉬르가 새로운 방향으로 나아가게 된 것은 연구대상으로서
언어의 특이성 때문이다. 물론 언어학의 딜레마 역시 과학 일반이 봉착
한 더 광범한 위기의 일부일 뿐이다. 이를테면 물리학에서는, 빛의 입자
설과 파동설이 번갈아 교체되며 물적 실체로서의 원자 개념이 의심받기
시작하고 실로 '장field'이라는 관념에는 소쉬르의 체계 개념과 유사한 점
이 없지 않다. 이 모든 영역에서 과학적 탐구는 지각perception의 한계에
도달하기 시작했으며, 그 대상들은 고유의 물리적 구조에 따라 서로 분
리되고 다양한 방식으로 해부·분류될 수 있는 사물이나 유기체가 아니

---

13   Émile Benveniste, *Problèmes de linguistique générale* (Paris, 1966), p. 39.

다. 소쉬르의 '체계' 개념은 이처럼 미답의 새로운 비물질적 현실에서는 내용이 곧 형식이라는 점, 우리는 우리의 모델이 허용하는 만큼만 볼 수 있다는 것, 방법론적 출발점은 연구대상을 단순히 드러내는 것을 넘어서 사실상 만들어 낸다는 점을 함축하고 있다.

개인적 혹은 심리적 견지에서 이 방법론적 인식은 실존주의에 반영되어 있다. 실존이 본질에 우선한다는 실존주의의 중심 주제는 사실상 같은 말, 즉 경험된 실재란 우리가 그에 대해 행하는 '선택'이나 그것을 해석하는 통로가 되는 본질들에 따라, 달리 말해 우리가 세계를 보고 살아내는 통로인 '모델'에 따라 달라진다는 말일 뿐이다. 더 넓게 보면, 이런 류의 발상이 인문학, 즉 그 연구대상이 언어만큼이나 유동적이고 한정짓기 힘든 역사학이나 사회학 같은 학문에 가장 심각한 함의를 갖는 것은 분명하다. 소쉬르는 물론 이 사실을 잘 알고 있었다. "한 학문에 즉각적이고 인지 가능한 구체적 단위들이 없다면, 그 학문에는 이런 단위들이 사실상 필수적이지 않다는 이야기가 된다. 이를테면 역사학에서 기본 단위는 무엇인가? 개인인가, 시대인가, 민족인가? 이를 확실히 아는 사람은 아무도 없지만 그렇다고 무엇이 달라지는가? 이 질문에 최종적 답을 내리지 않더라도 역사적 탐구는 수행될 수 있다."[14]

따라서 단위unit, 개체entity, 실체substance는 가치와 관계로 대체된다. "이 모두가 의미하는 것은 다만, 언어에는 오로지 차이들만이 존재한다는 것이다. 그런데 여기서 그치지 않는다. 통상적으로 차이는 어떤 실재하는 항목들을 전제하고 그 사이에 차이가 성립하는 것이다. 그러나 언어

---

14   *Cours de linguistique générale*, p. 149.

에는 실재항 없이 차이만이 존재한다."[15] 여기서 소쉬르는 가치를 경제학적 은유를 통해 그려 내고 있다. 여기서 특정 화폐단위는 금화든 은화든, 아시냐assignat 지폐[16]든 5센트짜리 목조 니켈화든 동일한 기능을 가진다. 달리 말해 사용된 실체의 실재적 성질은 그것이 체계 속에서 갖는 기능만큼 중요하지 않다.

어떻게 보면, 가치와 실체의 이런 구별은 정신과 육체의 대립, 정신과 물질의 대비와 어느 정도 유사한 면이 있다. 소쉬르 언어학에 이 구별이 갖는 한 가지 이점은 순수 음(예컨대 우리가 전혀 알지 못하는 언어의 발화자가 낸 발음)과 유의미한 음을 방법론적으로 구별해 준다는 데 있다. 유의미한 음이란 바로 소쉬르가 청각적 이미지라고 부른 것으로, 그 언어를 아주 잘 알지는 못하는 사람들의 귀에도 들리기 시작하는 모종의 패턴들인데, 이것들 덕분에 아직 의미를 모르는 특정 외국어 단어라도 알아보고 시각적으로 식별해 내거나 철자화하는 일이 가능해진다. 그런데 이런 구별은 이미 폴란드의 언어학자 크루솁스키Nikolay Kruszewski와 보두앵 드 쿠르트네Baudouin de Courtenay가 시사했던 것이니(이 중 후자는 이후 상트페테르부르크 형식주의자들의 스승이 된다),[17] 이들은 두 개의 판이한 종류의 과학, 음의 순수한 물질성을 탐구하는 과학(음성학phonetics)과 의미 패턴의 탐구에 기초한 과학('음운론phonologie' 혹은 음소학phonemics)의 필요성을 예견

---

15   *Ibid.*, p. 166.
16   프랑스 혁명 정부가 1789년 발행하여 1796년까지 사용된 지폐. ― 옮긴이
17   Ivić, *Trends in Linguistics*, pp. 97-100 참조. 크루솁스키(1851-1887)와 드 쿠르트네(1849-1929)는 각기 음소 개념 창안과 음소 연구에 기여하였으며, 상트페테르부르크는 러시아 형식주의의 발흥지이다. ― 옮긴이

하였다. 이러한 구별이 낳은 결과들은 나중에 살펴보기로 하고, 지금은 우리가 여기서 목도하는 것이 통시·공시의 대비가 새로운 차원에서 귀환하는 장면이라는 점만 말해 두자. 음성학이 주로 통시적인 변화를 다룰 것이라면 음소학은 공시적 체계를 탐구하는 과제를 떠맡게 될 것이기 때문이다.

따라서 철학적으로 우리는 한편으로는 변화와 물질 간의, 다른 한편으로는 의미와 비시간성 간의 다소 특이한 동일시에 맞닥뜨린 셈이다. 다만 주목할 것은, 철학적으로 가장 적절한 유추는 정신/육체 문제에 대한 구태의연하고 지나친 단순논리에 가까운 입론들보다는 역시 비교적 참신한 현상학적 입론에서 발견된다는 점이다. 후자에서 물질은 후설의 이른바 질료hylé가 되는데, 이 입론의 가장 잘 알려진 존재론적 표현은 사르트르Jean-Paul Sartre의 즉자en-soi와 대자pour-soi, 사실성과 초월성의 대비[18]에서 발견된다.

그러나 체계 개념의 기본 문제는 순수하게 물질적인 토대를 사상捨象한 후에도 여전히 남는다. 실체가 더 이상 통상적인 의미에서 존재하지 않는다면 도대체 관계란 것이 어떻게 작동할 수 있으며, 가치는 또 무엇으로 구성되고 어디에 있다는 말인가? 핵심은 소쉬르에서 궁극의 원자단위, 즉 체계의 기본요소들은 아무튼 자기규정적이라는 점이다. 다시 말해 이 궁극단위들이 결국 무엇이든 간에 그 자체가 의미의 기본 단위인만큼 그것들을 넘어서서 뭔가 더 추상적인 정의 —이것에 비추어 이

---

18   후설의 질료는 경험의 감각적 원재료로 의식 작용의 토대가 된다. 사르트르에서 즉자는 사물의 자족적이며 자기의식이 없는 존재태, 대자는 의도성과 행동성을 지닌 의식의 존재태를 말한다. — 옮긴이

단위들은 한 범주의 하위요소들로 기능하게 될 텐데— 를 내린다는 것
은 논리적으로 불가능하다. 소쉬르가 다음의 인상적인 구절에서 말하
려 하는 것도 바로 이것이다. "단위의 특징이란 바로 단위 자체와 하나
이다. 어느 기호체계나 그렇듯 언어에서도 하나의 기호를 구분 짓는 것
이 곧 그 기호를 구성하는 것이 된다. 차이는 가치와 단위 자체를 만들
어 내는 것과 똑같은 방식으로 특징(혹은 형질)을 만들어 낸다."[19] 오그던
과 리처즈는 다음과 같은 불평에서 이 점을 분명히 지적한다. "이 설명
의 단점은 … 그 해석 과정이 애당초 기호 속에 들어 있다는 점이다!"[20]

이 모든 것이 실질적으로 갖는 의미는, 예를 들어 'ng'가 어떤 언어에
서는 변별적 형질이 될 수 있지만 다른 언어에서는 설령 어쩌다 나타난
다 하더라도 전혀 기능적 가치를 갖지 않으며, 이런 면에서는 언어 과정
의 개개 구성요소에 대한 어떠한 일반화도 가능하지 않다는 것이다. 문
맥이 전부이며, 변별적 형질의 존재 여부를 가늠하는 최종 시험대는 결
국 원어민 발화자의 느낌이다.

물론 또 다른 면에서는, 이 현상들에 대한 추상적이고 일반론적인 논
의는 계속된다. 굳이 증거가 필요하다면 바로 '일반언어학'이라는 기획
자체가 그 증거다. 다만 추상화 양식이 달라졌을 따름이다. 종전의 실체
론적 사고에서 추상이란 기본적으로 실체를 가리키는 이름(즉 '명사')이었
다면, 새로운 추상들은 의미 과정 자체를 겨냥하고, 정신이 기호를 식별
하는 방식을 서술하며, 기존의 문법 범주들과는 분명 전혀 다른 개념적

---

19   *Cours de linguistique générale*, p. 168.

20   C. K. Ogden and I. A. Richards, *The Meaning of Meaning* (London, 1960), p. 5, n. 2.

차원을 반영하는 '동일성'과 '차이'라는 두 단어로 포괄된다. (주목할 점은 소쉬르의 경우 '음소'라는 단어에서 볼 수 있듯 상대적으로 실체적인 범주들이 여전히 잔존하며 바로 그 지점에서 온갖 논쟁과 가짜 문제들이 생겨난다는 점이다.)

이 모두 ―체계 개념, 동일성들과 차이들의 인지로서의 언어 개념― 가 이렇게 공시성과 통시성이라는 최초의 구별에 내장되어 있다. 그렇기 때문에 소쉬르의 많은 추종자들이 그래 왔듯 이 최초의 구별이 얼핏 보기와는 달리 사실 그렇게 뚜렷하지도 절대적이지도 않다고 주장하며 타협을 시도하는 것은 소쉬르의 사상에 별반 도움이 되지 않는다. 명백한 것은 이든 저든 하나를 택해야 한다는 점이다. 최초의 대비가 지닌한 치의 양보도 허용치 않는 명백성과 비타협성이야말로 향후의 발전을 이끌어 내는 데 가장 중요한 요소였고, 향후 개진된 부분들은 바로 이토대 위에서 이루어진 것이다. 달리 말해, 이미 공시성과 통시성을 구별한 이상 다시 합치려고 해 봤자 제대로 될 리가 없다. 이 대립이 결국은 가짜나 오도하는 것이라 해도, 이를 제어하는 유일한 길은 논의 전체를더 고도의 변증법적 차원으로 끌어올리며 새로운 출발점을 택하고 관련문제들을 새로운 견지에서 완전히 다시 제기하는 것뿐이다.

그렇다고 소쉬르 모델에서는 어떠한 통시적 발전도 불가능하다고 결론짓는 것은 잘못이며, 이런 점에서 로만 야콥슨Roman Jakobson이 『음운사 연구의 원리Principes de phonologie historique』[21]에서 이 딜레마에 대해 제시한 해법을 검토해 보는 것도 의미가 있다. 그는 이 논문에서 하나의 통시적 변화 ―즉 특정 음의 소실― 가 공시체계에 불균형을 빚

---

21   N. S. Trubetskoy, *Principes de phonologie* (Paris, 1964)에 재수록.

어내며 그런 경우 공시체계가 새로운 사태에 적응하는 방향으로 조정될 수밖에 없다는 점을 지적한다. 가령 전에는 가용 개체들 a, b, c, d가 다양한 조합으로 서로 결합되었다면, 이제는 남아 있는 a, b, d만으로 이 모든 조합의 재배치가 이루어질 수밖에 없다는 것이다. 이 같은 공시체계의 연쇄적 수정은 요스트 트리어Jost Trier의 어휘론 연구의 기반이 되었는데,[22] 그 가장 유명한 본보기는 13세기의 중세고지高地독일어Mittelhochdeutsche[23]에서 나타난바, (둘 다 'Wisheit지혜'라는 일반 범주 아래 속했던) 'Kunst기술, 예술'/'List꾀, 요령'의 대립이 'Wizzen앎, 지식, 인식' 관념에 밀려나는 현상으로, 이 관념이 'List'를 대체하기는 하지만 더 이상 'Wisheit'의 하위 관념이 아닌 만큼, 이제 이전의 이항대비binary antithesis 대신 세 항목이 공존하는 상태가 되며, 양자관계는 삼자관계로 바뀐다.[24]

---

22 요스트 트리어(1894~1970)는 어원학에 기반한 어휘 연구로 알려진 독일의 언어학자. — 옮긴이

23 중세고지독일어는 11~14세기에 주로 독일 중부 및 남부의 고지 지역에서 사용하던 독일어. — 옮긴이

24 Ivić, *Trends in Linguistics*, pp. 196~197 및 Maurice Leroy, *Les Grands courants de la linguistique moderne* (Paris, 1966), pp. 166~167 참조. 이 저서의 고전적인 서론이 영역본으로 나와 있지 않으니, 두어 군데 발췌하여 여기 첨부한다. 자신의 방법을 이야기하는, 첫 문단이다. "발화된 단어는 그 음성적 고립만 놓고 볼 때만큼 화자와 청자의 의식에서 고립되어 있지 않다. 우리가 발음하는 모든 단어에는 그 개념적 반의어가 동반된다. 아니 그 이상이다. 한 단어가 발음될 때 그 주변으로 모여드는 개념적 관계들 전체 가운데 반대말 내지 개념적 반의어는 그 하나일 뿐이고 가장 중요한 것도 아니다. 그것과 나란히, 그 위로, 발화된 단어와 개념상 다소간 밀접하게 연결된 일군의 단어들이 떠오른다. 이들이 이 단어의 개념 가족이다. 이들은 상호 간 및 방금 발화된 단어와 함께 하나의 절합된 전체, 즉 단어의 장(場) 혹은 언어기호의 장이라고 부를 만한 하나의 구조를 만들어 낸다. …" (p. 1)
그리고 다음은 통시성 문제에 관한 것이다. "이런 방법이 역사와 발전의 부정이 되지는 않는다. 현대사상에서 역사주의의 과도한 지배에 대한 단순한 반발로 《존재(Being)》를 《생성(Becoming)》보다 우선시한다면 잘못된 일일 것이다. 《생성》의 영원한 흐름에 더욱 더 정확하고 과학적으로 근접해 갈 것을 요구하는 것은 여전히 유효하며, 다만 장들의 탐구를 어떻게 《생성》의 탐구와 통합해 낼 수 있는가 하는 문제가 생겨날 뿐이다. 장의 구조가 발화의 부동 (혹은 부동으로 간주되는) 상

그러나 이러한 역사적 변화 모델들은 다채롭고 매력적일지는 몰라도 아직 개념적으로 완전히 만족스럽지는 않다. 야콥슨은 이렇게 말한다.

> 만약 특정 변이에 앞서 체계의 평형의 파열이 먼저 일어나고, 이 변이 의 결과 비평형상태가 억제된다면, 이런 경우 변이의 기능은 아주 쉽 게 찾아진다. 즉 변이가 맡은 과업은 평형을 재수립하는 일이다. 그러나 하나의 변이가 체계의 한 지점에서 평형을 재수립해도 다른 지점들에 서는 평형을 깨뜨리고 새로운 변이의 필요성을 촉발할 수 있다. 그리 하여 안정화하는 일련의 변이가 발생한다. ···[25]

그런데 문제는 '변이'라는 단어가 두 가지 다른 방식으로 쓰이고 있다는 점, 혹은 더 잘 표현하자면, 여기서 말하는 변이가 하나가 아니라 둘이 라는 점이다. 그 첫째는 애초의 통시적 변화 자체(즉 '체계의 평형의 파열')이 고, 둘째는 그 변화를 흡수하기 위해 체계가 변경되는 방식이다(야콥슨은 '변이'라는 용어를 이 변경에만 사용하려 드는 것 같다). 따라서 이 해법은 문제를

태의 순수 존재에서만 가시화된다면, 검토될 수 있는 것은 오로지 언어적·개념적 그룹들 및 의 미의 상호의존성뿐이라면, 그런 경우 역사란 오로지 정태적 순간들의 비교로서만, 언제나 총체 적 장을 대상으로 삼고 이 대상의 이전 및 이후 배열과 언제나 이를 비교하면서 한 횡단면에서 다 른 횡단면으로 불연속적으로 옮겨 가는 묘사로서만 성립된다. 우리가 궁극적으로 얼마만큼 생성 의 실제 흐름 자체에 근접할 수 있느냐는 병치된 횡단면들의 밀도에 달린 문제일 것이다. 실제 시 간이 그 자체로는 사실상 절대로 개념화되지 못한다는 점은 이 방법의 결점이지만 이는 다른 어 떤 방법도, 심지어 개별 단어에서 출발하는 순수 역사적인 방법도 마찬가지이므로 엄밀히 말해 서 비난거리가 될 수는 없다. ···" Jost Trier, *Der deutsche Wortschatz im Sinnbezirk des Verstandes* (Heidelberg, 1931), p. 13.

25   Troubetskoy, *Principes de phonologie*, p. 334에서 재인용. 그러나 변이 개념은 1900년 더 프리스(de Vries)에 의해 재발견된 후에야 퍼졌으니 소쉬르의 공시성 개념과 동시대라고 볼 수 있 다[Gertrude Himmelfarb, *Darwin and the Darwinian Revolution* (New York, 1959), p. 268ff].

미루고 다른 차원으로 옮겨 놓는 데 불과하다. 물론 애초의 음성적 변화 자체는 이주 등 역사적 사건이나 다양한 종류의 생리언어학 법칙에 견주어 이해가 가능하다. 그러나 네덜란드 역사에서 든 예에서처럼, 이런 설명은 다른 인과 연쇄에서 차용해 온 것이며, 변화의 궁극적 토대는 여전히 음소학을 벗어나 통시성과 순수 음성적인 영역에 자리할 뿐, 이것 자체로는 순수 공시적(야콥슨의 말로는 '목적론적') 관점에서는 여전히 무의미하다. 따라서 소쉬르에 함축된 공시적 모델, 즉 변이 이론이 역사적 변화를 복합적이고 암시적으로 그려 낼 수 있다고는 해도, 단일한 하나의 체계 내에서 통시성을 공시성에 재결합하는 근본 문제는 끝내 해결하지 못한다. 사실 철 지난 진화론 모델에서 차용해 온 '변이'라는 말부터가 소쉬르의 모델을 그 경계까지 밀고 나갈 때 커지는 모순의 징후라고도 하겠다.

이 모순이 소쉬르 속에도 이미 들어 있다는 것은 그의 가장 유명한 이미지 중 하나인 언어란 체스 게임이라는 이미지를 꼼꼼히 들여다보면 알 수 있다. 첫 번째 본격적인 비교[26]는 '체계' 관념을 예시하기 위한 직설적인 비교이다. 일반적으로 자기 규칙을 지닌 체스 게임 자체가 하나의 공시적 체계다. 즉 페르시아에서 기원했다거나 상아 말이 사라지고 체스 기물로 대체되었다거나 하는 다양한 외적 사건은 그 어느 것도 공시성과는 무관하다. 오로지 규칙 자체가 변경될 때에만 우리는 체계 안에서 일어나는 순정한 공시적 사건을 마주하게 된다. 하지만 두 번째 예시[27]에서는 진화 중인 언어의 다양한 공시적 순간들이 체스판 위 말들

---

26   *Cours de linguistique générale*, p. 43.

의 연쇄적 위치, 연쇄적 움직임에 비유된다. 이 유추는 연쇄적인 공시상태들로부터 일종의 유의미한 연속성을 만들어 내는 만큼 역사적인 면에서는 만족스럽지만, 소쉬르 사유의 정신과는 전혀 부합하지 않는다. 언어의 진화에서는 변하는 것이 바로 규칙인 데 반해 체스 게임에서 규칙은 처음부터 끝까지 동일하기 때문이다. 소쉬르 자신이 이 사실을 너무 잘 알기 때문에 결국은 자신의 유추에 난감해한다. "체스 게임이 모든 점에서 언어의 게임과 닮으려면 의식이 없거나 두뇌가 없는 경기자를 가정해야 할 것이다." 이 문장을 뒤집어 우리는 이렇게 말할 수도 있겠다. 바로 여기서 서술된 대로라면 이 유추가 시사하는 바는 언어의 통시적 변화들이 그 자체로 유의미한, 어떤 점에서는 '목적론적'인 움직임으로, 음성사音聲史에 내재된 체스 게임의 행마와 같다는 점이라고.

2장

공시와 통시의 구분은 애당초 소쉬르의 학설의 탄생을 가능케 한 초석일 뿐이다. 이는 어떤 종류의 종합으로도 결코 해소될 수 없는 하나의 순수한 대립, 한 쌍의 절대적 상반자contrary에 기초한 구별이니만큼, 비역사적이고 비변증법적임은 두말할 여지도 없다. 그러나 우리가 일단 이 구분을 시발점으로 받아들이고 공시적 체계 안으로 들어가서 보면

---

27   *Ibid.*, pp. 125–126.

거기는 전혀 딴판이다. 여기서 지배적 대립은 랑그langue, 즉 특정 순간의 언어적 가능성 내지 잠재태의 총화와 파롤parole, 즉 그 같은 잠재태의 개별적·부분적 구현인 개별 발화發話, speech 행위의 대립이다. 이 구분에 관한 오그던C. K. Ogden과 리처즈I. A. Richards의 논평은 한번 살펴볼 필요가 있겠다. 두 사유양식의 차이를 이만큼 현격하게 보여 주는 경우는 달리 찾아볼 수 없다.

> 드 소쉬르는 이 지점에서 잠깐 멈추어 자신이 무엇을 찾고 있는지 혹은 그런 것이 왜 있어야만 하는지 자문해 보지 않는다. 오히려 모든 과학의 시작 국면에서 익히 볼 수 있는 방식으로 계속 앞으로 나아가며, 적절한 대상을 주조해 내니, 그것이 바로 발화와 상반되는 '랑그langue', 즉 언어the language이다…. 물론 랑그와 같은 교묘한 구성물은 화이트헤드Alfred Whitehead 박사의 이름에서 연상되는 것과 유사한 모종의 '집중적 추상抽象 방법'으로도 도출해 낼 수 있을 테지만, 신생 과학의 지도원리로서는 기상천외의 것이다. 더구나 가능한 조사범위를 벗어난 차원의 언어적 개체들을 발명해 내는 이 똑같은 장치는 뒤를 이은 기호이론에도 결국 치명적이었다.[28]

이런 구절로 보아 오그던과 리처즈가 소쉬르에게 정말로 반대하는 부분이 바로 그의 사유가 갖는 변증법적 성격이라는 점은 분명하다. 실로 영미 경험주의의 폐단은 논의 중인 대상을 모든 다른 것으로부터

---

28   *The Meaning of Meaning*, pp. 4-5.

—그것이 물체이건, 비트겐슈타인적 의미의 '사건event'이건, 단어이건, 문장이건 혹은 '의미'이건— 한사코 고립시키려는 데 있다.[29] (이러한 사유 양식은 로크John Locke까지 거슬러 올라가는데, 그 발원은 궁극적으로 정치적이라는 것이 내 생각이다. 그리고 루카치György Lukács가 『역사와 계급의식History and Class Consciousness』 에서 합리화·보편화하는 사고에 대해 취한 노선대로, 이런 사고방식의 특징이 외면에, 단편과 고립된 대상의 선호에 있으며 이런 특징이란 제대로 봐 낸다면 불편한 사회적·정치적 결론으로 생각을 몰고 갈 것이 뻔한 더 광범한 전체와 총체성에 대한 관찰을 회피하는 수단임을 보여 주기는 어렵지 않다.)

소쉬르가 말하는 대립은 각기 서로가 없이는 상정조차 할 수 없는 부분과 전체 사이의 긴장과 관련된다는 점에서 변증법적이다. 이 대립은 이처럼 실체론적이기보다 관계론적이기 때문에, 경험적 사유가 예견한 바 일견 단독으로 존재하는 단일한 요소(가령 '진술')의 고립 내지 분리를 정면으로 비판한다. 그러나 소쉬르의 '상상적 구성물'에 대한 옹호 역시 변증법적이어야 하니, 애초의 논리적 문제는 분명 소쉬르의 용어보다는 사물 자체에서 비롯된 것이기 때문이다. 언어 자체가 실제로 —어디에서도 한 번에 전부가 존재하지 않고, 어디에서도 어떤 대상이나 실체의 형태를 취하지 않는, 그러면서도 우리가 사고하는 순간순간마다, 발

---

29   예컨대 Wittgenstein, *The Blue and Brown Books* (New York, 1958), p. 42 참조. "문장은 한 언어체계의 구성원으로서만, 미적분학 속의 한 수식으로서만 의미를 갖는다. 이제 우리는 이 미적분학을 우리가 말하는 모든 문장에 대한 영구적 배경이라고 생각하고, 또 종이에 적거나 발음된 문장은 비록 고립된 하나의 문장이지만, 정신적인 사유행위에서는 미적분학이 거기 엄연히 —모두 한 덩이로— 존재한다고 생각하고 싶어진다. 이 정신적 행위는 어떤 상징 조작 행위로도 수행해 낼 수 없을 일을 기적적인 방식으로 수행해 내는 것 같다. 그런데 어떤 의미에서는 미적분학 전체가 틀림없이 동시에 현전한다고 생각하고 싶은 유혹이 사라질 때, 우리의 표현과 병행하는 특이한 종류의 정신적 행위의 존재를 상정할 이유도 없어진다."

화행위마다 그 존재가 느껴지게 만드는— 특이한 종류의 개체이며, 바로 그래서 언어를 지칭하는 단어는 물질적 대상을 나타내는 명사처럼 깔끔하게 기능할 수 없는 것이다. (유사한 경우로는 사회 개념이 자연스럽게 떠오른다. 아도르노Theodor Adorno는 사회라는 관념이 지닌 이율배반은 무슨 내재된 개념화의 실패 탓이라기보다 사물 자체의 모순에서 나오는 것임을 보여 주었다.[30] 아무튼 이런 유사성 자체가 이번에는 소쉬르 모델이 여러 다른 학문분야에 일견 대단히 시사적일 수 있었던 이유 중 하나다.)

이 대립은 또 다른 의미, 오그던과 리처즈는 알아차리지 못한 것으로 보이는, 매우 중요한 방법론적 함의가 있는 또 다른 의미를 지닌다. 이 새로운 대립은 비록 동일한 용어를 사용하고 동일한 기본 현실의 상이한 차원에 해당되긴 하지만, 첫 번째 대립과는 엄연히 다르다. 흔히 이런 용어상의 불확실성은 소쉬르 사고에서 엿보이는 머뭇거림이라든가, 책으로 수합된 강좌와 강연을 한 시점이 다양하다든가, 사후에 정리된 학설이니만큼 미완에다 체계화도 덜 된 상태라든가 등등의 탓으로 치부되었지만, 나로서는 그보다는 그의 작업 일반이 갖는 관계적 특성 탓이라고 보는 편이다. 앞에서 보았듯이 언어의 기본 단위 —단어, 문장, 기호, 음소, 어절語節, syntagma— 를 정의하는 일은 주어진 구체적 경우에 성립되는 관계를 파악하는 일보다 훨씬 덜 중요하다. 그렇다고 소쉬르의 사고가 엠프슨William Empson의 모호성ambiguity[31]처럼 입증 불가능한 것이 되어 버린다는 뜻은 아니고, 그보다는 그 엄밀성이란 검토 중인 특

---

30 T. W. Adorno, "Society", *Salmagundi*, Nos. 10-11(Fall 1969 - Winter 1970), pp. 144-153.

31 영국의 비평가 엠프슨(1906-1984)은 문학작품의 언어에서 발생하는 '모호성'을 문학 텍스트의 가장 중요한 장치로 보았다. — 옮긴이

1부—언어 모델

정 맥락에서만 해당된다는 말이다. 이런 의미에서 나는 그의 작업이 갖는 미완의 성격이 우연은 아니라고 생각한다. 그에게는 어떤 전통적 의미에서의 완결도 절대로 불가능했을 것이다. 다른 비슷한 점도 많지만 여기서도 그는 겸손한 자세라든가 어림할 수도 없는 광범위한 작업을 스스로 떠맡는다는 점에서 말라르메Stéphane Mallarmé를 닮았다.

전체와 부분의 관계는 과거의 논리 모델 중 하나인 유기체 모델을 반영하고 있는데, 이 모델은 언어의 특이성으로 인해 제기된 새로운 종류의 문제들을 푸는 데는 더 이상 도움이 되지 않는다. 따라서 새로운 대립 형식의 기능은 언어 자체 속에 얽혀 있는 다양한 이질적인 체계를 하나하나 풀어내는 데 있을 것이다. 이를테면 개별적 발화행위인 파롤은 소쉬르의 과학과는 무관한데, 언제나 필연적으로 불완전한 행위여서만이 아니라 또한 개개의 차이, 즉 개개의 개성과 스타일의 현장이기 때문이다. 그렇다고 해서 랑그와 파롤의 관계를 계층과 구성원, 혹은 전체와 부분, 물리적 법칙과 물리적 사건 등등의 관계로 보는 것은, 그야말로 소쉬르가 바꾸려 했던 신문법학파의 실증주의 모델을 다시 끌어들이는 꼴이 될 것이다.

이 딜레마에 대한 소쉬르의 해법은 기발하고 창의적이다. 이 해법은 발화의 구체적 구조인 '담화의 회로circuit of discourse', 즉 두 발화자 사이의 관계를 계산에 넣는다는 점에서, 가히 상황적, 심지어 현상학적 해법이라 부를 만하다. 우리가 보통 놓치는 것이 바로 이 회로이니, 상식의 틀에서 보면, 랑그와 파롤의 관계는 우리 안, 개개인의 의식 안에 자리한 어떤 것으로, 내가 어쩌다 방금 내뱉은 그 문장과 나의 문장 구성 능력, 즉 언어 형식 일반을 내장한 저장소 사이의 관계로 여겨지기 때문이다. 그러나 다른 데서 담화 회로를 깨뜨리고 방법론적으로 한결 시사적인 모델을 찾아내는 것도 가능하다. 이것이 바로 소쉬르의 독창성으로, 그는 발화자의 파롤을 그의 말을 알아듣는 사람의 랑그와 분리하여 파롤을 발화의 능동적 차원, 랑그를 수동적 차원으로 본다. 사실 소련 언어학자 스미르니츠키A. I. Smirnitsky가 간파한 대로,[32] 소쉬르에게 랑그는 발화 능력이라기보다는 발화의 이해 능력이다. 따라서 순전히 조음調音상의 사안, 즉 지역 억양이라든가 틀린 발음, 개인적 스타일 등의 모든 문제는 일거에 새 고찰대상에서 제거되어 별도의 학문 즉 이를테면 파롤학에서 다룰 문제가 되어 버린다. 랑그 연구는 여전히 구체적이니, 여느 원어민 발화자의 이해의 한도와 특징적 형식들을 검사해서 랑그를 조사할 수 있다. 그러나 이제는 (개별 문장과 같은) 어떤 특정 대상의 존재로 인해 조사 작업이 복잡해지는 일은 없다. 이런 대상에 대해 이제 랑그는 그것의 실험적 발현에 작동하는 하나의 물리적 법칙이 될 것이다.[33]

이 새 모델의 이론적 이점은 뒤르켐Émile Durkheim 사회학의 원천처럼 보이는 것과 비교해 보면 가늠할 수 있다.[34] 뒤르켐이 강조하는 사회적

---

32   N. Slusareva, "Quelques considérations des linguistes sovietiques à propos des idées de F. de Saussure", *Cahiers Ferdinand de Saussure*, Vol. xx (1963), pp. 23-41.

33   촘스키(Noam Chomsky)의 변형문법의 독창성은 소쉬르 모델의 역전, 즉 언어 메커니즘들이 파롤 내지 개개의 발화행위로 도로 재배치되는 일종의 부정의 부정에서 비롯된 것으로 보인다. 촘스키의 소쉬르에 대한 다음 논평을 보라. "이렇게 그는 문장 형성의 토대를 이루는 회귀 과정을 전혀 이해하지 못했으며, 문장 형성을 랑그가 아니라 파롤의 문제로 보는 것 같다."[Noam Chomsky, *Current Issues in Linguistic Theory* (The Hague, 1964), p. 23.]

34   W. Doroszewski, "Quelques remarques sur les rapports de la sociologie et de la linguistique: Durkheim et F. de Saussure", *Journal de psychologie*, Vol. XXX (1933), pp. 82-91. 또한 Robert Godel, *Les Sources manuscrites du cours, de linguistique générale*

사실들의 표상적 성격[35]이 (곧 살펴볼) 소쉬르의 기호 개념과 닮아 있기도 하거니와, 객관적·사회적인 것과 사적·개별적인 것을 갈라내려고 하는 뒤르켐 사고의 방향성부터가 방금 살펴보기 시작한 소쉬르의 랑그와 파롤 구별과 꼭 들어맞는다. 다만 뒤르켐은 그의 연구의 방법론적 토대를 확보하기 위해서, 개별적 의식이 개별적 표상의 토대가 되듯 집단적 표상의 토대를 이루는 일종의 집단적 의식을 가정하기에 이른다. 물론 이 가정적 실체는 모종의 유기적 집단의 존재를 암시한다는 점에서 앞서 오그던과 리처즈가 소쉬르에게 가한 것과 동일한 비판을 받아 마땅하다. 그러나 뒤르켐이 가상의 집단적 실체를 끌어들여야 하는 데 반해, 소쉬르의 담화 회로라는 그 대상의 특이함 자체가 이미 이 같은 실체론적 환상을, 심지어 방법론적 가설로도, 피해 갈 수 있도록 해 준다. 오그던과 리처즈의 반박은 소쉬르의 경우에는 부적절하니, 소쉬르 모델은 그 구성에서부터 어떠한 '집단정신'[36]도 배제하며 실로 이와 완전히 무관한 다른 방향으로 주의를 이끈다. 사회학자들에게 소쉬르의 모델이 뒤르켐의 모델보다 더 유용해진 것도 이 때문이 아닐까 싶다. 소쉬르 모델은 뒤르켐의 가짜 문제들을 피해 갈 수 있게 해 준다.

이 모델의 독창성을 가늠하는 방편으로 또 다른 투사, 즉 문학에서 발견되는 투사와 견주어 보는 것도 유익하겠다. 문학에서 야콥슨과 보가

---

de F. de Saussure (Geneva, 1957), Addendum, p. 282 참조.

35 프랑스의 사회학자 뒤르켐(1858~1917)은 사회적 사실들을 한 사회의 집단의식과 문화의 구체적 객관적 현상, 즉 그 표상이라고 봄. ― 옮긴이

36 '집단정신(esprit collectif)'이라는 표현이 Cours de linguistique générale에 두 차례 등장한다는 사실(p. 19와 p. 140)은 지적해 두는 편이 공정하겠지만, 그러나 이 표현이 여기서 심각한 철학적 의미를 갖는 것은 아니다.

티레프Piotr Bogatyrev가 「특정 형태의 예술적 창조로서의 민담Folklore as a particular type of artistic creation」에서 발화 회로circuit of speech 개념을 적용하면서, 『문학이란 무엇인가?What Is Literature?』에서 사르트르가 수행한 공중the public의 역할 분석과 다른 시사적인 결과를 내놓는다. 사르트르에게는, 담화 회로의 다른 이름인 공중은 이미 사르트르라는 저자 자신 속에 내재해 있어, 자신만의 고독한 행위인 소재 선택과 문체 구성으로부터 논리적으로 따라 나온다. 이는 심리학적 동일시가 아니며, 더 정확하게 말하면 사르트르의 분석은 심리학 자체를 배제하는 차원에서 이뤄진다. 이 분석이 보여 주는 것은 다만, 어떤 것은 길게 다루고 다른 것은 듣는 사람이 이미 단박에 알아들을 것처럼 지극히 개요만 언급하고 넘어가는 특정한 소재의 선택이 그 자체로 독자층, 특정한 사회적 특징, 특정한 숙지 정도, 특정 형태의 지식을 갖춘 집단의 선택이라는 점이기 때문이다. 사르트르가 예로 드는 것은 흑인문학인데, 내ㅊ집단을 향한 것이냐 아니면 수많은 인유引喻, allusion나 친숙하지 않은 수많은 내용을 먼저 설명부터 해 주어야 하는 백인을 향한 것이냐에 따라 그 문체와 어조도 달라질 것이 분명하다. 이처럼 사르트르의 모델은 상대적으로 개인주의적·칸트적인 모델로, 개인이 자기 바깥의 집단이나 사회와 어떤 관계를 갖느냐는 개인 자신의 태도와 생각이 일종의 보편성을 어느 만큼 구성하느냐에 대한 내부분석internal analysis을 통해 결정될 수 있다.

이와 반대로 야콥슨과 보가티레프는 개별적 창조와 개별적 문체가 민담이라는 집합적·익명적 대상과 갖는 관계를 연구함에 있어 소쉬르의 모델을 따른다. 모든 음 변화가 그러하듯 민담의 모든 것은 물론 개개인에서 시작된다. 그러나 우선 누군가 지어내야 한다는 이 필수적인 사실은 민속문학의 특징으로는 가장 덜 본질적인 편이다. 민담folk tale이란 문학은 분명 입에서 입으로 전해지는 데 달렸으며 구술을 통한 확산이 중요하니만큼, 이야기tale가 그것을 담아 두었다가 전파하는 청자聽者들에게 받아들여지기 전까지는 진짜 민담이 될 수 없다. 따라서 민담에서 결정적 계기가 되는 것은 랑그이지 파롤, 즉 지어내기나 (중간계급 예술에서 그렇듯) 창작이 아니며, 민담은 아무리 그 기원이 개인에 있다 해도 본질적으로 항상 익명적이거나 집합적이라고 할 수 있겠다. 야콥슨의 표현을 빌리자면, 민담의 개인성은 여분의 특성이고 익명성이 그 변별적 특성이다.

그러나 랑그와 파롤의 이 새 구분이 매우 시사적이긴 하지만, 그 구분에서도 전체와 부분의 관계라는 문제는 어떤 형태로든 다시 모습을 드러낼 것이 분명하다. 개별 문장에 대한 나의 이해와 나의 이해력 일반의 관계로라도 말이다. 달리 말해, 이제 랑그가 하나의 체계로 절합 articulated되는 구체적인 방식들 속으로 더 깊이 들어가 봐야겠다.

3장

이 절합의 성격에 대한 첫 번째 단서를 구한다면, 오그던·리처즈의 용어와 그에 상응하는 소쉬르의 용어를 한 번 더 대조해 보아도 좋겠다. 전자가 의미론자로서 지시대상의 상징symbol으로서 낱말에 관심을 기울인 데 비해, 소쉬르는 언어란 하나의 기호체계라는 정의를 고수한다. 일반인이 얼핏 보기에는, 소쉬르의 이 용어가 비단 언어학자 사이만이 아니라 다른 분야에서도 누려 온 엄청난 성가聲價가 아마도 선뜻 이해되지 않을 것이다. 그러나 여기서 역시 혁신의 질이란 그로 말미암아 바뀌고 있는 것에 비추어 볼 때에만 비로소 뚜렷해진다.

기호에 대한 소쉬르의 정의는 다음과 같이 주어진다. "언어기호는 사물과 이름을 결합하는 게 아니라 개념과 청각적 이미지를 결합한다."[37] 그리고 뒤의 두 용어는 다시 '기의signifié'와 '기표signifiant'라는 새 용어로 대체된다. 나아가, 기호는 완전히 자의적이며 그 의미가 전적으로 사회적 관례와 수용에 달려 있고 따라서 그 자체로는 아무런 '자연스러운 natural' 적합성을 갖지 않는다고 지적한다.[38]

이처럼 기호 개념을 구축함으로써 우리는 이 개념을 통해 종래의 다양한 이론들 —이들을 대체하기 위해 만들어 낸 것이 바로 이 개념인데— 을 이를테면 소급적으로 읽어 낼 수 있게 된다. 우선 첫째로 이 개념은 언어이론 가운데서도 가장 오래된 것이자 지금까지도 시인들이 왕왕 되살려 내곤 하는 이론인 낱말과 사물의 불가분성 이론, 즉 언어를 이름과 이름짓기로 이해하는 방식을 깨끗하게 격파해 버린다. 언어의

---

37   Cours de linguistique générale, p. 98.

38   '자연스러운'이라는 말은 소쉬르가 쓴 말이 아니라 편집진에서 추가한 것이었다(Les Grands courants de la linguistique moderne, pp. 106-108 참조). 소쉬르의 기호의 '자의적' 성격 입론에 대한 에밀 벵베니스트(Émile Benveniste, 1902-1976)의 영향력 있는 비판("La Nature du signe linguistique", Problèmes de linguistique générale, pp. 49-55)은 언제나 내게는 올바르면서도 오도하는 비판으로 여겨진다. 관계가 자의적인 것은 물론 발화자가 아니라 분석자 자신에게 그렇다. 기표의 자의성론은 구조주의를 성립시키고 기능하게 하는 필수적 역할을 하는 것 같은데(데리다의 흔적론을 보라!), 이는 곧 살펴보겠지만 정신분석학에서 무의식 가설에 대체로 상응하는 역할이다.

전적으로 자의적인 성격이 분명해지는 순간 이 같은 내재적 관계는 발 붙일 곳이 없어진다. 시적 관점에서 훨씬 더 생산적인 것은 이 낡은 신조를 뒤집는 말라르메의 발상이다. 그가 보기에 시가 태어난 것은 옛날 아담이 불렀던 이름들을 복원하려는 시도로서가 아니라 언어의 이 자의적 성격에 대한 반발 속에서 그리고 전혀 '동기 없는' 것에 '동기 부여'를 해 주려는 시도로서다.

언어는 여럿이라는 점에서 불완전하며, 지고의 언어는 없다. 생각한다는 것은 필기도구나 심지어 속삭임도 없는 글쓰기이며, 불멸의 낱말은 여전히 말해지지 않았다. 지구상에 다양한 방언이 존재한다는 사실은, 그렇지 않았다면 진리의 구현이라는 인장이 찍힌 채 나타났을 그러한 낱말들을 그 누구도 발음하지 못하게 만든다. 이러한 금제가 자연을 지배하며(우리는 미소를 머금고 여기에 부딪쳐 보지만) 우리도 스스로 신이라 여길 하등의 이유가 없다. 하지만 당장 미학에 관심을 돌려 보면, 문장이 대상을, 목소리라는 도구에, 언어들 가운데 그리고 간혹은 한 언어에 들어 있는, 상응하는 색채나 모양으로 표현하지 못하는 것이 내 감각에는 못내 아쉽게 느껴진다. 불투명한 느낌의 'ombre그늘'이라는 말 곁에서 'ténèbres어둠'의 농도가 그다지 더 진하게 느껴지지도 않는다. 'jour낮'과 'nuit밤'만 해도, 모순되게도 전자에 어두운 음색을, 후자에 맑은 음색을 부여하다니, 얼마나 실망스러운가. 빛나는 광채를 띤 낱말이었으면 하거나 빛이 스러졌으면 하는 바람이, 빛과 어둠이라는 단순한 선택지에 관한 한, 뒤집혀 버렸다. 다만, 그때는 시란 존재하지 않게 될 것임을 명심하라. 시는 언어의 결함을 철학적으로 보상

하는, 더 우월한 보완물이다.[39]

이처럼 기호의 자의성 이론은 자연언어라는 신화를 제거한다. 동시에 그것은 언어의 심리학적 고찰을 다른 차원으로 옮겨 놓는 역할을 한다. 이제 인간을 구별해 주는 것은 말하는 능력이라는 상대적으로 특화된 기술 내지 재능이 아니라, 기호를 창조하는 더 일반적인 능력이며, 이와 함께 언어학에서 인류학으로 나아가는 왕도王道가 활짝 열린다.

그러나 이게 끝이 아니다. '상징symbol'이라는 영미식 용어는 낱말과 그것이 가리키는 실제 세계의 대상 내지 지시대상 사이의 관계에 주목하게끔 만드는 힘이 있다. 과연 '상징'이라는 낱말부터가 낱말과 사물의 관계란 절대로 자의적인 것이 아니라 처음 서로 맺어질 때부터 뭔가 근본적으로 맞아떨어지는 면이 있었다는 암시가 들어 있다. 이런 관점에서 보면 언어학 연구의 가장 기본적인 과제는 한 문장 한 문장 일대일의 지시대상을 찾아내고, 비지시적 낱말과 순전히 언어적인 구성물을 언어로부터 솎아 내는 것이다. 이 모델은 그 성향상 '기본영어Basic English', 일상언어철학 그리고 한 체계적 분야로서의 의미론으로 곧장 이어진다.[40] 이런 접근방법은 언어에서 순전히 역사적인 관례와 타성의 무게를 과소평가하는 동시에 인간사에서 '의사소통의 결여' 및 이른바 언어장벽이 갖는 중요성을 과대평가한다.

---

39   Stéphane Mallarmé, *Oeuvres complètes* (Paris, 1945), pp. 363-364.

40   '기본영어'는 오그던이 보조적인 국제어로 제안한 단순화된 영어이며, 일상언어철학은 일상언어의 분석을 통해 철학적 개념과 논란에 개재된 언어적 오해를 걷어 내려는 접근방식으로 이런 경향을 보여 주는 주요 논자로는 후기 비트겐슈타인, 오스틴(J. L. Austin) 등을 들 수 있다. ― 옮긴이

반면, 소쉬르는 용어에서부터 언어기호의 궁극적 지시대상이라는 문제 일체에서 벗어나 있다. 그의 체계의 비행경로는 단어에서 사물로 향하는 종방향이 아니라 한 기호에서 다른 기호로 옮겨 가는 횡방향 노선인데, 이 움직임은 기표에서 기의로의 움직임 형태로 기호 자체 속에 이미 흡수되어 내장되어 있다. 이처럼 기호의 용어체계부터가 오그던과 리처즈에서 보듯 상징화된 사물을 향해 상징체계 바깥으로 끊임없이 나아가는 움직임보다는, 기호체계 자체의 내적인 정합성과 포괄성, 즉 자율성을 함축적으로 확인해 주는 경향이 있다. 전자가 자신의 궁극적인 연구분야로 의미론을 내포하듯, 후자는 그 궁극적 완성인 기호학 semiology을 내다본다.

이 모든 발상 뒤에 자리한 철학적 시사점이란 개개 낱말이나 문장이 현실세계의 개개 대상이나 사건을 '상징'하거나 '반영'한다기보다는 기호체계 전체 혹은 랑그의 장 전체가 실재reality 자체와 평행하다는 것이다. 달리 말해, 실재의 세계에 어떤 조직적 구조가 존재하든 이 구조들과 유추 관계에 있는 것은 체계적 언어의 총체이며, 우리의 이해는 일대일 방식으로보다는 하나의 전체 내지 게슈탈트Gestalt에서 다른 전체 내지 게슈탈트로 나아간다는 것이다. 그러나 문제를 이런 각도에서 제시하는 것만으로도 실재라는 관념 전체가 돌연 문제적인 것이 되어 버리는 것은 물론이다. 그리고 사실 기호학의 관점에서 실재란 우리가 애당초 무엇이라 말할 수조차 없는 무정형의 혼란이거나, 아니면 이미 본질적으로 서로 맞물려 있는 일련의 다양한 —언어적 혹은 비언어적— 기호체계들이다.

4장

 이제 우리는 각각의 기호가 서로 연결되는 방식을 규명해 내야 하는데, 바로 이 관계양식이 전체 언어체계를 형성할 것이기 때문이다. 출발점은 분명 소리音의 영역, 언어의 물적 차원이 되어야 한다. 그러나 우리가 소쉬르와 슬라브권의 정신적 동시대인들이 함께 주장한 구별 ―'순수한' 음과 청각적 이미지, 측정은 되나 의미는 없는 공명共鳴과 일종의 지각 패턴으로 조직된다고 느껴지는 공명 사이의 구별― 을 기억한다면, 어떤 식으로 문제를 제기할지는 이미 정해진 셈이다. 즉 어느 지점에서 음은 청각적 이미지가 되는가? 무엇이 있어야 음성적인 것이 음소적 구성 내지 체계로 탈바꿈하는가?

 이렇게 제기해 놓고 보면 질문 자체에 답이 들어 있다. 즉 여기서의 전환은 실로 지각상의 전환이며, 이 전환에는 또한 고립된 사물 자체 thing-in-itself의, 즉 어떤 다른 것과도 무관한 소리 객체sound-object의 원자론적·경험적 지각을 폐기하고, 관계론적 인지 유형, 즉 장場, field을 배경으로 형태를 파악하는 게슈탈트적 지각 차원 내지 부분과 전체의 변증법적 긴장 차원에 속하는 것을 취함이 전제된다. 그러나 마지막 두 진술도 이 경우에는 적절하지 않다. 이런 종류의 조직구조를 특징짓는 것은 전체와의 관계라기보다 대립항과의 관계이기 때문이다.

 기표의 청각적 이미지는 일련의 변별적 혹은 구별적인 특성으로 구성되어 있다. 주어진 음소에 대한 우리의 지각은 변별적 지각으로, 다시 말해 우리가 어떤 낱말을 단수남성명사로 식별하는 순간 동시에 복수나 여성이나 형용사가 아니라는 인식이 반드시 함께한다. 이처럼 식별과 변별이 동시에 이루어지는 유형의 인지는 낱말의 유의미한 최소 단위까지도, 즉 음소와 그 음소의 특정한 구별적 특성에도 적용된다.

이처럼 언어 지각은 그 작동 면에서 결정은 부정이라는 헤겔의 법칙[41]을 따른다. 그러나 그 특수성을 가장 분명히 밝혀 주는 것은 아마도 사르트르의 내적 부정과 외적 부정의 구분일 것이다. 외적 부정은 분석적 사고에서, 그리고 나란히 병치된 물리적 객체들의 세계에서 성립한다. 이를테면 책상은 기린이 아니라고 말하는 것은 옳긴 하지만 비본질적인 것을 말하는 셈이어서 책상의 존재에도 기린의 존재에도 영향을 미치지 않으며, 달리 말해 어느 쪽을 정의하는 데에도 별 도움이 되지 않는다. 그러나 인간현실은 내적 부정의 지배를 받는다. 그래서 내가 기술자가, 중국인이, 60살이 아니라는 사실은 나의 존재 자체와 깊이 관련된 무언가를 말해 준다. 이는 언어도 마찬가지니, 각각의 소리는 소리체계의 다른 요소들과 내적 부정의 관계에 놓인다.

언어라는 독특한 실재를 특징짓자면, 차이, 구별, 대립 등 다른 사고 영역에서는 서로 항상 내포되지는 않는 개념들이 언어에서는 서로 일치하며 모두 동일한 하나라는 점을 말할 수 있다. 소쉬르 사고의 움직임을 표현하면 아마도 이런 문장이 될 것이다. ─ 언어는 객체도, 실체도 아니요, 그보다는 하나의 가치이며, 따라서 언어는 동일성의 지각이다. 그런데 언어에서 동일성의 지각은 차이의 지각과 같다. 따라서 모든

---

41   하나의 개념을 정의 내지 결정짓는 것은 그것이 아닌 것을 부정하고 그로부터 구별해 내는 것이라는 법칙. ─ 옮긴이

언어적 지각은 그것의 대립항에 대한 인식을 그 의식 속에 동시에 담고 있다.

구별적 특성들은 대단히 복잡한 조합도 이룰 수 있지만, 이들이 취하는 가장 기본 형태는 일련의 이항대립의 형태다. 이 대립 가운데 가장 단순하면서도 동시에 가장 깊이 변증법적인 형태는 존재presence와 부재 absence 사이의, 양陽기호와 음陰기호(혹은 제로 기호) 사이의 긴장인데, 여기서 이항대립의 두 항 중 하나는 "양성적陽性的으로 일정한 특성을 지닌다고 보는 반면, 다른 하나는 문제의 이 특성을 결여한다고 본다."[42] 여기서 음소적 지각과 음성적 지각의 차이가 가장 뚜렷해진다. 음소적 지각에서는 아무것도 존재하지 않는다(이를테면 러시아어 원어민이 아닌 사람은 러시아어를 들어도 어떤 음이 존재했을 법했는지조차 알지 못한다). 음성적 지각에서는 하나의 결정된 부재가 들리고 느껴진다. 관건은 비존재not-being 자체와 어떤 빈 공간을 중심으로 구성된 하나의 게슈탈트로서의 부재 사이의 차이다.

비전공자인 일반인에게는 정신이 이런 이항대립에 의존한다는 점을 보여 주는 가장 좋은 예는 아마도 명백한 예외, 즉 우리의 변별적 지각이 텅 빈 허공 속에서 켜졌다 꺼졌다 하는 경우일 것이다. 가령 'fish물고기'와 'sheep양'이란 낱말을 처음에는 단수로 다음에는 복수로 빠르게 거듭 떠올리다 보면,[43] 물리적으로나 물질적으로나 아무 대립도 존재하지 않음에도 불구하고 정신이 본능적으로 대립의 느낌을 만들어 내는 것을

---

42   Troubetskoy, *Principes de phonologie*, p. xxvii.

43   영어 'fish'와 'sheep'은 단수와 복수가 동형이다. ― 옮긴이

느낄 수 있다.

　소쉬르의 체계 개념이 가장 완벽하게 실제에 적용된 것은 음소학, 특히 트루베츠코이Nikolai Trubetskoi와 야콥슨의 저작에서다. 이와 함께 지적해 둘 점은, 연구 영역이 전문화되면 될수록, 일반언어학이 상호 무관한 별개의 단위들로 쪼개질 위험이 있고, 하나의 현상으로서 언어의 통일성에 대한 소쉬르의 강조도 더 위태로워진다는 점이다. 이를 달리 표현하자면, 이런 유형의 이항대립과 흔히 변증법적 사고에서 대립이라는 이름으로 통하지만 모순이라는 이름이 더 적절할 것 사이에는 차이가 있다는 것이다. 전자는 정태적 대비로, 후자와 달리 스스로의 지양을 이끌어 내지 않는다. 이런 점에서 우리는 끝내 별개일 뿐인 쌍들에서 하나의 체계가 과연 생겨날 수 있을지, 생겨난다면 야콥슨식 용어로 쌍들의 '꾸러미bundle', 즉 영구 부정의 기호 아래 대립들을 추가로 분류해 놓은 것 이상이 될 수 있을지 의문을 품을 수 있다. 사실 내가 보기에 이항대립의 정태적 구조란 ―소쉬르의 출발점이었고 여기서 다시 내재화된 모습으로 돌아와 애당초 그것이 가능케 했던 역동성을 제한하고 마는― 애초의 대비가 이 체계 속에서 취하는 또 하나의 형태일 따름이다.

5장

　그러나 체계에 대한 소쉬르의 설명에는 우리가 아직 고려하지 않은 또 하나의 측면이 있다. 이제부터 말하는 차원은 개별 음과 소리 패턴의 차원이 아니라 전통문법에서 구문이라고 불러 온 것, 즉 낱말과 문장이라는 더 넓은 차원이다. 이 기존의 용어체계는 물론 이제 더 이상 적합하지 않다. 앞에서 보았듯, 고정된 측정 단위들, 안정된 실체라는 실체론적 개념을 전제하기 때문인데, 이는 언어의 유동적인 성격에 부합하지도 않을뿐더러 이런 성격을 드러내 줄 순수 형식적인 구조를 제공하지도 못한다. 그러나 앞서 우리가 본질상 이제 더 이상 정의 내릴 수 없다고 느낀 단위들의 인지양식(동일성과 차이)을 특징지을 수 있었던 것과 마찬가지로, 지금 문장이나 품사의 적합한 정의가 필연적으로 부재하는 가운데서도 이들이 맞물리는 방식, 이들의 조합이 취하는 형태들의 특징을 말할 수는 있을 것이다.

소쉬르의 경우에 기호나 의미단위는 두 가지의 상이한 포괄적 관계, 즉 연사連辭, syntagmatic관계와 연합associative관계(용어의 대칭을 위해서나 언어기호학자들을 따라서나 계사繫辭, paradigmatic관계라 불러도 좋겠다)를 구성하게 된다. 연사는 수평적 묶기, 의미단위들 내지 낱말들의 시간 속 연쇄다. 문장은 이처럼 통사가 택할 수 있는 한 형태로, 거기서 단위들을 지배하는 관계란 시간 속 전후 참조다. 이를테면 동사 '반영하다reflects'는 우리를 주어로 되돌려보내는 동시에 최종의 목적어를 예기하기도 한다. 영어처럼 명사 격변화가 없는 비非굴절어에서 명사는 동사가 곧 나올 것을 암시하기 십상이다.

그러나 이와 동시에 'reflects'라는 낱말에는 수직적 차원이라 불러도 좋을 또 하나의 차원이 있다. 우리로 하여금 이 낱말에서 연상되는 다른 낱말들을 떠올리도록 만드는 것이다. 예컨대 명사 'reflection' 등 어간이 같은 낱말이라든가, 동사 'deflect' 등 운이 맞거나 내적 구성이 유사한 낱말, 그리고 하나의 수평적 개체라 할 수 있는 이 동사를 중심으로 형성될 법한 무수한 문장이나 연사 유형들만큼이나 실로 수없이 많은 일군의 연관어를 들 수 있다.

우리는 여기서 다시 한번 통시(시간적으로 연쇄적인 수평적 차원)와 공시(체계적으로 조직된 동시적인 수직적 차원)라는 소쉬르의 일차적 구분이 위장된 형태로 등장하는 것을 볼 수 있다. 또한 『일반언어학 강의』 전체에서도 그렇지만 두 관계양식의 우선성이라는 이 특정한 문제에서도 소쉬르가 통시적 내지 역사적 관계보다 연합적 혹은 계사적 관계 쪽으로 기우는 것이 분명하다. 후자의 논리적 우선성은 이 모델 속에 이미 함축되어 있다. 정신이 'reflects'와 같은 낱말이 동사로서 갖는 역사적 기능을 감지할 수 있는 것은 정신 자체 속에 문장의 계열체paradigm들을 통째로 담고 있고 연합적 연쇄를 통해 동사의 기능과 작동 일반을 이미 습득한 경우일 뿐이기 때문이다.

바꿔 말해 역사 차원이 일차적 현상처럼 보이는 것은 오로지 그 개별 단위들을 따로 떼어 연구할 때뿐이다. 그때 이 단위들은 어떤 시간적 지각의 양식에 따라 시간 속에서 연쇄적으로 조직되어 있는 것처럼 보인다. 그렇지만 현실에서는 우리가 이 단위들을 따로 떼어서 지각하는 일은 결코 없다. '동사'는 항상 더 큰 단위의 일부로 느껴지는데, 이 큰 단위가 다름 아닌 연사체syntagma, 즉 어절이며, 이는 이제 일련의 단위들이 아니라 그 자체로 하나의 통일체인 만큼 연합적 사고 속으로 재흡수되고 다른 연사들과의 유사성을 통해 이해된다.

여기 관련된 문제가 바로 로크, 흄, 칸트의 고전적 논의에 이미 함축되어 있던, 연상聯想, assciation of ideas의 두 기본 원리인 인접성과 유사성의 기본적인 구별이다. 이러한 구별은 분류적인 것으로, 궁극적으로 정신 법칙들, 즉 정신의, 사실상 두뇌의, 궁극적인 작동 패턴과 범주를 찾아내고 정식화하고자 한다.

아무튼 내 생각에는, 이항 조직 이론이 대립을 만들어 내는 행위로서 소쉬르 사고의 최초 출발점을 형식 차원에서 반영했다면, 지금 다루고 있는 연합적 양식과 연사적 양식의 구별은 그 첫 대립의 내용을 반영한다. 즉 처음에는 체계 바깥에서 체계의 탄생을 가능케 했던 이 대립이 이제 바로 공시적 영역 속으로 다시 들어와 거기서 재발되는 것이다. 이렇게 되면 기실 연구대상이란 상당 정도 언어의 사고 패턴이라기보다는 언어학자 자신의 사고 패턴이 아닌가 하는 의문도 생겨나고, 우리는 소쉬르의 출발점이 지닌 독창성이 그의 결과물에 대한 제약으로 되돌아오는 순간을 한층 분명히 보게 된다. 역사를 부인한 출발이 처음에는 변화를 그 체계 속에 흡수해 들이지 못하는 (흡수해 봤자 무의미한 우발적 자료로 흡수해 들일 뿐인) 결과를 낳더니, 이제는 구문 그 자체도 다루지도 못하는 무능력으로 그 체계의 바로 핵심부에 재생되는 것이다.

이상이 소쉬르의 이론 전반의 특징적 특성들인데, 이 빠른 스케치를 마치면서 이제 공식적 언어학과도 작별하기로 하자. 이 자료를 대하는 우리의 태도가 언어학자 자신의 태도와는 전혀 다른 종류의 것이었음을 덧붙여 두어야 할까? 언어학자가 지시대상the referent, 즉 소쉬르의 여러 이론에서 거명하는 대상 자체에 집중한다면, 우리의 관심은 소쉬르 체계 전체가 그 자체로서 가진 정합성이라든가 다른 사고양식들의 모델 내지 유추로서 가진 시사성에 있었다. 언어학자들은 계속해서 소쉬르의 체계를 논리적 귀결에까지 밀고 나갔고, 실로 촘스키Noam Chomsky는 소쉬르 체계를 뒤집어 완전히 새로운 언어 모델을 제안한다. 그러나 이제 우리는 원래의 이론이 다른 지식 영역에서 살게 되는 후생後生에, 특히 문학비평과 인류학 그리고 궁극적으로 철학의 영역에서 모델이자 유추로서 가지는 해방적인 영향력에 관심을 기울일 것이다.

형식주의의 전개

러시아 형식주의자 고유의 주장은 내재적으로 문학적인 것에 대한 완강한 천착, '문학적 사실'에서 벗어나 무언가 다른 형태의 이론화로 나아가는 데 대한 완강한 거부다. 따라서 이들이 만들어 낸 체계적 사유의 궁극적 가치가 어떻든, 문학비평은 이들이 출발한 곳에서 출발할 수밖에 없고, 이들을 향한 마르크스주의 진영의 비판 중 가장 비중 있는 트로츠키Leon Trotsky와 부하린Nikolai Bukharin의 공격도 이 출발점의 방법론적 타당성만큼은 결코 부정하지 않았다.[1]

형식주의자들은 소쉬르 언어학과 마찬가지로 내재적인 것 자체를 분리해 내고, 자신들의 특정한 연구대상을 다른 분야의 연구대상으로부터 갈라내며, 야콥슨이 문학성literaturnost이라 부른 문학 자체를 변별 짓는 요소를 체계적으로 재검토하는 데서 출발했다. 이 과정은 이미 변증법

---

1   Leon Trotsky, *Literature and Revolution* (New York, 1957), p. 180 참조. "형식분석 방법은 필요하나 불충분하다." 이미 출판물로 나와 있는 이름이나 제목을 제외하고는 러시아어는 모두 미국 의회도서관의 체계에 따라 영어식으로 표기하되 특수기호는 사용하지 않았다.

적인데, 미리 지정된 특정 유형의 내용을 예견함이 없이 오히려 개별 예술작품이 어떤 특정한 지배요소를 제시하든 이를 경험적으로 식별해 내려고 한다는 점에서 그러하며, 이 식별 과정은 작품의 다른 요소들, 나아가 시대 자체의 다른 요소들과의 관련 속에서만 성공적으로 완수될 수 있다. 따라서 작품의 중심 요소들의 이러한 정의定意는 관계적 내지 기능적 정의로, 이 정의에는 그 요소가 무엇이냐에 대한 인식도 중요하지만 무엇이 아니며 해당 작품에 빠진 것이 무엇이냐에 대한 인식도 실로 그 못지않게 결정적이다. 그러므로 형식주의자의 연구대상은 플롯이나 이미지 구조일 수도 있지만, 또한 제사題詞를 붙이는 19세기 소설가들의 관행일 수도, 등장인물들의 이름의 배치일 수도 있다. 다시 말해 어떤 출발점이든 눈에 띄고 전경화前景化되어 지각의 장 속으로 꾸준히 밀고 들어오는 것은 모두 연구대상이 될 수 있다. 이런 식으로 이 방법은 스스로를 경계하고 그것의 지나친 기계적 적용을 경계하며 출발한다.

소쉬르의 언어학도 그랬듯, 러시아 형식주의자들이 둔 첫 수는 소극적negative인 것일 수밖에 없었으니, 문학체계를 여타의 외재적 체계로부터 갈라내는 것을 목표로 삼았다. 이런 공격과 논박은 세 개의 일반 범주로 분류할 수 있다. (1) 문학을 철학적 메시지 내지 철학적 내용의 담지자로 보는 개념에 관한 것. (2) 문학을 기원적으로, 혹은 이제 더 적절한 용어로는 통시적으로 (전기적으로, 원천 연구를 통해 등등) 분석하려는 시도에 관한 것. 가령 알렉산더 베셀롭스키Alexander Veselovsky[2]는 민담

---

2   베셀롭스키(1848-1918), 러시아 형식주의 출현 이전에 러시아에서 가장 영향력 있는 인물로 인정

의 다양한 모티프의 기원이 종교 의식儀式과 원시신앙에 있음을 보여 주려고 하며, 이때 작품은 비문학적 관점에서 분석된 이질적 요소들로 분해된다.[3] 그리고 마지막으로, (3) 아마도 이 중 가장 '문학적'인 입장, 다시 말해 문학작품을 한 가지 기법이나 한 가지의 심리적 충동으로 환원하는 경향에 대한 비판인데, 여기서 형식주의자들이 염두에 둔 것은 시를 '이미지로 사유하기'라고 본 벨린스키Vissarion Belinsky[4]의 공식 같은 것이다.

(좁은 의미에서 이 세 번째 표적은 상징주의에 지배되던 앞 세대에 대해 형식주의자들이 가하는 공격의 일환이다. 그러나 더 넓게 보면 모든 비변증법적 문학연구를 겨냥한 것이다. 다시 말해 소크라테스 이전 철학만큼이나 순진하게 문학의 다층적 표면 밑에 자리한 모종의 불변하는 궁극적 요소 — 즉 문학의 어떤 궁극적 본질, 이를테면 아이러니든 메타포든, 역설이든 역전peripateia이든, 긴장, 숭고Erhabenheit, '고도의 진지성'이든[5] — 를 찾아내려는 모든 문학적 분석에 대한 공격이다.)

받던 19세기의 러시아의 문학이론가. — 옮긴이

3 Boris Eichenbaum, "The Theory of the 'Formal Method'", *Literatura* (Teoria, Kritika, Polemika) (Leningrad, 1927), p. 129 혹은 *Russian Formalist Criticism: Four Essays*, trans. Lee T. Lemon and Marion J. Reis (Lincoln, Nebraska, 1965), p. 117. "베셀롭스키는 서사시에 나타나는 반복을 (맹아적 노래로서) 독자적 공연으로 나아가는 메커니즘이라고 설명했다. 그러나 이런 현상에 대한 발생론적 설명은, 설령 맞다고 해도, 그 현상을 문학적 사실로서 밝혀내지는 못한다. 베셀롭스키를 비롯한 민속지학파들은 스카즈(skaz)[러시아의 구전 이야기 형식 — 옮긴이]의 특이한 모티프와 플롯들을 문학과 관습의 관계를 통해 설명하곤 했다. 시클롭스키는 이런 관계 설정에는 반대하지 않았으나, 스카즈의 특이성에 대한 설명, 즉 다름 아닌 문학적 사실의 설명으로는 이의를 제기했다. 문학의 발생론적 연구는 어떤 장치의 기원을 규명할 수 있을 뿐, 그 이상은 아니다."

4 벨린스키(1811-1848)는 깊은 사고와 감정을 담아내는 문학의 기능을 주장하면서 생생하고 상상적인 언어의 중요성을 강조한 19세기 러시아의 비평가. — 옮긴이

5 '역전(peripeteia)'은 아리스토텔레스의 시학에서 연원한 연극용어로 주로 주인공의 운명의 급전을 가리킨다. '숭고(Erhabenheit)'는 독일 낭만주의운동과 관련하여 출현한 중요 관념이고, '고도의 진지성(high seriousness)'은 영국 빅토리아 시대 평론가 아널드(Matthew Arnold, 1822-1888)가 뛰어난 시의 기본 자질로 꼽은 바 있다. — 옮긴이

미국의 신비평은 이 세 가지 논쟁 목표 가운데 앞의 두 가지만을 같이 한다. 신비평이 매우 빈번하게 형식주의와 비교되어 온 만큼 일단 몇 가지 기본적 차이점을 되새겨 보는 것도 좋겠다. 이 두 운동이 19세기가 지나가면서 문학적·철학적 풍토에서 일어난 더 일반적인 역사적 변화를 반영함은 분명하다. 흔히 실증주의에 대한 반작용이라고 말해지는 이 변화는 그 민족적·문화적 상황이 어떻게 조성되어 있는가에 따라 그리고 젊은 작가들이 반발한 지배적 이데올로기가 어떤 성격을 가지는가에 따라 달라진다.

따라서 광범한 모더니즘 문학과 동시대에 일어난 미국과 러시아의 비평운동은 둘 다 부분적으로는 바로 이 문학을 이론적으로 제대로 다루려는 시도로 생겨난 것이긴 했지만, 형식주의자들은 예술과 정치 모두에서 혁명가로 나섰던 마야콥스키Vladimir Mayakovsky와 흘레브니코프 Velemir Khlebnikov의 동시대인이었던 반면, 미국 신비평가들의 가장 영향력 있는 문학적 동시대인으로 꼽히는 사람은 T. S. 엘리엇T. S. Eliot과 에즈라 파운드Ezra Pound였다.[6] 이는 곧 전위예술과 좌익정치의 저 익숙한 분열이란 보편적 현상이 아니라 영미에 한정된 국지적 현상이었다는 말이 된다.

그런데 실은 이 자체도 두 운동 사이의 더 심층적인 역사적·문화적 차이를 반영한 것에 불과하다. 신비평가들은 어빙 배빗Irving Babbitt과

---

6 마야콥스키(1893-1930)와 흘레브니코프(1885-1922)가 러시아 미래주의를 대표하는 작가로 전위주의 예술과 사회혁명을 지지했다면, T. S. 엘리엇(1888-1965)과 에즈라 파운드(1885-1972)는 미국의 모더니즘을 대표하는 작가이자 정치적으로는 보수파였다. — 옮긴이

샤를 모라스Charles Maurras[7] 같은 선도자를 따라 영국 낭만주의 및 그 급
진적 전통과 확실히 절연하고 자신들의 모델을 찾아 형이상학파와 왕당
파의 시로 돌아갔다. 그러나 형식주의자들은 푸시킨Alexander Pushkin 및
그의 세대에 대한 공리주의적·사회적 비평 전통을 공격할 뿐, 이 작가
들 자체는 자신들 특유의 문학분석 및 재평가의 특권적 대상으로 남겨
두었다. 이처럼 형식주의자들은 러시아문학의 이 위대한 형성기, 문학
뿐 아니라 정치적으로도 대격동을 겪은 이 시기를 부정하기보다는 자신
의 목적을 위해 탈환하려는 쪽이었다. 격변 당시 위대한 작가 대부분은
무산된 데카브리스트의 난,[8] "페테르부르크 의회 앞 광장에서 러시아
역사를 일시 멈춰 세운 저 유명한 사건"[9]에 공감하는 편이었다.

이런 공감은 문학비평에 형식상으로도 영향을 미친다. 가령 신비평
가가 동원할 수 있는 특권적 서사 모델은 엘리자베스조 운문극과 단테
의 『신곡La Divina Commedia』이었다. 그러다 보니 이들의 논의에서는 서
사 고유의 문제들이 흐려지며 언어적 혹은 시적이라고 하는 편이 더 적
절할 문제들과 뒤섞여 버린다. 결국 분석에 오르는 것은 어떤 인물이 시
적 발언에 이르는 순간이나 혹은 단테에서 어떤 상황이나 운명이 한 편
의 운문으로 문득 완성되어 결정체를 이루는 순간이다. 그러나 푸시킨

---

7   배빗(1865-1933)은 인간의 자유의지를 주장하며 사실주의와 자연주의에 맞서 신인본주의운동을
      창시한 미국의 비평가이고, 모라스(1868-1952)는 왕정주의, 반의회주의, 반혁명주의를 표방하는
      극우파 정치운동 '악시옹 프랑세즈(Action française)'를 주도한 프랑스의 작가이다. — 옮긴이

8   1825년 12월 14일 러시아에서 차르의 전제군주정 철폐와 입헌군주제 수립을 기치로 청년 장교들
      이 봉기한 사건으로, 거사는 이내 진압되고 주모자들은 처형과 유배에 처해진다. '데카브리스트'
      는 12월을 뜻하는 러시아어 '제카브르(декабрь)'에서 따온 '12월파'라는 말이다. — 옮긴이

9   Yury Tynyanov, *Death and Diplomacy in Persia* (London, 1938), p. 224.

은 러시아 근대시와 러시아의 근대적 스토리텔링 모두의 창시자, 즉 단지 운문 및 운문에서 탈바꿈한 모종의 시적인 예술적 산문이 아니라, 각자 고유의 내적인 형식적 법칙을 따르는 두 가지 전혀 다른 문학양식을 창시한 사람이다. 그래서 푸시킨의 예는 형식주의자 앞에 언제나 이중의 교훈으로 자리한다. 즉 운문서사와 산문서사는 엄연히 다른 법칙을 따르는 것이자, 또 다른 면에서 보면 이 법칙들, 즉 시어나 구문의 법칙과 산문 서사나 플롯의 법칙은 완전히 다르면서도 평행하는 유사한 체계들을 이룬다고 볼 수도 있다는 것이다. 어쨌든 이 모든 점, 즉 역사에 대한 태도, 문학사에 대한 태도 그리고 서사와 플롯인 저 문학의 내적 통시성에 대한 태도에서, 형식주의자는 미국 신비평가보다 훨씬 더 적극적이고 변증법적인 태도를 지녔다고 볼 수 있다.

러시아 형식주의자들이 단일한 입장, 단일한 문학적 교리를 가졌다고 볼 수 있다는 말은 아니다. 그러나 그들의 작업은 집단적인 작업이며, 시간에 따른 발전에서 통일성을 보여 준다. 토마셉스키Boris Tomashevsky의 말에 따르면 "오포야즈Opojaz, 시어연구회는 회원명부, 회합장소, 정관을 갖춘 정식 집단이었던 적이 없다. 그러나 가장 생산적인 시기에는 일종의 위원회 형태로 조직의 모양새를 띠었는데, 빅토르 시클롭스키가 회장, 보리스 에이헨바움Boris Eichenbaum이 부회장, 유리 티냐노프Yury Tynyanov가 서기다."[10] 독일 낭만주의나 초현실주의 같은 다른 문학 유파처럼, 오포야즈도 자체의 집단적 통일성을 정당화할 사교모임Geselligkeit

---

10 Boris Tomashevsky, "La Nouvelle école d'histoire littéraire en Russie", *Revue des études slaves*, Vol. VIII (1928), p. 227, n. 1.

의 신조를 개발해 낸 듯하다. 시클롭스키부터가 융합과 형성이 활발하던 유사한 시점에 문학운동을 주도했던 사람들, 예컨대 파운드, 프리드리히 슐레겔Friedrich Schlegel, 브르통André Breton과 공통점이 많다. 맹아적 사상의 일치, 지적 당돌성, 그리고 결과적으로 해당 단편이 하나의 장르로 정전화되는 단편적 예술 실천이 그것으로,[11] 명시적으로는 슐레겔이나 산 경험을 불연속적인 것으로 바라보는 초현실주의자의 관점에서, 암묵적으로는 파운드의 『칸토스The Cantos』의 표의문자 사용이나 시클롭스키의 한 문장짜리 문단이라든가 각종의 이질적 일화나 소재의 의도적 삽입에서 이를 볼 수 있다. 그러나 동시에 오포야즈니 형식주의 비평가 그룹이니 하는 관념 자체가 너무 좁고 오해의 소지가 있는 관념이다. 시클롭스키는 마야콥스키와 그리고 나중에는 에이젠슈테인Sergei Eisenstein[12]과도 긴밀히 협력했고, 다른 형식주의자들과 함께, 형식주의 사상이 반영된 문학적 실천을 하는 '세라피온 형제 그룹Serapion Brothers Group'[13]의 소설가들과 긴밀한 관계를 맺고 있었다. 따라서 구체적인 문학적 현상으로서 형식주의를 평가하자면 형식주의는 미국 신비평의 신조처럼 순전히 비평적인 신조보다는 독일 낭만주의나 초현실주의 같이

---

11   파운드와 슐레겔(1772~1829), 브르통(1896~1996)은 각기 영국 이미지즘운동, 독일 낭만주의운동, 프랑스 초현실주의운동을 주도했으며, 파운드는 단편 기법을 사용한 시에서, 슐레겔은 철학 단상 모음에서, 그리고 브르통은 자동기술 및 콜라주 기법에서 단편적 예술의 발전에 기여했다. ― 옮긴이

12   에이젠슈테인(1898~1948)은 〈전함 포템킨〉 등의 영화와 몽타주 기법으로 영화사에 깊은 족적을 남긴 구소련의 영화감독. ― 옮긴이

13   1921년 페트로그라드(현 페테르부르크)에서 결성된, 예브게니 자먀친(Yevgeni Zamyatin)을 비롯한 10여 명의 작가로 구성된 작가모임으로 사회주의 리얼리즘에 거리를 두며 예술작품이 그 자체로 갖는 가치를 중시했는데, 티냐노프, 시클롭스키도 이 그룹에 깊이 관여한 바 있다. ― 옮긴이

진실로 창조적인 운동에 훨씬 더 가깝다고 봐야 할 것이다.

시클롭스키 자신의 신조가 러시아 형식주의의 출발점이자 그 여러 내적 모순의 원천이다. 이제 어째서 일관된 문학이론이 시클롭스키의 첫기여 없이는 불가능했으며, 동시에 궁극적으로는 시클롭스키의 개성이남긴 뚜렷한 흔적을 지우는 대가를 치르고서야 작동할 수 있었는지 살펴보도록 하자.

1장

1. 형식주의 이론의 처음 과제는 바로 문학적 사실 자체를 갈라내는 것이다. 시클롭스키의 가장 중요한 저서 『산문의 이론*The Theory of Prose*』의 제목부터가 일종의 선언이다. 시의 이론은 이미 개발되었으니 이제 새 땅을 개척하겠다는, 시에 관해 알아낸 것들을 아직 미답의 영역인 장편소설과 단편소설에 적용해 보겠다는 뜻이다. 시 이론은 시적 언어와 일상적 소통의 언어의 절대적인 구별에 기반한 것이었는데, 이 구분은 이미 말라르메가 특유의 경제적 비유로 진술한 바 있다.

내 시대의 부인할 수 없는 한 가지 욕망은 말의 이중적 상태를 두 다른 속성으로 구별하려는 것이다. 즉 있는 그대로 내지 여기 직접 주어진 상태와 본질적 상태로.

서술하고, 가르치고, 심지어 묘사하기, 이것도 좋다. 그리고 사람이

하는 생각을 교환하기 위해서라면 각자 말없이 다른 사람의 손에서 동전 한 닢을 집어 오거나 쥐여 주는 것으로 충분하겠지만. 언술의 이 초보적 용법이 문학을 제외한 현대의 모든 유형의 글쓰기가 속해 있는 르포 형식을 뒷받침한다.[14]

형식주의자들은 일상언어에 대해 시적 언술은 여러 면에서 일종의 방언, 즉 나름의 특이한 법칙이 있고 실로 발음까지 (코메디 프랑세즈Comédie française[15]에서 그러듯 첫 자음 h를 소리 낸다든가, 묵음 e를 발음하는 등) 다를 때가 많은 방언에 해당된다는 점을 입증해 보여 주는 데서 시작했다. 더 깊은 함의는 시가 단순히 일상언어의 특화된 일부가 아니라 그 자체로 하나의 완전한 언어체계를 이룬다는 것이다.

영미비평에서 일상어로부터 문학어를 구분 짓는 데 사용되는 모델은 합리성의 성격에 대한 특정 전제에 기반하며, 인지적(혹은 지시적) 언술과 정서적 언술의 구별에 의존하고 있다. 예술과 과학의 상대적 가치를 둘러싼 꽤나 무용한 끝없는 논쟁이 이 출발점에 이미 배태되어 있으며, 그 용어 선정에서부터 과학에 힘을 실어 주는 셈이다.

그러나 인식론의 위상이 떨어지면서, 합리적 양식과 비합리적 양식

---

14 Mallarmé, *Oeuvres complètes*, p. 368. 그렇지만 이런 구별은 시학의 대상을 언어학의 대상과 구별함으로써 시학을 언어학에서 갈라놓을 뿐인 것처럼 보인다. 사실은, 바로 이 첫 출발점이, 시적 언술을 (장식이나, 언어의 원시단계 등등이 아니라) 독자적인 확고한 언어적 발화 형태로 만들면서, 시적 언술 연구를 언어학으로 다시 통합시킨다. 로만 야콥슨의 작업이 이런 통합의 가장 두드러진 증거이다(본서 255–257쪽 참조).

15 코메디 프랑세즈는 몰리에르의 극단을 모태로 1680년 루이 14세의 칙령으로 설립된 프랑스 파리에 있는 극장으로, 지금도 자체 극단을 두고 운영 중이다. 프랑스어에서는, 특히 라틴어에서 유래한 단어의 경우, 첫 자음 h는 발음되지 않는다. ─ 옮긴이

혹은 인지적 양식과 정서적 양식의 구분이 이제는 전처럼 절대적으로 여겨지지는 않는다. 현상학 및 현상학에서 나온 실존사상은 이런 구별을 인위적 구분으로 폐기하고, 바로 의식행위act of consciousness의 개념에서 출발점을 찾는데, 이 개념의 관점에서는 정서나 관념이나 모두 세계내존재being-in-the-world의 양식이다. 사실 실존주의의 편향은 구체적 경험으로서의 정서와 감정(하이데거Martin Heidegger의 정조Stimmung)을 선호하고, 순수 지식의 추상에는 거리를 두는 것이라고 할 수 있다.

이처럼 기존의 인식론 철학은 자체의 논리적 귀결에 따라 지식의 우선성을 전제하고 다른 의식양식들은 정서, 마법 그리고 비합리성의 차원으로 끌어 내리는 경향이 있었던 반면, 현상학적 사고에 내포된 경향은 이 양식들을 세계내존재(하이데거)나 지각(메를로퐁티Maurice Merleau-Ponty)이라는 더 큰 통일체 아래 재통합하는 것이다. 형식주의 언어관은 바로 이러한 철학적 분위기에서 이해되어야 한다.

2. 하나의 방언인 시적 언어는 그 자체에로 관심을 이끄는 언어로, 이 관심은 바로 언어 자체의 물질적 성격에 대한 갱신된 지각으로 귀결된다. 따라서 형식주의자가 그들의 이론을 발전시키는 데 사용하게 될 새로운 모델은 습관화와 지각 사이의, 무심한 기계적 수행과 세계 및 언어의 결texture과 표층에 대한 갑작스러운 자각 사이의 대립에 기반한다. 행동과 관조, 실천과 지각이라는 통상적 대립을 넘어서는 이 대립은 입증의 짐을 세계내존재의 구체적 양식인바 문학으로부터 과학의 추상들로 확실히 옮겨 놓는다.

예술은 대상들의 이화異化, defamiliarization 내지 낯설게하기ostranenie,

혹은 지각의 갱신이라는 시클롭스키의 유명한 예술 정의는 심오한 윤리적 함의를 지닌 심리법칙의 형태를 띤다. 시클롭스키가 대놓고 형이상학적이거나 윤리적인 입장을 취하지는 않지만, 예로 든 톨스토이Lev Tolstoy 일기의 한 구절에서 거기에 가장 가까운 모습을 보여 준다.

> 방 청소를 하던 중 나는 이리저리 돌아다니다 장의자 쪽으로 왔는데, 이미 먼지를 털었는지 기억이 안 났다. 이런 동작들은 습관적이고 무의식적이기 때문에 기억이 나지 않았고, 또 기억한다는 게 불가능하다는 생각이 들었다. 그러니 먼지를 털고 나서 잊어버린 것이라면, 다시 말해 의식 없이 행동한 거라면, 하지 않았던 거나 마찬가지였다. 만약 의식이 있는 누군가가 지켜보고 있었다면 뭐가 사실인지 확정할 수 있었을 것이다. 그러나 만약에 아무도 안 보고 있거나 보더라도 의식 없이 보고 있었다면, 만약에 많은 사람들의 복잡다단한 삶이라는 것 전체가 의식 없이 이루어진다면, 그런 삶들은 마치 존재하지 않았던 거나 마찬가지다.[16]

예술이란 이런 맥락에서 보자면 의식적 경험을 회복하는 한 방식, (체코 형식주의자들이 훗날 자동화라고 부르게 되는) 무감각한 기계적 행동 습관을 깨부수고 우리가 그 실존적인 신선함과 가공스러움 그대로의 세계로 다시 태어날 수 있게 만들어 주는 한 방식이다.

---

16   Shklovsky, "Art as Technique", *Russian Formalist Criticism: Four Essays*, p.12에서 재인용.

그러나 여기에 함축된 것과 같은 순전히 심리적인 법칙은 사실 형식주의자들이 공격한 포테브냐Alexander Potebnya의 법칙들(예술은 은유이며, 은유는 에너지 보존이다)과 같은 종류는 아니다.[17] 후자는 하나의 내용을 갖지만, 시클롭스키가 대신으로 내세운 새로운 심리기제는 오로지 하나의 형식을 특정할 뿐이다. 낯설게하기라는 새 개념은 습관화되어 버린 지각, 갱신되어야 할 지각의 성격을 암시하기 위한 개념이 아니다. 그것이 비평에 갖는 독특한 유용성은 한 가지 특정한 문학적 요소(은유 등)나 한 가지 특정 장르의 우선성을 암시함이 전혀 없이 모든 문학에 유효한 하나의 과정을 기술한다는 데 있다.

순전히 형식적인 개념으로서 낯설게하기에는 세 가지 두드러지는 이점이 있는데, 본질적으로는 이 한 가지 관념의 끝없는 변주일 따름인 시클롭스키 자신의 실제비평이 보여 주는 역설적인 풍성함도 상당 부분이 이점들로 설명된다. 첫째, 앞에서 보았듯 낯설게하기는 여타의 언어양식 일체로부터 문학, 즉 순전히 문학적인 체계를 구별 짓는 방식으로 기능한다. 따라서 그것은 애당초 문학이론의 탄생을 가능케 하는 수권법授權法의 구실을 한다.

그런데 동시에 이 개념은 문학작품 자체 내의 위계질서 정립도 허용한다. 이제 예술작품의 궁극적인 목적은 미리 주어져 있으니만큼(즉 지각의 갱신, 문득 새로운 각도로, 새롭고도 뜻밖의 방식으로 세계를 보기), 작품의 요소들과 기법 내지 장치priyomy들은 이제 모두 이 목표를 향해 정돈된다. 부

---

17   우크라이나 언어학자인 포테브냐(1835~1891)는 속담이나 민담 같은 전통적인 언어에는 해당 언어의 원래의 특징이 보존되어 있다고 생각했다. ─ 옮긴이

차적인 장치들은 애당초 갱신된 지각을 가능케 한 그 본질적 장치들에 대해 시클롭스키의 용어로 말하자면 동기부여motivation의 기제가 된다. 가령 톨스토이의 『홀스토메르Kholstomer』[18]에서 사회생활의 수많은 면모가 갑자기 어딘가 잔혹하고 부자연스러워 보이는데, 그때 습관적인 것의 이 본질적 낯섦은 인간의 눈이 아니라 말의 눈을 통해 바라보는, 이 이야기의 시점에 의해 동기부여된다.

마지막으로, 낯설게하기 개념은 또한 새로운 문학사 개념을 가능케 한다는 세 번째 이론적 이점이 있다. 그것은 관념론적 역사의 특징인바 무슨 전통의 심오한 연속성이 아니라, 일련의 갑작스러운 불연속, 과거와의 단절로서의 역사 개념으로, 여기서 새로운 문학적 현재는 매번 바로 앞 세대의 지배적인 예술 정전들과의 단절로 파악된다. 이는 앙드레 말로André Malraux가 『침묵의 소리Voices of Silence』에서 제안한 것과도 다르지 않은 예술사 모델[19]인데, 다만 차이가 있다면, 말로의 이론이 창작의 심리 및 후속 세대마다 바로 자신의 스승에게 반항할 필요성이라는 각도에서 구성되는 데 비해, 형식주의자들은 이 영속적인 변화, 이 예술의 영구혁명을 예술형식 자체의 성격에 내재된 것으로 보았다. 즉 한때는 놀랍고 새로운 예술형식도 결국 진부해져, 예측하지 못한 그리고 예측할 수도 없는 방식으로 새것으로 대체될 수밖에 없다는 것이다.

동시에 형식주의의 모델은 이 영속적 변화 가설보다 더 복잡하고, 또한 야콥슨의 통시적 언어 모델과 다르지 않은 복잡한 변이 및 재조정 체

---

18   1886년 발표된 톨스토이의 중편소설로 '홀스토메르'는 주인공이자 화자인 말의 이름. — 옮긴이
19   『침묵의 소리』는 앙드레 말로(1901-1976)가 써 내려간 예술사로 여기서 그는 예술이 사회의 집단 무의식을 반영한다는 관점하에 각 시대마다 예술이 갖는 의미를 검토한다. — 옮긴이

계를 수반한다. 문학의 진화는 기존의 지배적 규범과의 단절일 뿐 아니라 그와 동시에 새로운 어떤 것의 정전화이기도 하다. 더 정확히 말하자면, 그때까지는 대중적이거나 저속하다고 여겨지던 형식들, 그때까지는 오락이나 저널리즘의 비주류에서만 통하던 군소형식들에 문학적 위엄을 부여하는 것이다(탐정소설이 로브그리예Alain Robbe-Grillet의 장편소설이 된 경위를 생각해 보라[20]). 시클롭스키가 즐겨 쓰는 이미지를 사용하자면, 이는 체스 게임에서 나이트의 움직임 같이 변칙적인 움직임이다. 그는 유명한 한 문장에서 이렇게 말한다. "한 문학 유파가 다른 유파로 청산되는 과정에서 유산은 아버지에게서 아들이 아니라 삼촌에게서 조카로 상속된다."[21]

이렇게 낯설게하기라는 기본 개념에서 문학이론 전체가 생겨나니, 첫째로 순전한 문학적 체계 자체를 갈라내는 작업을 통해, 둘째로 그 공시적 체계 속에 성립하는 다양한 관계들의 모델에 의해서, 마지막으로 방금 보았듯 한 공시적 상태에서 다른 공시적 상태로 나아가는 변화의 유형을 분석하는 가운데 다시 통시성으로 복귀함을 통해서다. 이제 이 결과들을 특히 시간과 역사의 문제와의 관련성을 중심으로 평가해 보자.

---

20   로브그리예(1922~2008)의 『엿보는 자(Le Voyeur)』(1955)를 염두에 둔 언급으로 보인다. — 옮긴이

21   Viktor Shklovsky, O teorii prozy (Moscow, 1929), p. 227 [혹은 Theorie der Prosa, trans. G. Drohla (Frankfurt, 1966), p. 164]. Shklovsky, Sentimental Journey, trans. Richard Sheldon (Ithaca, New York, 1970), p. 233의 다음 구절들과도 비교해 보라.
"새로운 예술형식은 주변적 형식의 정전화에 의해 창조된다."
"푸시킨(Pushkin)은 모음집이라는 주변 장르에서 나오고, 장편소설은 공포담에서, 네크라소프 (Nekrasov)는 보드빌에서, 블록(Blok)은 집시 발라드에서, 마야콥스키는 해학시에서 나온다."

2장

1. 지각의 갱신으로서의 예술이라는 개념이 형식주의의 전유물이 아니라 현대예술과 현대미학 어디에서나 이런저런 모습으로 나타나며, 새것 자체를 우선시하는 태도와 일치한다는 점은 짚어 둘 필요가 있겠다. 이를테면 프루스트Marcel Proust는 세비녜 부인Madame de Sévigné의 편지들을 자신이 창조해 낸 인상파 화가 엘스티르Elstir의 기법과 비교하면서 그녀의 문체를 이렇게 묘사한다.

> 그녀는 우리가 사물을 그와 똑같은 방식으로, 즉 사물을 우선 그 원인을 통해 설명하기보다는 지각하는 순서에 따라 보게끔 만든다는 사실을 깨달은 것은 발베크Balbec에서였다. 그러나 그날 오후 열차 안에서 달빛에 관해 쓴 편지를 다시 읽을 때부터 나는 이미 매료되고 있었다. "더는 유혹을 견딜 수가 없었답니다. 실은 필요도 없지만, 보닛과 베일을 죄다 꺼내 걸치고 그 산책로를 거니는데, 제 방안만큼이나 공기가 감미로워요. 보이네요, 수천의 환영들, 흑백의 수사들, 회색과 흰색의 수녀 몇 사람, 여기저기 바닥에 떨궈 놓은 리넨, 꽁꽁 싸매고 나무에 기대 선 남자들 등등이." 나는 얼마 후면 스스로 세비녜 부인의 『서간집Letters』의 도스토옙스키적 면모라 부르게 될 점에 (도스토옙스키의 등장인물 묘사와 똑같은 방식으로 풍경을 그려 내고 있지 않은가?) 이미 매료되었던 것이다.[22]

추상적 이해(인과관계를 통한 설명)가 지각을 대체하기에는 빈약하고, 어떤 것에 대한 순전히 지적인 앎과 무언가 진정하고 자발적이며 상상력이 발휘된 경험 사이에는 일종의 상충 작용이 일어난다는 생각이 프루스트 소설의 전체 구성의 기본이 되는 것은 물론이다. 동시에 이는 현대 세계에서 삶은 추상적인 것이 되었고 이성과 이론적 지식이 우리를 사물 및 세계와의 진정한 실존적 접촉으로부터 떼어 놓았다는 전반적인 느낌의 일환이기도 하다. 이는 문학뿐 아니라 비평에도 해당되니, 가령 위 구절에서 프루스트는 말하는 내용뿐 아니라 말하는 방식에서도 형식주의자를 닮아 있다. 세비녜 부인을 도스토옙스키와 비교하는 것부터가 이미 낯설게하기다. 바로 이 충격이 그녀의 문체를 마치 처음 대하는 것처럼 전혀 뜻밖의 새로운 관점에서 바라보게 만드는 효과를 갖는다.

2. 그렇지만 지각된 대상을 살펴보면 대체로 두 가지 일반적 그룹으로 나뉨을 알 수 있다. 가령 스위프트Jonathan Swift는 브롭딩낵Brobdingnag의 거인들 사이에서 축소되어 버린 걸리버의 크기로 자신의 장치에 동기부여를 하면서 작중인물로 하여금 이런 소견을 피력하게 한다.

고백하건대 그 유모의 무시무시하게 거대한 유방처럼 보기 역겨운 것은 일찍이 없었다. 무엇에 비교해야 궁금해할 독자에게 그 부피와 모

---

22   Marcel Proust, *A la recherche du temps perdu* (Paris, 1954, 3vols.), Vol. Ⅰ, pp. 653–654. 세비녜 부인(1626-1696)은 17세기 프랑스 귀족으로 탁월한 문체의 서간 문학으로 유명하며, 엘스티르는 프루스트의 『잃어버린 시간을 찾아서(*A la recherche du temps perdu*)』에 나오는, 마네와 모네를 모델로 만들어 낸 등장인물이다. 인용문의 '그'는 엘스티르이며, 발베크는 이후 화자가 엘스티르를 처음으로 만나게 되는 곳이다. ─ 옮긴이

양, 색깔을 전해 줄 수 있을지 모르겠다. 그것은 6피트 높이로 우뚝 솟아나 있고 둘레는 족히 16피트는 되어 보였다. 젖꼭지는 크기가 내 머리통만 했는데, 젖꼭지와 젖통은 반점, 여드름, 주근깨 등으로 빛깔이 얼룩덜룩해서 그보다 더 욕지기나는 것도 없을 것 같았다. 나는 그녀를 가까이서 본 것이니, 그녀는 젖 빨리기 편한 자세로 앉아 있고 나는 탁자 위에 서 있었다. 그러고 있자니 우리 영국 부인네의 고운 피부에 생각이 미쳤는데, 이들이 우리에게 그렇게도 아름다워 보이는 것은 오로지 우리와 크기가 같다는 이유 하나 때문이요, 확대경이 아니면 그 결함을 볼 수가 없기 때문이니, 확대경으로 시험 삼아 들여다보면 아무리 매끈하고 백설 같은 피부도 울퉁불퉁하고 거칠며 흉한 색깔로 보인다는 것을 알 수 있다.[23]

이런 지각은 기본적으로 자연 자체와 관계 맺는 한 방식이며, 또한 자연적인 것 앞에서 느끼는 혐오감과 공포감이라는 면에서 어느 정도 형이상학적인 비전을 구성한다고 해도 무방하겠다. 다름 아닌 인간 삶 자체의 육적肉的 조건을 의식하지 않을 수 없게 만드는 점에서 말이다.

그러나 동일한 시기에, 특히 프랑스에서는, 유사한 낯설게하기 문학기법들이 조금 달리 정치적·사회적 목표에 사용된다. 몽테스키외 Montesquieu의 『페르시아인의 편지Lettres persanes』에 나오는, 루이 14세

---

23   Jonathan Swift, *Gulliver's Travels* [in *Selected Prose Works* (London, 1949)], pp. 189-190.
(저자는 '소극적 알레고리'라고 칭하는) 낯설게하기의 기법들에 대한 유용한 역사적 개관을 원한다면 Dmitry Čiževsky, "Comenius' Labyrinth of the World", *Harvard Slavic Studies*, Vol. I (1953), 특히 pp. 117-127을 참조해도 좋겠다.

치세 말년에 그의 궁정을 방문한 페르시아인들이 떠오르는데, 이들은 그곳의 기괴하고 희한한 양상을 아무런 선입관 없이 바깥에서 바라본다. 마찬가지로 볼테르Voltaire의 철학 콩트contes philosophique에서도 외계라든가 신세계의 미답의 숲에서 온 다양한 방문자들이 유럽에서의 삶의 여러 구조적 특이성을 인지하고 기록하는 적절하기 그지없는 매개체로 드러난다. 그렇지만 조금 더 앞선 연대의 라브뤼예르Jean de La Bruyere[24]의 다음 구절이야말로 이 같은 낯설게하기의 가장 두드러지는 본보기라 할 만하다.

> 어떤 사나운 암수의 짐승들이 시골 곳곳에 흩어져 있어, 햇볕에 그을린 새까만 납빛을 하고 땅에 얽매여서는 불굴의 투지로 땅을 파헤치고 뒤엎는 것을 볼 수 있다. 그들은 뭔가 발음 같은 소리를 내며, 일어섰을 때 보면 인간의 얼굴을 하고 있으니, 실은 사람이다. 밤이 되면 굴로 들어가는데, 굴속에서 검은 호밀빵과 물과 뿌리를 먹고 산다. 그들은 다른 사람들한테서 살기 위해 씨 뿌리고 갈고 거두는 노고를 덜어 주니, 그들이 뿌린 씨에서 만들어진 그 빵을 누리지 못할 이유는 없다.[25]

근대 프랑스 문학에서 최초의 명백한 농민층 묘사 중 하나인 이 소름 끼치는 텍스트는 우리의 관심을 더 이상 인간 생활의 자연적이고 형이상

---

24 라브뤼예르(1645~1696)는 프랑스 철학자로 당대의 각 계급에 대한 날카롭고 풍자적인 관찰로 후대의 볼테르와 몽테스키외에 영향을 미쳤다. ― 옮긴이

25 Erich Auerbach, *Mimesis*, trans. Willard Trask (Prinston, New Jersey, 1968), p. 366에서 재인용.

학적인 조건으로 이끄는 게 아니라, 자연스럽고 영원한 것으로 당연시되어 온, 따라서 낯설게하기를 절실히 필요로 하는 그 부당한 사회구조로 이끈다. 사회생활의 현상에 이렇게 낯설게하기 기법을 적용하는 것은 역사의식 일반이 움트기 시작하던 때와 시기를 같이한다.

물론 형이상학적 비전과 사회적 비판이라는 이 두 형태가 우리가 보여 준 것만큼 상호배타적인 것은 아니다. 최근에 이 기법을 보여 준 사르트르의 『구토La Nausée』 같은 두드러진 사례에서 이 둘은 아주 빈번히 서로 밀접히 연관되어 있고, 각각의 예도 발견된다.[26] 그럼에도 이 두 경향이 저마다 자신의 이익을 위해 상대를 흡수하려 한다는 것은 분명하다. 가령 이 초기소설에서 부르주아 사회에 대한 사르트르의 비판력은 모든 인간 삶의 부조리라는 현저히 형이상학적이고 비정치적인 비전으로 인해 무디어진다. 그러나 두 양식 중 어느 것도 하나의 기술記述로서 시클롭스키의 문학 개념과는 궁극적으로 양립할 수 없다는 점 또한 마찬가지로 분명하다. 둘 다 형이상학적이건 사회적이건 모종의 내용의 우선성을 시사하기 때문이다. 시클롭스키에게 내용이란 어떻게 해서든 비전을 갱신해 내는 구실에 불과하다. 그러므로 스위프트의 인간 혐오는 문장 하나하나에 기반한 그의 구체적인 기법적 효과들에 대한 '동기부여'일 뿐이다. 볼테르와 몽테스키외의 사회적 아이러니도 마찬가지

---

26 형이상학적: "나는 그것[마로니에 뿌리 — 옮긴이]이 뿌리인지도 잊어버렸다. 말이 사라졌고 그와 더불어 사물의 의미와 용도, 인간이 그 표면에 그려 넣은 그 모든 희미한 기호들은 사라졌다. 나는 웅크리고 앉아 나를 무섭게 만드는 이 마디 투성이의 시커먼, 온전히 날것의 물체와 홀로 마주하고 있었다"[La Nausée (Paris, 1962), p. 179]. 사회적: "교회마다 촛불 빛이 비치는 가운데, 무릎 꿇은 여자들 앞에 남자 하나가 서서 포도주를 마신다"(Ibid., pp. 63-64). 사르트르의 다른 작품들에 나오는 예로는 Jameson, Sartre: the Origins of a Style (New Haven, Connecticut, 1961) 참조.

고, 사르트르의 존재론도 마찬가지다. 우선순위가 뒤바뀌는 것이다. 모든 것 ―성격, 사회의식, 철학― 이 문학작품 자체의 탄생을 가능하게 하려고 존재한다.

그러나 이 문제를 제기하는 또 다른 방법도 있는데, 시클롭스키의 이론을 똑같은 명칭의, 베르톨트 브레히트Bertolt Brecht의 이론, 이른바 '소격효과estrangement-effect'론(여기서 독일어 'Verfremdung'은 이에 상응하는 시클롭스키의 러시아어처럼 문자 그대로 낯설게하기라는 뜻이다)과 비교해 보면 특히 도움이 된다. 브레히트 이론의 독창성은 사회적인 것과 형이상학적인 것의 대립을 새로운 방식으로 가로질러 완전히 다른 시각 속에 던져 넣는다는 데 있었다. 브레히트에게 일차적인 구별은 사물과 인간현실, 자연과 공산품 및 사회제도 사이가 아니라, 정태적인 것과 역동적인 것, 불변하고 영원하며 역사가 없다고 여겨지는 것과 시간 속에서 변화하며 본질적으로 역사적인 성격을 띤다고 여겨지는 것 사이에 있다. 습관화의 효과는 우리에게 현재의 영원성을 믿게 만드는 것, 우리 삶을 에워싼 사물들과 사건들이 어쨌든 '자연스럽다'는, 다시 말해 영원하다는 느낌을 강화해 주는 것이다. 따라서 브레히트의 소격효과의 목적은 가장 완전한 의미에서 정치적이다. 브레히트 자신이 거듭 주장했듯, 그것은 우리가 자연스럽다고 생각한 대상과 제도가 실은 오로지 역사적일 뿐임을 깨닫게 한다. 즉 이들은 변화의 결과물이며 이들 또한 변할 수 있다는 것이다. (마르크스의 정신, 『포이어바흐에 관한 테제The Theses on Feuerbach』의 영향이 역력하다). 동시에 이 순전히 역사적인 비전은 형이상학적 지각에도 소급되어 그때까지 일견 영원해 보였던 이 지각 또한 원인이라기보다 결과에 해당한다는 것을 드러낸다. 따라서 이런 문맥에서 보자면, 위에서 인용한 스위프트의 구절은 성적 욕망이 사회적으로 왜곡된 결과이자 흰 피부 선호 등등에서 그 사회적 성격을 반영한다고 할 수 있다.

시클롭스키의 입론도 문학적 변화를 모든 시대 모든 장소에서 동일한 획일적인 메커니즘으로 보는 면에서 문학 생산의 실존적 상황에는 분명 충실하다(왜냐하면 어떤 시점에서든 중요한 변화는 오직 하나뿐일 테니까). 그러나 동시에 결국은 통시성을 단순한 표면적 현상으로 돌리며 형식의 변화에 대한 진정으로 역사적인 인식을 무너뜨린 셈이다. 그렇지만 지금까지 살펴보았듯이 우리가 작품의 역사에서 지각 자체의 역사로 주의를 돌리고, 개개의 예술작품이 떨쳐 내고자 하는, 특정 유형 및 특정 양식의 신비화나 지각마비를 규명하고자 한다면, 시클롭스키의 모델에 진정한 역사를 복구하는 것은 어렵지 않을 것이다.

3장

1. 이 문제에는 또 하나의 차원이 있으니, 외적 통시성이 아니라 내적 통시성이라고 할 만한 것과 관련된 것이다. 문학에서 나타나는 낯설게하기의 다양한 구체적인 역사적 사례의 유의미한 시간적 연쇄라는 문제 외에도, 한 단일한 예술작품 내에서 낯설게하기 기법이 사건 및 대상의 시간적 움직임 및 변화와 갖는 관계라는 문제가 있다. 그러면서 하나의 동시적 이미지의 낯설게하기와 일련의 사건들의 처리, 요컨대 플롯 내지 서사 자체의 처리 사이의 구분의 형태로 시와 산문의 대립이 다시 등

장한다.

시클롭스키는 이 두 과정이 규모만 다를 뿐 근본 기제는 다르지 않다고 보는 듯하다. 대상의 지각과 행위의 지각은, 둘 다 일종의 시간 끌기, 이리저리 만져 보고 천천히 뒤적거리는 작업을 수반하는 점에서는 마찬가지다.

> 사랑의 실제 경험을 바탕으로 『사랑의 기술Art of Love』을 써낸 오비디우스Ovidius는 어째서 우리에게 즐거움을 여유 있게 천천히 누리라고 충고하는가? 예술의 길은 발끝마다 돌멩이가 차이는 꼬불꼬불한 가시밭길이다. 낱말과 낱말이 나란히 함께 가고, 마치 서로 볼을 부비듯한 낱말이 다른 낱말을 부빈다. 낱말이 낱말로부터 분리되고, 한 개의 덩어리 ―즉 디스펜서에서 초콜릿 바가 튀어나오듯 자동적으로 발음되는 한 개의 표현― 대신에, 소리로서의 낱말, 순전한 분절적 움직임으로서의 낱말이 탄생한다. 발레도 이와 마찬가지로, 당신한테 느껴지는 움직임, 아니 더 정확하게는 당신이 발레라고 느낄 수밖에 없도록 구성된 움직임이다.[27]

따라서 플롯과 서정시의 낯설게하기 기법은 대우주와 소우주처럼 서로 유사하다. 더 정확하게는, 언어 및 문장에 빗대는 암묵적 비유, 구조주의에서 명시화될 이 비유에서, 대상을 새롭게 보는 기본 방식은 "대상을 새로운 의미 대열에, 즉 또 다른 범주에 속한 개념들의 대열에 위

---

27   *O teorii prozy*, pp. 24-25 (*Theorie der Prosa*, pp. 28-29).

치시키는 것"이다.[28] 구체적으로는, 이름은 생략하고 오직 대상의 경험적 타성惰性 상태만 묘사하기, 색다른 각도나 먼 거리에서 표현하기, 혹은 위에서 인용한 스위프트의 구절처럼 현미경으로 본 듯이 그리기, 『트리스트럼 섄디*Tristram Shandy*』[29]의 동작 대다수나 나아가 중심 사건이 그렇듯 슬로모션으로 처리하기, 대상을 다른 대상과 병치함으로써 이제까지 주목하지 못했던 속성들을 날카롭게 드러내기(파운드의 표의문자), 인과관계에 대한 인습적 기대를 교란하기(환상문학에 대한 사르트르의 분석처럼) 등등.

이 기법들은 그 전부는 아니라도 대부분이 서사 플롯(이야기fable 혹은 제재sujet)으로 전이될 수 있는데, 여기서 낯설게하기의 주된 범주는 지연, 단계식 구성(즉 행동을 여러 개의 에피소드로 분해하기), (이질적인 일화와 이야기의 삽입을 포함하는) 이중 플롯, 그리고 마지막으로 '장치 드러내기baring of the device'(의도적으로 독자의 주의를 기본 서사 기법 자체로 이끌기)인데, 이 범주는 앞엣것들과는 차원이 약간 다르니 다음 절에서 따로 살펴보기로 하자.

이 범주 내지 기법들은 영화에서는 몽타주, 교차편집 등등으로 이미 매우 익숙해진 것이고 따라서 영화의 용어로 재구성되는 순간 그 생소함이 어느 정도 가시긴 하겠지만, 이런 지적은 좀 망설여진다. 우선 낯설게하기 이론을 더 오래되고 더 습관적인 용어체계로 재구성하려는 시도에는 무엇인가 자멸적인 면이 있기 때문이고, 또 하나는 이 개념들의 기원이라고 할 에이젠슈테인이 이론적 성찰에서 그의 오랜 협력자인 빅

---

28   *O teorii prozy*, p. 245 (*Theorie der Prosa*, pp. 184-185).

29   18세기 영국 소설가 로런스 스턴(Laurence Sterne, 1713-1768)의 대표 장편소설. ─ 옮긴이

토르 시클롭스키의 영향을 받은 것이지 거꾸로가 아니기 때문이다. 영화라는 서사양식과의 유비에서 특히 주목할 것은 형식과 내용의 구분이 이미 함축되어 있다는 점이다. 영화의 '이야기fable'는 미리 주어져 있다. 누군가의 아이디어든 각색의 원작이든 심지어 이미 찍어 놓은 촬영분이든. 이 주어진 이야기가 차후 편집과 선별과 적절한 시퀀스로의 조립을 거치는 것이다. '기법'이라는 개념 자체에 내포된 이 최초의 내적 분리가 결국은 서사 일반에 대해 시클롭스키가 할 수 있는 일을 제한하지 않는지에 대해서는 잠시 후 살펴볼 것이다.

여기서 문제는 소쉬르 언어학과 관련해 제기했던 문제와 다르지 않다. 시클롭스키가 문학의 기본적 통일성을 언어에서의 기호와 같은 것을 통해 제대로 다뤄 낼 수 있다는 점은 이미 살펴본 바 있다. 시클롭스키에게 그것은 습관적 지각이 문득 쇄신되는 순간으로, 우리는 사물을 우리의 기존 사고양식과의 일종의 지각적 긴장 속에서 새로이 바라보며 동일성과 차이 모두를 동시에 경험하게 된다. 그러나 기호 문제 다음에는 구문의 문제가 나오게 마련인데, 이를 공연한 문제라고 하기는 어렵다. 서사란 우리가 시간 자체 및 구체적 역사를 받아들이고 소화하는 기본 방식이라는 루카치의 생각을 상기하면 더더욱 그렇다.

2. 이처럼 플롯의 문제는 위에서 기법이나 장치를 열거한 것으로는 해결되지 않는다. 이것들의 조직이라는 더 어려운 두 번째 문제, 한마디로 작품의 총체성이라는 궁극적 문제가 남는 것이다. "완결된 스토리로 느껴지려면 무엇이 필요한가?"[30] 달리 말해, 플롯 이론이라면 반드시 그 기본 요건 중 하나로 플롯이 아닌 것, 완결되지 않은 것, 작동하지 않는

것을 구별해 내는 수단을 갖고 있어야 한다. 생성문법이론이 제대로 된 문장을 만들어 낼 뿐 아니라 비非문장을 내칠 수 있어야 하는 것과 마찬가지로, 적절한 정의는 적극적으로만이 아니라 소극적으로도 기능해야 한다.

이렇게 볼 때 시클롭스키가 르사주Alain-René Lesage의 소설 『절름발이 악마Le Diable boiteux』에 들어 있는 미완의 일화들 같은 비非스토리에 주목한 것은 시사적이다.[31] 이를 통해 같은 일화 재료의 상이한 변형들을 시험해 보며 어떤 것이 완성품이고 어떤 것이 실패작인지 느껴 볼 수 있기 때문이다. 이를테면 고골Nikolai Gogol의 「이반 이바노비치와 이반 니키포로비치Ivan Ivanovich & Ivan Nikiforovich」에서는 끝에 분위기 있는 풍경 묘사가 추가되면서 르사주의 일화만큼 종작없어 보였을 것이 완결에 이른다. 사실 내가 보기에, 케네스 버크Kenneth Burke나 아이버 윈터스Yvor Winters가 발전시킨 질적 진행qualitative progression 같은 개념들[32]이 단순한 분류개념이나 도덕적 판단에 그치지 않고 진정한 구조적 의미를 획득하는 것은 바로 이 대목에서다.

그러나 다양한 낯설게하기 장치가 낱말들과 예상된 혹은 예상 밖인 문맥의 관계와 유사하다면, 서사 시퀀스가 일반적으로 하나의 문장과

---

30   *O teorii prozy*, p. 63 (*Theorie der Prosa*, p. 63).

31   르사주(1668-1747)는 18세기 초 프랑스의 소설가로 중세풍의 소설을 벗어난 일화 중심의 『절름발이 악마』와 피카레스크 소설인 『질 블라스(*Gil Blas*)(1715-1735) 같은 작품으로 소설의 근대적 발전에 기여했다. — 옮긴이

32   Kenneth Burke, "Lexicon Rhetoricae," *Counterstatement* (Chicago, 1953), pp. 123-183; Yvor Winters, "The Experimental School in American Poetry", *In Defense of Reason* (New York, 1947), pp. 30-74. 여기서 질적 진행이란 일차적으로 의미와 의의의 발전을 가리킨다. — 옮긴이

같은 것이라면, 시클롭스키에게 완결된 서사, 즉 효과적이고 일리 있는 스토리는 말장난 일반과 유사하다고 하는 게 더 정확하겠다. 매듭을 짓거나 푸는 일은 다의어를 이용한 말재간pun에서 두 언어계열의 일치와 비슷하기 때문이다. 이는 민간의 어원풀이를 역전시킨 격으로, 시클롭스키는 많은 원시적 이야기가 어떻게 민간의 어원풀이 형태로 시작되었는지를 보여 준다(이러이러한 것이 어떻게 그 이름을 갖게 되었는가 등등). 속임수가 깔린 예언이나 신탁("크로이소스Croesus가 페르시아인들을 공격하면 막강한 제국이 무너질 것이다!")[33]도 그 뜻밖의 결말에서 유사한 기능을 하니, 이런 결말은 이질적인 두 계열의 조합으로 여겨지는 것이다. 많은 동화도 이런 식으로 구성되어 있다(수수께끼가 뜻밖에 풀리고, 해낼 수 없는 과제를 해내게 되는 것). 가장 추상적인 차원에서 이런 플롯 마무리는 (적어도 두 개의 의미 대열을 포함하는) 다양성의 현상이 갑자기 뜻밖의 재결합을 통해 통일성을 이루는 것으로 정의될 수 있겠다. 여기서 '뜻밖unexpected'이라는 말이 방향을 결정하는 핵심적인 단어처럼 보일 수도 있지만 실제로 이 말은 정의 속에 미리 주어져 있다. 우선 애초의 저항, 즉 애초의 다양성을 우리가 실감할 수 있어야 하고, 거기에서 통일성을 끄집어내는 어떤 요술도 이 지점에서는 우리에게 '뜻밖'일 수밖에 없으니 말이다.

그렇지만 이런 해결이 완전히 다 명시되어야 하는 것은 아니다.

한 특수한 형식이 '소극적 어미/결말negative ending'을 지닌 스토리 형식

---

33 기원전 6세기 리디아의 마지막 왕인 크로이소스가 받은 델포이 신탁으로, 그는 신탁을 받은 후 페르시아를 공격하나 패배하면서 무너진 제국은 페르시아가 아니라 리디아가 된다. — 옮긴이

이다. 그렇지만 우선 이 용어부터 설명하고자 한다. 'stola', 'stolu'라는 낱말에서 모음 a와 u가 어미가 되고 어근 stol-이 어간이 된다. 주격 단수에서 'stol'이라는 낱말은 어미가 없지만, 다른 어미변화 형태들과의 비교 속에서 이 어미의 부재는 한 격格의 기호로 인지되게 된다. 이를 '소극적 형식negative form'(포르투나토프Fortunatov의 용어) 혹은 보두앵 드 쿠르트네Baudoin de Courtenay의 용어로 '영도zero degree'라고 부를 수 있겠다. 이 소극적 형식은 단편소설에서 자주 보이는데, 특히 모파상Guy de Maupassant의 단편들이 그렇다. 일례로, 한 어머니가 사생아인 아들을 찾아가는데, 시골에서 자란 아들은 촌뜨기 농사꾼이 되어 있었다. 절망한 그녀는 도망쳐 강에 몸을 던진다. 그녀가 누군지 모른 채 아들은 배를 저어 가 시신을 건져 낸다. 스토리는 그 지점에서 끝난다. 그런데도 독자는 무의식적으로 이 스토리를 '결말'이 있는 전통적 스토리에 비추어 인지하게 된다. 나아가 (이는 논지라기보다는 의견이지만) 플로베르 Gustave Flaubert 시대의 프랑스 풍속소설은 (『감정교육L'Éducation sentimentale』처럼) 미완의 행동이라는 기법을 자주 사용한다.[34]

3. 이제 형식주의가 이루어 낸 가장 다채로운 연구 중 하나인 블라디미르 프로프Vladimir Propp의 『민담 형태론The Morphology of the Folk Tale』을 하나의 플롯 분석으로 검토해 볼 수 있겠다. 프로프는 민담의 내용을 따로 떼어 다루는 방식, 특히 중심인물이 동물이냐 도깨비냐 마술적 존재

---

34   *O teorii prozy*, pp. 73-74 (*Theorie der Prosa*, p. 68-69). 『감정교육』은 사랑과 성공을 추구하고자 했던 주인공이 결국은 아무것도 하지 못한 채 일종의 열린 결말로 끝난다. ― 옮긴이

냐 해학적 인물이냐 등등에 따라 민담을 나누는 아르네Antti Aarne의 모티브 분류체계[35]에 반대한다는 점에서, 그가 애당초 준 자극은 시클롭스키의 그것과 다르지 않다. 그는 문제의 존재가 늑대든 용이든 마녀든 도깨비든 심지어 모종의 물건이든 주어진 스토리는 같은 것일 수 있다는 점을 어렵지 않게 밝혀낸다.

그리하여 프로프는 수평적인 것과 수직적인 것을 구분하는데 이 구분은 한편으로는 소쉬르의 연사連辭, syntagmatic와 연합associative 범주들과, 다른 한편으로는 시클롭스키의 기본장치(실제로 사용된 낯설게하기)와 동기부여 구분과 좀 비슷하다. 줄거리는 일련의 추상적 기능들로 간주된다. 다양한 기능 —주어진 인물이나 풍경의 모양과 정체성, 혹은 장애물의 성격— 이 취하는 형태는 비본질적이며 이 형태의 내용은 문화적·역사적 맥락에서 나온다. 바바 야가Baba Yaga[36]라는 인물이 등장하는 순간 러시아 청중들은 악의를 당연하게 받아들일 것이며, 한편 다른 문화권의 청자들이라면 용이나 트롤 등등을 더 잘 이해할 것이라는 점에서 이는 동기부여 개념과 비슷하다.

프로프가 말하는 기본 스토리라인을 좀 더 상세히 살펴보자. 에피소드들이 분자처럼 길게 꼬여 있는 이 구조는 12음렬기법[37]이나 혹은 구

---

35 아르네 분류체계에 대한 설명으로는 Stith Thompson, *The Folktale* (New York, 1967), pp. 413-427 참조. 아르네(1867-1925)는 핀란드의 민속학자로, 1910년 동식물의 학명에 준하는 유럽 설화 유형 분류 체계를 마련하였다. — 옮긴이

36 슬라브 민담에 나오는 초자연적인 존재로 만난 사람을 도와주거나 방해한다. 바바 야가는 '마귀 할멈'이라는 뜻이다. — 옮긴이

37 한 옥타브의 열두 개의 반음을 일정한 순서로 배열한 음렬을 다양하게 재구성하여 악곡을 구성하는 방법. — 옮긴이

조주의 경향을 미리 보여 주듯 뇌세포에 패턴으로 새겨진 모종의 복잡한 코드를 연상시킨다. 기본 이야기는 희생자에 가해진 위해나 어떤 중요한 물건의 결여에서 시작된다. 따라서 맨 첫 부분에 이미 최종 결과가 주어져 있는 셈이니, 결과는 위해에 대한 응보나 결여된 사물의 획득이 될 것이다. 주인공은 직접 개인적으로 연루되지 않은 경우라면 부름을 받게 되는데, 이 지점에서 두 가지 중요한 사건이 발생한다.

주인공은 증여자donor(두꺼비, 마귀할멈, 백발노인 등등)를 만나고, 증여자는 그가 적절한 반응(이를테면 모종의 예절)을 보이는지 시험한 후 시련을 통과하고 승리할 수 있도록 해 주는 마법의 물건(반지, 말, 망토, 사자)을 그에게 제공한다.

물론 그다음 그는 악당을 만나 결정적인 전투를 벌인다. 그렇지만 역설적이게도, 중심 에피소드처럼 보일 수도 있는 이 에피소드는 대체 불가능한 것이 아니다. 즉 대안적인 경로가 있으니, 주인공 앞에 일련의 과제나 노동이 주어지고 그는 마법의 물건의 도움으로 이를 결국 적절히 해결해 낸다. 프로프는 이 두 시퀀스의 상호배타적 성격을 강조한다. 악당이냐 일련의 과제이냐지 둘이 한꺼번에 등장하지는 않는다는 것이다.[38]

이야기의 후반부는 일련의 지연 장치에 불과하다. 집으로 가는 길에 주인공/영웅hero이 이런저런 일을 겪고, 가짜 영웅이 끼어들기도 하지만 결국 정체가 드러나고, 그리고 최종적 변신으로, 바로 주인공의 결혼

---

38   Vladimir Propp, *The Morphology of the Folk Tale* (Austin, Texas, 1968), pp. 101–102 및 108–109.

과(혹은 결혼이나) 대관식이 거행된다. 프로프의 연구는 이 같은 기본적인 에피소드 연쇄를 수립하는 데서 끝나는데, 그런 만큼은 경험적 발견이며 기성사실의 힘을 지닌다.[39] 그렇지만 어떻게 특정 스토리가 완성된 느낌을 주는지 밝히고자 하는 형식적 관점을 감안하면, 몇 가지 좀 더 일반적인 결론은 어렵지 않게 끌어낼 수 있을 것이라 본다.

물론, 앞에서 지적했듯 스토리의 끝은 스토리의 시작 속에 이미 내포되어 있고(위해→응보, 결여→획득), 따라서 스토리가 끝까지 나아가고 그러고는 멈추면 그것으로 충분하다고 여겨질 수도 있다. 그러나 이 추상적 도식은 스토리나 일화의 도식이 아니라 소망충족의 도식이다. 뭔가 말해지거나 전달된 것으로서 소망충족이 지닌 종잡없고 일반화가 거의 불가능한 개별성을 되새겨 보기만 해도, 소망충족 자체는 비非스토리가 될 수밖에 없다는 점, 소망의 구조가 스토리 탄생의 필요조건이기는 해도 충분조건은 아니라는 점을 깨닫게 된다.

이 지점에서 아서 단토Arthur Danto의 역사서사 정의를 상기해 보는 것도 좋겠는데, 그는 주어진 사태 A가 어떻게 주어진 사태 B로 바뀌는지에 대한 어떤 '인과적' 설명 형식이든 모두 역사서사라고 정의한다. 사용된 인과적 설명의 유형이 무엇이냐는 역사의 다양한 유형 내지 장르를 신정론神正論, 연대기, 윤리사, 경제사, 위인들의 행위로서의 역사 등등으로 분류하는 데 중요할 뿐이다. 서술된 사건들의 무게중심은 변화라는 사실이 아니라 변화에 대한 설명에, 한 상태에서 다른 상태로 옮아가

39　"이야기는 아직 알려지지 않은 법칙에 따라 수합되고 펼쳐진다"는 시클롭스키의 주장에 대한 프로프의 다음과 같은 단호한 논평도 여기서 비롯된 것이다. "이 법칙은 정해져 있다."(*Ibid.*, p. 116, n. 6.)

는 중간 항에 있다(그리고 단토는 이를 명시적으로 변증법적 과정과 동일시한다).[40]
이에 비추어 볼 때 위에서 제시한 민담의 추상적 도식에서 결여된 것이
무엇인지 분명해지니, 증여자이다. 증여자는 따라서 스토리에서 묘사된
변화를 설명하는 요소이자, 그것을 이야기할 만한 흥미로운 것으로 만
들 만큼 충분한 비대칭성을 제공하는 것, 따라서 애당초 그 스토리의 '스
토리성'을 책임지는 요소이다. 그러므로 이야기의 만족감과 완결성은
끝에 가서 주인공이 공주를 구출해 낸다는 사실이 아니라 그보다는 그
렇게 할 수 있게끔 그에게 주어지는 수단이나 물건(이를테면 마녀에게 할 말
을 가르쳐 주는 새라든가, 탑으로 들어올려 주는 망토 등등)에서 나온다. 이는 스토
리에서 흥미로운 것은 무엇이 아니라 어떻게라는 차원을 좀 넘어서는
말이다. 즉 프로프의 발견이 시사하는 바는 모든 《어떻게How》(마법의 물
건)는 언제나 하나의 《누가Who》(증여자)를 숨기고 있다는, 바로 스토리의
구조 어딘가에 인간의 모습을 한 매개자가 숨어 있다는 것이다. 매개자
가 더 합리적인 동기부여 밑에 숨겨져 있는 더 세련되고 복잡한 형식들
에서도 마찬가지다.

증여자라는 존재의 필요성을 달리 말하자면, 처음에는 주인공이 혼
자 이겨 낼 수 있을 만큼 힘이 세지 않다는 사실을 지적할 수 있겠다. 그
는 애당초 뭔가 존재의 결핍을 안고 있다. 즉, 그냥 힘이나 용기가 부족
하든가, 아니면 너무 순진하고 단순해서 자신이 가진 힘을 제대로 쓸 줄
모른다. 증여자는 이 기본적인 존재론적 약점의 보충이자 역逆이다.

---

40   Arthur C. Danto, *The Analytical Philosophy of History* (Cambridge, England, 1965), pp. 236–
      237.

바로 이런 연유로 민담, 즉 영웅 스토리에는, 타자他者가 내포되어 있긴 하나 우리가 있으리라 기대한 곳에는 아니다. 즉 공주의 형태로는 아니니, 공주는 루비나 잔치나 다른 어떤 탐나는 대상으로도 대체될 수가 있다(사실 공주부터가 기본적으로 탐나는 대상, 관능미에 부와 권력의 가능성이 합쳐진 조합이나 마찬가지다). 또한 악당이라는 형태로도 아닌데, 그 까닭은 곧 살펴보게 될 것이다. 서사적 이야기의 기본적인 극적 인간관계는 따라서 단호하고 비타협적인 사랑의 관계도 증오와 갈등의 관계도 아니라, 그보다는 주인공이 증여자라는 비중심적 인물과 맺는 이 측면적 관계이다.[41]

이제 악당의 문제로 오면, 프로프가 해석은 하지 않지만 강조하는, 두 체계의 등가성과 상호배제 속에 이미 해법이 주어져 있다고 보이는데, 이는 곧 우리가 단일 현상의 두 양식, 모종의 동일한 기본 상황의 두 측면을 다루고 있다는 뜻이다. 이 경우 기본 상황은 의식을 갖춘 행위자가 가하는 악의적인 위협과 위해나 아니면 일련의 어렵고 복잡한 과제의 형태로 나타난다. 즉 상호 경쟁 아니면 일인데, 내가 보기에는 우리에게 이 등식을 이해하는 실마리를 준 것은 사르트르의 『변증법적 이성 비판 Critique de la raison dialectique』이다. 즉 이 등식은 결핍의 세계, 즉 일하지 않고서는 나 자신의 기본적 필요를 충족할 수 없을 뿐 아니라 나의 존재 자체가 다른 사람들의 존재에 위협이 되는 그런 세계의 일차적 현실을

---

41 현대사회에서 욕망은 자연적이 아니라 학습되며, 소설이 하는 이야기는 어떤 매개자나 제3자에게 욕망을 학습하는 것이라는 르네 지라르(René Girard)의 가설[*Mensonge romantique et vérité romanesque* (Paris, 1961), 영역본은 *Desire, Deceit, and the Novel* (Baltimore, Maryland, 1965)]은 증여자 및 여기서 기술한바 주인공에 대한 그의 존재론적 지원이라는 각도에서 바꿔 기술할 수 있다.

반영한다.[42] 결핍의 세계의 기본적인 마니교라는 것이 있는데, 바로 이 결핍이 타자를 내 앞에 원초적인 적으로 등장하게끔 만든다. 힘겨운 노동이 이방인이나 타자 일반에 대한 격렬한 불신과 적의와 교대되고 실로 등가를 이루는 이 현상이야말로 바로 동화의 서사 시퀀스들이 반영하는 것이다. 이런 맥락에서, 신화가 전사戰士와 사제를 반영하는 데 비해 동화는 빈민계층의 서사적 표현이라는 에른스트 블로흐Ernst Bloch의 생각을 상기해 보는 것도 좋겠다.[43] (더 세련된 예술생산품에서는 분명 더 복잡한 조합들이 가능하다. 가령 중세 로맨스에서는 일습의 과제와 타자와의 투쟁이라는 다른 시퀀스들이 마상경기 제도로 통합된다.)

4. 이제까지 내가 보여 주고자 한 것은 주어진 일습의 기능들의 경험적 발견으로는 형식으로서의, 완결된 서사로서의 민담의 적절한 설명이 될 수 없다는 점이다.[44] 방금 살펴본 대로 소쉬르에서는 연사적 차원, 즉 문장 속 기능들의 수평적 시퀀스가 연합적 혹은 공시적 차원으로 재흡수되는 경향을 지니며, 이 차원에서 하나의 문장은 주어진 구문 구성 내지 구문 단위의 여타 가능한 무수한 발현 중 다만 하나로 간주되는 것처럼, 여기서도 서술된 사건들의 통시적 시퀀스, 즉 서사의 구문이 어떻게든 공시적 구조 속으로 전치되지 않는다면 스토리나 민담의 진정한 법

---

42   Jameson, *Marxism and Form* (Princeton, New Jersey, 1971) 참조. 특히 p. 233ff.

43   Ernst Bloch, "Zerstörung, Rettung des Mythos durch Licht", *Verfremdungen*, Vol. I (Frankfurt, 1963).

44   이것이 근본적으로 레비스트로스가 "La Structure et la Forme", *Cahiers de l'Institut de science économique appliquée*, No. 99 (March, 1960)에서 한 비판이다.

칙은 있을 수 없다고 볼 수 있다. 프로프에 관해 우리가 제시한 어느 정도 헤겔적인 분석이 목표하는 것도 바로 이것이다. 즉 개별 사건들을 이를테면 타자성이나 일과 같은 모종의 기본 개념의 다양한 발현들로 환원시키고, 궁극적으로는 그 개념들조차 그것의 부분적 표현에 불과한 모종의 중심 관념으로 환원시킴으로써, 처음에는 일련의 시간 속 사건들처럼 보이던 것이 결국은 자기발화 과정에 있는 하나의 단일한 초시간적 개념임을 드러내는 것이다.

거의 공간적이라 할 이 통일성은 시클롭스키의 플롯 분석 및 분석의 토대를 이루는 낯설게하기 개념 자체에 다른 형태로 이미 내포되어 있었다. 낯설게하기는 원래 서정시나 혹은 최소한 서정적인 인식들에서 비롯된 방법이었고, 플롯에 적용될 때도 상대적으로 더 정태적인 기원의 흔적은 그대로 유지된다.[45] 이미 존재하는 것 ―모종의 대상, 제도, 단위― 만이 낯설게 될 수 있다. 애당초 이름이 있었던 것만이 그 익숙한 이름을 잃고 갑자기 우리 앞에 지극히 당혹스러운 익숙지 않은 모습으로 등장할 수 있듯이 말이다. 따라서 시클롭스키가 톨스토이에서 찾아낸 이 기법의 풍부한 사례들은 소설이라는 형식에 대해서는 사실상 아무것도 말해 주지 않는다. 이것들은 단편적인 정태적 지각들로, 톨스토이가 살던 사회의 관습적인 기정사실에 의존하기 때문이다. 가령 오

---

45 시클롭스키는 지각 자체를 정태적이 아니라 동적으로 보았다는 점은 지적해 두는 것이 옳겠다. "하나의 대상을 예술적 사실로 만들기 위해서는, 그 대상을 일련의 실제 사실들로부터 떨어뜨려야 한다. 그러기 위해서는 이반 대제가 '군대를 사열하는' 식으로 그것을 '행진시켜야' 한다. 그리고 그것을 그것이 발견된 습관적 연상의 대열에서 떼어 내야 한다. 그것을 불 속 통나무처럼 뒤집어야 한다"(*Theorie der Prosa*, p. 75). 그러나 서정시에 대한 정태적 지각에 내재하는 바로 이 운동이야말로 지금의 맥락에서는 스토리의 사건들의 운동을 이 정태적 지각에 동화될 수 있도록 해 준다.

페라가 특이하고 희한하며, 비현실적이라는 점을 보여 줄 수 있는 것[46]도 우리가 이미 오페라라는 관습적 제도에 익숙할 때뿐이며 우리가 이미 그것을 당연시하고 있기 때문이다. 낯설게하기의 대상이 될 수 있는 다른 모든 대상들도 마찬가지다. 전투(스탕달Stendhal, 톨스토이), 결혼(『크로이처 소나타The Kreutzer Sonata』), 중산층 예법(『구토』), 일(채플린Charles Chaplin의 〈모던 타임스Modern Times〉) 등. 이 대상들을 부를 이름이 있다는 사실은 우리가 이것들을 획일적이며 비시간적 방식을 통해 대상으로 생각한다는 것을 말해 준다.

이리하여 공시적 사고가 통시성의 연구에 슬그머니 다시 끼어든다. 내가 보기에는 시클롭스키의 방법이 정작 장편소설 자체는 다루지 못하고 단편소설에만 적용되는 것도 이런 이유에서다. 그는 장편소설을 혼성적 형식, 인위적인 혼합물로밖에 보지 못했다. 이런 점에서 그의 『돈키호테Don Quixote』론은 특히 시사적이다. 거기서 시클롭스키는 바로 돈키호테의 '신화', 그 '철학적 내용'을 무너뜨리는 작업에 나선다. 이 소설은 돈키호테라는 인물을 담아내기 위해 존재하는 것이 아님을 그는 충분히 설득력 있게 보여 준다. 그보다 돈키호테라는 인물을 지어내고 점점 살을 붙여 간 것은, 이 인물을 통해 플롯을 묶어 내고 그렇지 않았다면 서로 무관한 일화와 에피소드 모음으로 허물어져 버렸을 것에 통일성을 부여하기 위해서라는 것이다. (이와 유사하게 햄릿Hamlet의 광증도 셰익스피어Shakespeare의 이질적인 원천들에서 나온 여러 갈래의 플롯을 명백한 표면적 통일성

---

46   톨스토이는 그의 『예술이란 무엇인가(What Is Art?)』에서 현실과는 유리된 오페라의 인위적인 형식을 비판한 바 있다. ― 옮긴이

속에 한데 묶어 내기위해 고안된 기법적 장치라 할 수도 있겠다. 이렇게 내용처럼 보이는 것이 실은 동기부여임이 드러난다). 이것이 사실일지도 모르겠으나, 이렇게 되면 시클롭스키가 물리치고자 전력을 쏟았던 그 발생론적 비평의 온갖 위력이 함께 되살아난다.『돈키호테』의 기원들, 즉 그 생성 과정은 그것의 통일성이라든가 그것을 완성된 작품으로 느껴지게 만드는 그 무엇과도 아무 관련이 없는 게 맞으니까 말이다.

이를 좀 달리 표현하자면, 프로프의 연구에 장르적 차원이 결여되어 있다는 말을 할 수 있겠다. 민담의 형식을, 민담의 본질적 '법칙'들을 민담이 아닌 여타의 형식들과 견주어 정의 내린다든가, 심지어 법칙이 있는 형식이라는 개념 자체를 구조적으로 법칙이 결여된 형식의 개념과 대립시킬 가능성은 그의 연구 어디에도 없다.『신화학*Mythologiques*』시리즈에서 신화와 다른 무엇 사이의 바로 경계에 자리한 서사적 대상들을 제대로 이해할 필요가 있다고 느끼는 레비스트로스는 더 논리적 일관성이 있다. 이 대상들은 이미 "내적 조직원리"가 비워지기 시작했고

> [이런 서사적 실체들의 —제임슨] 구조적 내용은 흩어진다. 진짜 신화의 힘찬 변형들은 사라지고 그 대신 맥 빠진 변형들이 나타난다. … 이제까지 공공연히 드러내 놓고 작동하는 것을 볼 수 있던 사회학적·천문학적·해부학적 약호code들은 수면 아래로 가라앉고, 구조는 단순한 순차성에 빠져든다. 이 하락은 대립이 단순한 중복으로 바뀔 때 시작되니, 시간상으로는 뒤를 잇지만 모두 동일한 패턴으로 이루어져 있는 에피소드들처럼 말이다. 그리고 이 하락은 중복이 구조를 대신하고 나설 때 완성된다. 어떤 한 형식의 형식으로서 중복은 다름 아닌 죽

어 가는 구조의 임종을 지킨다. 더 이상 할 말이 아주 없거나 거의 없어
진 신화는 이제 자신의 되풀이를 통해서만 명맥을 보존한다.[47]

레비스트로스가 변형을 시간성에 대한 느낌 자체의 더 광범한 전환과
관련짓는 것은 의미심장하다. 그래서 엄격한 형식인 신화는 해가 가고
철이 바뀌는 긴 리듬으로 표현되는 태양 주기성의 반영이 된다. 반면 신
화의 붕괴는 달이나 심지어 날의 리듬을 보여 주는 상대적으로 짧은 태
음시太陰時의 탄생에 맞추어 일어났다고 볼 수 있다. 여기에다 레비스트
로스 자신이 역사를 지닌(혹은 '뜨거운') 사회에 적대적인 만큼이나 그 사
회에서 나온 통시적 형식인 장편소설에도 적대적이었다는 지적을 더한
다면, 한편으로 공시성 및 신화나 민담의 엄격한 형식성과 다른 한편으
로 통시성 및 장편소설의 위태로운 형식적 해법이 갖는 관계를 좀 더 적
절하게 그려 낼 수 있으리라는 게 내 생각이다.[48]
　우리는 ─잠시 시클롭스키의 정신보다 루카치의 『소설의 이론』의 정
신에 더 충실하면서─ 하나의 형식으로서 장편소설이란 미리 규정할 수
도 없고 그렇다고 어떤 다른 방식으로 다룰 수도 없는 그런 시간적 경험
을 받아들이고 소화하는 방식이라는 것을 공리로 삼아도 좋겠다. 달리
말해 진짜 장편소설에서는 문제의 기본 제재에 붙일 이름이 있을 수 없
다. 낯설게하기를 가할 어떤 기존의 관습적 실체도 있을 수 없는 것이

47　Lévi-Strauss, *L'Origine des manières de table* (Paris, 1968), p. 105.

48　레비스트로스는 마치 원시부족사회처럼 변화보다는 사회를 그대로 유지·지속하는 데 더 관심을
　　두는 사회를 사회적 무질서(entropy)가 거의 생산되지 않는 '차가운 사회'로, 그리고 반대로 "경제
　　적·사회적 불평등으로 내부 온도의 차이가 큰 사회"를 '뜨거운 사회'로 구분한다. ─ 옮긴이

다. 달리 표현하자면, 우리는 남에게 일어나는 일에만 이름을 붙일 수 있을 뿐, 나 자신의 체험, 나의 삶, 시간의 흐름에 대한 나의 느낌은 너무나 가까이에 있어서 도무지 외적이나 객관적인 방식으로 바라볼 수가 없다. 그런데 바로 이것들이 장편소설이라는 서사의 특권적 대상을 이룬다. 장편소설이란 바로 이 비교할 수도 없고 이름도 없는 유일무이한 경험들과 감각들의 환기나 매한가지이기 때문이다.

여기서 도출되는 결론은, 하나의 형식으로서 장편소설의 창작 과정을 지배하는 기성 법칙 따위는 없다는 것이다. 한 편 한 편이 다른, 허공으로의 도약이며, 형식을 지어내는 동시에 내용을 지어내는 일이다. 반면 단편소설이나 신화나 이야기의 법칙이 연구대상이 될 수 있는 것은 이것들이 구체적이고 확실한 유형의 내용을 특징으로 하기 때문이다. 이렇게 법칙은 어떤 의미에서는 공시성에 의존한다. 또한 앞서 우리는 단편소설이나 민담이 —다양성의 통일성으로 녹아들거나 한 가지 소망이 실현되는 식으로— 실재existence를 두 체계의 갑작스런 일치로 탈바꿈시킨다는 점에서 이를테면 비시간적이고 사물 같은 통일성을 지니는 것을 본 바 있다. 이는 곧 스토리 형식의 내재적 법칙에 부응하지 못하는 비스토리는 우리가 (비문장을 식별해 내는 것과 똑같이) 쉽게 식별할 수 있지만, 장편소설에는 이런 의미의 반대항이 없다는 이야기가 된다. 장편소설은 비극이나 희극, 서정시나 서사시, 민담이나 단편소설과 같은 하나의 장르가 아니고, 세상에 존재하는 장편소설들은 어떤 보편의 본보기가 아니라 논리적·분석적 양식보다는 역사적 양식에 따라 상호 연결되기 때문이다. (장편소설 중 실제로 법칙이 있는 하위 유형들은 —지금 나는 이를테면 탐정소설이나 역사소설을 떠올리고 있는데— 무슨 일반적 경향의 실례라기보다는 진화상의 기형이자 막다른 골목이다).

통시적 현상인 장편소설과 공시성의 구현인 이야기가 보여 주는 이 기본적 차이를 전달하는 또 다른 방편으로, 포Edgar Allan Poe의 가르침을 상기해 볼 수 있겠다. 포의 「작시作詩의 원리Philosophy of Composition」는 작품을 괄호치는 시클롭스키의 방법과 공통점이 매우 많다. 포가 보기에는, 서정시와 단편소설은 그 본질상 짧아야 하니, 한 면에 담기거나 한 시간 내에 읽을 수 있어야 한다. 이는 우연한 요건이 아니라 본질적인 요건이다. 두 장르 모두 어떤 의미에서는 시간을 극복하는 방식, 무정형의 시간적 연쇄를 우리가 장악하고 소유할 수 있는 동시성으로 번역하는 방식이다. 그리고 이런 관점에서 장편소설이 정당화될 수 없는 것이라면, 이는 장편소설이 기약하는바 진짜 시간이 끝없이 펼쳐질 전망 탓이다.

그렇다고 시클롭스키의 단편소설 연구가 장편소설 이론에 아주 무익하기만 한 것은 아니다. 그것은 우리에게 장편소설이 부정해 내야 하는 것이 무엇인지 보여 주며, 장편소설을 일화라는 그 첫 출발점을 극복하고 넘어서는 방식으로 바라볼 수 있도록 도와준다. 이렇게 볼 때 장편소설은 더 높은 차원의 복잡한 형식으로 지양된aufgehoben 단편소설로, 단편소설의 법칙들을 일종의 내부환경으로 담고 있되 이것들을 부정하게끔 되어 있는 유기체라고 할 수 있다. 얼마나 많은 위대한 근현대 장편소설이 ─당장 떠오르는 것은 [제임스 조이스의 ─옮긴이]『율리시스*Ulysses*』와 [토마스 만의 ─옮긴이]『마의 산*The Magic Mountain*』인데─ 창작자의 마음속에서 단편소설의 형태로 시작되었던지 생각해 보는 것도 도움이 되겠다. 어쨌든 내 생각에는, 뭔가 이런 노력을 치를 때에만, 다시 말해『소설의 이론』의 루카치와 『산문의 이론』의 시클롭스키의 방법처럼 완전히 다르고 심지어 상반되는 방법들을 하나로 묶어서 보는 힘든 일을 해낼 때에만, 진정 변증법적인 서사 개념에 도달할 수 있을 것 같다.

그렇지만 형식주의자들도 장편소설의 형식의 적어도 한 측면만큼은 정확히 파악해 낼 수 있었다. 바로 결말, 즉 지속durée과 통시성이 끊어지는 지점, 그래서 잠시 공시적 용어로 포착해 낼 수 있는 지점 말이다. 에이헨바움은 오 헨리O. Henry를 다룬 글에서 이렇게 말한다.

> 장편소설은 에필로그의 존재가 특징이다. 미래의 전망이 열리거나 주요 인물들의 이후 운명을 말해 주는 요약, 가짜 결론 말이다(투르게네프 Ivan Turgenev의 『루딘Rudin』이나 [톨스토이의 —옮긴이]『전쟁과 평화War and Peace』를 보라). 그래서 장편소설에서는 반전이 그렇게 드문 것이다(그리고 실제로 나타나는 경우에도 그것은 바로 단편소설의 영향력을 가리키는 징표일 뿐이다)….[49]

4장

1. 지금까지 우리는 낯설게하기 개념에 장착된 공시적 한계 가운데 몇몇을 살펴보았다. 그런데 이 개념에는 아직 우리가 아직 건드리지 않은 뿌리 깊은 애매성이 존재한다. 낯설게하기는 지각 과정 자체에 적용될

---

49 Tzvetan Todorov (ed. and trans.), *Théorie de la littérature* (Paris, 1965), p. 203.

2부 — 형식주의의 전개

수도 있고 그 지각의 예술적 표현양식에 적용될 수 있다. 예술의 본성이 낯설게하기라 치더라도, 시클롭스키의 글에서는 낯설게 되는 것이 내용인지 형식 자체인지 끝내 불분명하게 남는다. 달리 말해 모름지기 예술이라면 모두 모종의 지각 갱신을 수반하는 듯하지만, 모든 예술형식이 자신의 특수한 기법에로 관심을 이끌거나, 의도적으로 자신의 '장치'들을 '드러내거나' 노출하는 것은 아니다. 게다가 바로 이 지점에서 기술記述이 처방으로 슬그머니 넘어간다. 즉 시클롭스키가 출발점으로 삼았던 지각 모델 —한편으로는 지각을 낯설게하기와 연관 짓고 다른 한편으로는 동기부여를 습관화나 타성에 연관 짓는— 을 들여다보면 왜 그가 '동기부여'가 철저히 억제된 예술에, 즉 자기 자신을 소재로 삼고 자신의 기법들을 내용으로 제시하는 유형의 예술에 기우는지 어렵지 않게 알 수 있다.

이런 자의식적 문학의 원형은 스턴의 『트리스트럼 샌디』인데, 시클롭스키는 이 작품을 "세계문학에서 가장 전형적인 장편소설"이라는 많은 논의를 불러온 문장으로 기술한 바 있다.[50] 나는 이 문장은 그 대담무쌍함과 별개로 문자 그대로 받아들여져야 한다고 믿는다. 『트리스트럼 샌디』는 모든 장편소설 가운데서 가장 장편소설스럽기 때문에, 즉 바로 이야기하기 과정 자체를 소재로 삼았다는 점에서 가장 전형적인 장편소설이라는 것이다. 서사 기법이 어느 정도까지 『트리스트럼 샌디』의 내용이 되는지 가늠하려면, 행위자와 작가, 주인공과 기록자, '마르셀'과 '프루스트'[51]를 구별 짓는 통상적인 일인칭 소설과 비교해 보면 된다. 프루

---

50   *O teorii prozy*, p. 204 (*Russian Formalist Criticism: Four Essays*), p. 57.

스트에서 작가의 개입은 추상적인 상태에 머무른다. 우리는 이 제2의 반성적 '나'를 직접 보지는 못하는데. 그것은 우리가 그의 마음을 통해 더 젊었을 때의 그를 보고 있기 때문이다. 『트리스트럼 샌디』에서는 우리가 내용의 시간, 즉 실제 서술된 사건의, 트리스트럼 자신의 삶의 시간에 초점을 맞추려 할 때마다, 문장들은 우리를 바로 그 문장들의 시간으로 돌려보낸다. 그것의 쓰기가 이루어지는 시간으로("이번 달에 나는 열두 달 전보다 옹근 만 한 살을 더 먹었다. 그리고 여러분도 보다시피 이 책의 거의 제4부 중간에 접어들었으니 —그런데도 첫날의 내 삶에서 한 치도 나아가지 못했으니— 이제 나는 처음 시작했던 때보다 삼백하고도 육십사일의 삶을 더 써야 하고, 그래서 여느 작가들처럼 지금까지 쓴 만큼 작업 진도가 나가기는커녕 오히려 그만큼 더 밀려 버렸다"[52]), 그리고 우리의 읽기가 이루어지는 시간으로("오배디아Obadiah가 말에 안장을 얹고 남자 조산원 슬롭Slop 박사를 불러오라는 지시를 받은 때는 토비Toby 삼촌이 벨을 울린 뒤로 대략 한 시간 반은 족히 읽은 후였으니, 아무도 내가 오배디아에게 충분한 시간을 주지 않았다고 말할 수는 없는 노릇이다"[53] 등등).

더구나 이런 작가의 간섭 없이 내용을 직접 목격할 수 있을 때도, 우리는 말과 경험의, 모형과 실제 삶의 통약 불가능성을 깨닫게 되니, 동작은 미세할 대로 미세해진 슬로모션으로 마냥 늘어나고, 사건의 토막들은 시간 속 모든 인간경험이 무한히 나누어질 수 있다는 것을 입증하기라도 하려는 듯 산산조각 나는 것이다.[54] 이런 면에서 『트리스트럼 샌

---

51 여기서 '마르셀(Marcel)'은 일차적으로 프루스트의 『잃어버린 시간을 찾아서』의 주인공이자 서술자의 이름. — 옮긴이

52 Laurence Sterne, *Tristram Shandy* (New York, 1935), p. 191.

53 *Ibid*., p. 67.

디』는 모형들의 최초의 변증법적 초상이라 할 수 있다. 현실은 이야기되는 방식에 따라 무한히 늘어나거나 줄어들 수 있다는 것을 보여 주는, 제목에서 호명하고 요약하는 '삶'과[55] 이야기될 수 있는 인간 시간의 더 이상 분할 불가능한 최종 단위인 순수한 '순간'이라는 두 무한 사이에 걸려 있는 초상 말이다.

이렇게 형식주의자들에게 『트리스트럼 샌디』는 현대문학 내지 전위 문학 일반의, '제재 없는 문학'의 선조 자리를 차지한다. '제재 없는 문학'의 본보기로 시클롭스키는 로자노프Vasilii Rosanov를 꼽지만, 이는 우리가 플롯 없는 소설 일반으로 익히 보아 온 것이다(실제로 시클롭스키는 플롯의 일반적 등가로 '제재sujet'라는 말을 사용한다). 로자노프는 소설이 그 원재료로, 다시 말해 잡지 기사, 신문 스크랩, 편지, 굴러다니는 봉투와 종이 조각에 끄적인 메모 등등으로 이루어진 일종의 언어적 콜라주로 소급·해체되는 사례를 보여 준다. 내용의 관점에서 보자면 로자노프는 다중多重 인격에서 (『노보예 브레먀Novoe Vremya』에서는 본명으로 보수적 칼럼니스트로, 『러스코에 슬로보Russkoe Slovo』에서는 필명으로 진보적 칼럼니스트로 활동함) 러시아판 피란델로Luigi Pirandello나 페르난두 페소아Fernando Pessoa 정도로 볼 수 있을 것이다.[56] 시클롭스키에게는 심지어 이런 이념적 내용도 일차적인 것이

---

54   예를 들면, "인도 손수건이 아버지의 웃옷 오른쪽 주머니에 있었으니, 아버지는 절대로 오른손은 사용하지 말았어야 했다. 아버지가 한 대로 오른손으로 가발을 벗는 대신, 전적으로 왼손에 맡겨 두었어야 했다. 그랬다면 머리를 닦아야 하는 긴급사태가 당연히 찾아와 손수건이 필요해졌을 때도 그냥 웃옷 오른쪽 주머니에 오른손을 넣어 손수건을 꺼내기만 하면 그만이었을 테고, 이 일을 하나도 억지스럽지 않게, 전신의 힘줄이나 근육 하나 흉하게 뒤틀리는 법 없이 매끈하게 해낼 수 있었을 것이다."(Ibid., p. 105.)

55   『트리스트럼 샌디』의 원제 'The Life and Opinions of Tristram Shandy, Gentleman'에 'life'라는 말이 들어 있는 것을 염두에 둔 언급이다. — 옮긴이.

아니라 그것을 불러낸 형식의 결과물일 뿐이라는 점은 주목할 만하다. "'예'와 '아니오'가 종이 한 장 위에 함께 쓰여 있으니, 전기적傳記的 사실이 문체적 사실의 지위로 승격된다. 거기서 '검은' 로자노프와 '붉은' 로자노프가 예술적 대비를 만들어 내는데, '추잡한' 로자노프와 '깨끗한' 로자노프 사이의 대립도 마찬가지다."[57]

시클롭스키 자신의 문학적 작업이 이 강령을 따르는 방식은 군이 살펴보고 말고 할 것도 없다. 외삽된 스토리와 여담餘談과 작가 개입이 혼재된 회고록 투의 원源소재들에다, 그의 삶의 다양한 시기에 쓴 여러 가지 원고를 일부러 조합해 놓은 것이라는 이 작품들의 역사며, 한 문장짜리 문단의 신문기사식 충격에 대폭 기대는, 문단들로 조각조각 나누어 놓는 문체며(고리키Maxim Gorky는 "빅토르 시클롭스키의 '문체'는 짧고 건조함, 역설적 문구"라고 불평했다[58]), 이미 내용 속에서 '내용'을 평가절하하는 것인 축소어법과 반어적 절제의 침묵들.[59] 이런 작품들을 보자면, 낯설게하기라는 신조 자체가 시클롭스키 본인이 사용하는 특정 기법들에 대한 일종의 '동기부여'라는 생각도 슬쩍 든다.

우리는 이처럼 내용상의 낯설게하기에서 형식상의 낯설게하기로 슬그머니 넘어가는 것을 가리켜 시클롭스키의 사고가 안고 있는 애매성

---

56   바실리 로자노프(1856-1919)는 제정 러시아의 문인이자 역사학자, 철학자 겸 사회평론가. 『노보예 브레먀』와 『러스코예 슬로보』는 당시 러시아에서 발간된 신문들. 루이지 피란델로(1867-1936)는 이탈리아의 극작가. 페르난두 페소아(1888-1935)는 포르투갈의 시인이자 평론가. — 옮긴이

57   *O teorii prozy*, pp. 234-235 (*Theorie der Prosa*, p. 173).

58   Richard Sheldon, *Viktor Borisovič Shklovsky: Literary Theory and Practice, 1914-1930* (Ann Arbor, Michigan, 1966), p. 50.

59   시클롭스키 자신의 삶과 경험을 소재로 한 소설 『감성여행』도 이 같은 실험적 기법의 문체적 특징을 보여 주는 사례이다. — 옮긴이

이라고 부른 바 있지만, 이 애매성이 부주의 탓인지 아니면 의도된 것인지는 분명치 않다. 어쨌든 『산문의 이론』의 핵심 문장이 이 문제를 더욱 미심쩍게 만드는 것은 분명하다. "예술은 대상이 만들어지는 것을 재경험하는 수단이지, 이미 만들어진 대상은 예술에 하나도 중요하지 않다."[60] 그렇다면 모든 예술형식이 오로지 '자신의 장치를 드러내기' 위해서, 우리에게 오로지 예술 자체의 창조의 광경을, 대상이 예술로 변형되는, 대상이 예술로 화하는 광경을 보여 주기 위해서 존재한다고 봐야 한다는 말인가? (그러나 이럴 경우, 이른바 '현대' 예술만이 가치가 있는 셈이다. 아니 시클롭스키에게는 전통적인 예술조차도 그 본질에서 실은 은밀히 현대적이다.) 아니면 뭔가 더 형이상학적인 함의가 들어 있다고, 즉 바로 지각행위부터가 해당 대상을 만드는 작업이며, 어떤 대상을 새롭게 다시 지각한다 함은 어떤 의미에서는 우리 자신의 '만들기' 활동을 의식하게 됨이라고 봐야 하는가? 이 맥락에서 인간은 자신이 만들어 낸 것만을 이해할 수 있다는 비코Giambattista Vico[61]의 신조를 떠올리게 된다. 그러나 시클롭스키는 늘 그렇듯 결론을 내리지 않는다. 그는 형이상학적 주장에 기질적으로 거부감을 느낀다.

2. 시클롭스키가 보기에 낯설게하기는 '장치 드러내기'에서 그 궁극적 형태를 취하는데, 이것을 여러 면에서 유사한 독일 낭만주의자들의 아

---

60   *O teorii prozy*, p. 13: "Iskusstvo est sposob perezhit delanie veshchi, a sdelannoe v iskusstve ne vazhno."

61   비코(1668-1744)는 이탈리아 철학자로 'Verum esse ipsum factum(진리는 만들어진 것)'이라는 경구로 유명함. ― 옮긴이

이러니와 비교하는 것도 도움이 된다. 낭만적 아이러니[62]는 이 용어가 연상시키는 통상적 작가 개입보다 훨씬 방대한 함의를 갖는다. 사실 그런 개입은 대체로 다시 내용으로 끌려 들어가 그 속에 재흡수될 뿐이다. 비물질인 예술작품은 갈라지거나 손상될 수가 없으니 아무렇지도 않게 흔적도 없이 다시 아물고, 개입하는 '작가'는 여러 인물 내지 페르소나 persona 중 하나에 불과해진다.

광의의 아이러니 개념은 바로 관념론의 일반적 정신과 일치하며, 프리드리히 슐레겔은 이 개념을 정당화하기 위해 드러내 놓고 동시대 과학에 호소한다. 그것은 (인간이 만들었고 그래서 이해 가능한) 역사와 (신의 창조의 소산으로 우리에게는 생경한) 자연이라는 비코의 구분이 점차 지워지는 변화와 관련된다. 즉 우리가 비인간적인 것과도 공통점을 지닌다는, 아니 아我, I나 비아非我, not-I 모두 초월적 에고나 절대정신 차원의 어떤 더 크고 더 포괄적인 실체에 포함된다는, 그래서 인간의식이 응시하는 모든 것에서 자신의 씨앗을 재발견한다는 점진적 느낌과 관련된다. 그렇다면 이 형이상학적 관념론에 대해 예술작품은 분명히 유형有形의 상징이 된다. 작가가 창작의 표면을 뚫고 스스로를 드러내는 방식보다는 바로 반쯤 가려진 현존으로, 반투명한 불투명으로 표면 뒤에 숨겨져 있는 방식으로 말이다.

---

62   작가가 주인공의 이상과 현실 사이의 간극, 혹은 자기 작품의 인공성을 부각시키는 문학 기법으로, 낭만주의 특히 독일 낭만주의 미학의 중요한 요소이다. ─ 옮긴이

썩어 가는, 허나 절대 썩어 무너지지 않을

나무숲의, 저 아득한 높이,

멈춘 듯 우렁찬 폭포 소리,

그리고 좁은 협곡 굽이마다, 갈 길 잊은,

바람을 가로지르는 바람,

푸른 맑은 하늘에서 쏟아지는 급류,

귀에다 대고 속삭이던 바위들,

마치 목소리라도 지닌 양 말을 건네던

물기 듣는 시커먼 절벽들, 노호하는

물살의 멀미 나는 광경과 아찔한 조망,

거칠 것 없는 구름과 하늘,

소란과 평화, 어둠과 빛—

이 모두 한 정신의 같은 작용이요,

한 얼굴에 어린 표정들, 한 나무에 핀 꽃들이라. …[63]

이렇게 아이러니는 우리가 예술작품과 갖는 관계를 특징짓는다. 즉 마주한 표면이 상상적 재현물이자 타인의 노고의 결과물임을 알지만 그럼에도 불구하고 마치 그것이 실제인 양 그 속에 기꺼이 빠져드는, 환각과 흥미 없는 차가운 거리두기의 중간쯤 되는 상태인 것이다. 마찬가지로 아이러니는 우리가 외적 세계와 갖는 관계도 지배한다. 대상이나 세계 일반에는 뭔가 역설적인 점이 있으니, 즉 우리가 그것과 관계를 갖는

---

63   Wordsworth, *The Prelude*, 제6부, 624–637행

만큼은 당연히 외적이지만 동시에 그런 관계가 가능한 한에 있어서는 우리와 동일한 질료로 되어 있는 셈이다.

아마도 초현실주의자가 말하는 객관적 우연le hasard objectif 개념[64]과 욕망의 간계 ─욕망이 외부 세계의 매혹적인 대상들 속에서 형체를 굳히고, 산업적 풍경인 저 거대한 벼룩시장의 간판이나 잡동사니 속으로 무의식이 투사되는 방식[65]─ 에 대한 감각이 이 더 오래된 낭만적 개념에 형식상 가장 가까울 것이다.

이에 비해 시클롭스키의 교리는 장인匠人 생산과 더 공통점이 많아 보인다. 파운드와 마찬가지로. 그의 기법 강조는 과거의 수공예 문화에 대한 향수를 반영하는 것 같다. 다시 말해 그는 기법적 식견에 높은 점수를 줌으로써 예술과 문학에 제화製靴나 도예 같은 손기술 특유의 견고성을 부여하는 것이다(증거가 더 필요하다면, 그가 제1차 세계대전 중 장갑부대에서 뛰어난 기술을 발휘했던 것을 자랑스럽게 여겼고, 그 후 1920년대에는 아마 재배에 대한 막심 고리키의 잘못된 지식을 신나게 지적했던 일만 보아도 될 것이다).[66] 만일 형식주의적 분석과 아리스토텔레스의 문학방법 사이에 유사성이 간혹 보인다면, 실로 공예craft 내지 기술skill로서의 예술이라는 이 공통된 모델 덕분이라 해야 할 것이다.

강조점이 존재론에서 기법으로 옮아가는 변화는 민속자료를 강조하는 방식에서도 목격되는데, 민속자료는 낭만주의와 형식주의 양자 모

---

64   베르그송(Henry Bergson)으로부터 받아들인 개념으로 우연의 힘과 그 실체성을 강조한다. ─ 옮긴이

65   초현실주의자들은 벼룩시장에서 찾아낸 물건들을 예술 오브제로 자주 활용한 바 있다. ─ 옮긴이

66   Shklovsky, *Sentimental Journey*, p. 270; Sheldon, *Viktor Borisovič Shklovsky*, p. 51.

두에 대단히 중요했다. 그림Grimm 형제와 프로프의 병치는 이 점에서 상징적이니,[67] 두 경우 모두 민담과 민중적 상상력에 의지하는 것은 가장 엄격한 의미에서 기초적이고 기원적인 어떤 것으로의 복귀를 의미하되, 그러나 이 어떤 것이 낭만주의자에게는 통시적인 무엇인 반면 형식주의자에게는 구조적인 무엇이었다. 즉 원래의 언어, 이야기하기의 원래 원천들 대 궁극의 단순한 모습으로 드러나는 담론의 근본 구조 및 플롯의 기본 법칙이다. 형식주의 사업의 정신이 궁금하다면, 마더 구스 Mother Goose 동요[68]를 분해하는 데 집단적으로 매진하는 신비평가들을 상상해 보라!

3. 기법에 관한 형식주의 개념의 독창성은 그 전도성顚倒性에서 찾을 수 있다. 아리스토텔레스와 신아리스토텔레스 학파에게 예술작품의 모든 것은 어떤 궁극적 목적을 위해 존재하며, 그 목적이란 소비되는 대상으로서 작품 자체에 담겨 있는 독특한 정서나 특이한 즐거움이다. 반면 형식주의자에게 작품의 모든 것은 작품의 탄생 자체를 가능케 하기 위해 존재한다. 이 접근법의 이점은, 아리스토텔레스의 분석이 결국 작품 바깥으로(즉 심리학으로 그리고 정서의 관습성이라는 문학 외적인 문제로) 나가게 되는 데 반해, 시클롭스키에서는 연민과 공포 같은 정서 자체도 일차적으로 작품을 형성하는 부분 내지 요소로 간주될 수 있다는 데 있다. 『트

---

67   독일 민담을 수집해 펴낸 『그림동화』로 유명한 그림 형제는 야코프 그림(Jacob Grimm, 1785-1863)과 빌헬름 그림(Wilhelm Grimm, 1786-1859)으로, 독일 낭만주의 시대의 문인이자 학자이다. — 옮긴이

68   마더 구스는 18세기 후반 영국에서 나온 전래동요 모음집의 가공의 저자. — 옮긴이

리스트럼 샌디』에서 감정을 논의하는 다음 구절을 보자.

다른 게 아니라 예술에는 애당초 별도의 내용이 없다는 이유에서만
도 감성sentimentality은 예술의 내용이 될 수 없다. '감성의 관점'에서 사
물을 재현하는 것은, 이를테면 말(톨스토이의 『홀스토메르』)이나 거인(스위
프트)의 관점에서 재현하는 것과 비슷한, 특별한 재현방법이다.

그 본질에서 예술은 정서를 초월하며 … 냉담한데 ―혹은 동정심을
넘어서는데― 다만 연민의 감정이 예술적 구조의 재료가 되는 경우는
예외다. 그러나 그런 경우에도 이 감정을 고려할 때 작품 구성의 틀에
서 고려해야 한다. 모터를 이해하려면 채식주의자의 관점이 아니라
기계공의 관점에서 구동벨트를 어떤 기계의 한 부품으로 바라보아야
하는 것과 마찬가지다.[69]

예술작품에서 우선순위의 이 발본적 전도는 소쉬르의 지시대상의 절
연이나 현상학에서 후설의 괄호치기와 유사한, 결정적인 혁명이다. 이
전도의 취지는 예술작품은 미메시스mimesis, 모방이고(즉 내용을 가지고) 정
서의 원천 내지 조달자라는 상식적인 예술관을 중지시키는 데 있다. 이
런 괄호치기의 이점은 본질적으로 문학적인 요소 내지 사실들의 체계를
구축하는 것이다. 우리는 아리스토텔레스주의가 완벽한 선인이나 완벽
한 악인의 고통에 대한 정상적인 심리적 반응과 같은 문제들을 고려하

---

69 *O teorii prozy*, p. 192 [or "A Parodying Novel: Sterne's Tristram Shandy," trans. by W. George
Isaac, in Laurence Sterne: A Collection of Critical Essays, ed. John Traugott (Englewood Cliffs,
N.J., 1968), p. 79].

면서 순전히 문학적인 체계에서 벗어나 버리는 경향이 있음을 보았다. 이와 마찬가지로 예술작품의 내용을 전제하는 미학적 입장은 문학적인 것에서 철학적·사회적인 것으로 옮겨 가며, 주어진 사실이 문학작품에서 갖는 (동일한 요소가 다른 체계에서는 어떤 가치를 가지든) 순전히 문학적인 기능을 시야에서 놓치는 경향이 있다.

형식주의적 입장의 이점들이 가장 명백해지는 것은 보리스 에이헨바움의 고전적 논문 「고골의 『외투』의 구성The Making of Gogol's Overcoat」에서인데, 그는 이 작품을 정교한 문학적 미메시스로, 다시 말해 전통적 스카즈skaz, 즉 과장된 구술담(형식주의자들이 즐겨 지적하듯 미국식 허풍tall tale이나 마크 트웨인Mark Twain의 이야기들의 러시아판)[70]의 몸짓과 이야기하기 절차들을 현학적인 예술기법의 차원으로 옮겨 놓은 것으로 본다. 스카즈의 기법들이 ―그 총체를 스카즈의 문체라고 부를 수 있겠는데― 이 작품에서는 가장 일차적인 요소이며, 이 방법의 역설적인 전제들은 다음과 같이 요약될 수 있겠다. 고골이 스카즈 문체를 취한 것은 특정 유형의 내용을 담고 싶어서가 아니다. 그보다는 스카즈에 기초한 문학적 문체를 창조하고 싶은 것이다. 그는 특정한 종류의 목소리로 말하고 싶어 하며, 이 최초의 출발점이 일단 주어진 연후에 비로소 그 목소리에 쓸 만하고 잘 돋보이게 만들어 줄, 이야기하는 목소리가 그 내재적 효과들을 한껏 발휘하도록 해 줄 적절한 재료, 일화, 이름, 세목들을 찾아 나선다. 그런데 정말 이 요약대로라면, 많은 뜨거운 논란거리가 곧장 무의미해진다. 예컨대 고골에서 낭만주의와 사실주의의 갈등은 더 이상 문제가 되지

---

70   스카즈는 방언과 속어 등 생생한 입말 투를 특징으로 하는 러시아의 구술서사 형식이다. ― 옮긴이

않는다. 핵심은 '사실주의' 요소(성 페테르부르크, 빈곤, 왜소한 소시민)가 낭만적 요소(결말부의 유령, 아카키 아카키예비치Akaky Akakievich라는 인물의 성격)보다 우세한지 아닌지 정하는 것이 아니다. 오히려 작품을 지배하는 스카즈 문체에는 갑작스런 교체와 대비를 위해 두 요소가 다 필요하다. 더욱이 스토리는 더 이상 철학적 혹은 심리적 진리를 전파하기에 적합한 것이 아니다. 우리는 더 이상 고골이 그 개시를 알린 평범한 도시인의 문학이니 그가 기록으로 옮긴 심리학적 혁신과 통찰이니를 운위할 수 없다. 이것들은 내용이라는 착시현상, 즉, 바로 예술적 과정의 작용이 만들어 낸 '진리'나 '통찰'이라는 신기루에 지나지 않기 때문이다.

「톨스토이의 위기Tolstoy's Crises」라는 글에서 에이헨바움은 자신의 방법을 더 확장하면서, 톨스토이의 종교 귀의도 어떤 의미에서는 '장치에 대한 동기부여'로 볼 수 있다는 것을 보여 준다. 귀의가 소진되기 직전인 예술적 실천에 새로운 원료를 제공했다는 것이다(시클롭스키의 로자노프 논의에서도 이와 유사한 우선순위의 전도를 본 바 있다). 심리적·전기적·철학적 분석의 권리를 부정하는 데서 출발한 이 방법의 전도 작용이 종국에는 이 분석들을 흡수하고, (이제는 전도의 생산을 위한 준비에 불과한 것으로 간주되는) 작가의 전 생애 및 경험과 함께, 바로 예술작품 속으로 다시 끌어들이는 것은 어쩌면 불가피한 일이다.

이러한 괄호치기에서 우리는 바로 형식주의적 방법의 핵심을 마주한다. 아마도 지금이 이 말을 하기에 적절한 순간일 듯한데, 빅토르 에를리흐가 영어로 된 형식주의 개괄서 결정판을 출간하고[71] 15년이 지났는

---

71   Victor Erlich, *Russian Formalism: History-Doctrine* (1955)에 대한 언급으로, 에를리흐는 러

데도 그간 이 운동이 미국의 비평 실천에 미친 영향이 이렇게 미미하다니 참으로 놀라울 뿐이다. 아마도 분과화의 습성이 뿌리박힌 나머지 형식주의 하면 아직도 왠지 모르게 슬라브문학 연구자의 정신적 소유물처럼 느껴지는 모양이다. 아마도 문학적 구성이라는 것 자체가 이미 사라졌거나 사라져 가는 수공예 등속의 긴 기술 목록에 편입되어 버린 것 같은 나라에서 형식주의자의 구성주의적 접근은 이제 철 지난 물건인 모양이다. 그렇지만 형식주의는 전통적 '방법'들에서 얻어지는 것과는 다른, 구조적으로 특별한 통찰을 낳는다.

형식주의 절차의 특이성 입증을 위해 단테의 「천국편Paradiso」을 택해 보자. 이 시의 내용은 작가가 표현하고자 한 궁극의 무엇이라고 볼 수도 있는데, 즉 궁극의 실재에 대한 비전이나, 아니면 표현 불가능한 것을 포착해 내는 임무를 떠맡은 언어일 수도 있다. 그러나 다른 두 편의 송가의 사건들과 나란히 놓고 보면[72] 「천국편」의 사건들은 묘하게 자기지시적이다. 단순히 이들의 경우 소재 자체에 어떤 진정한 저항이나 고집이 부재한다는 뜻만은 아니다. 사실 이런 부재는, 존 밀턴John Milton이나 윈덤 루이스Wyndham Lewis의 작품처럼 장엄하고 신학적인 과학소설이든, 아니면 행성 간 일상적인 이야기를 다루는 과학소설이든, 다른 형태의 과학소설에서도 마찬가지고, 부재의 결과는 자신이 방금 날조해 낸 '세계'를 정확하게 그려 내려고 분투 중인 양하는, 작가 편에서 행하는 이중의 가장 같은 것이다.

시아에서 태어나 30대 초에 미국으로 이주, 예일대학 러시아문학 교수로 재직하였다. — 옮긴이

72 단테의 『신곡』은 「지옥편」, 「연옥편」, 「천국편」의 세 송가(canticle)로 구성된다. — 옮긴이

앞 두 송가에서는, 등장인물 단테의 생각이나 그가 베르길리우스 Vergilius와 죄인들에게 던지는 질문, 그들이 그에게 하는 질문에서, 지상의 삶 자체라는, 그리고 개개인의 과거 및 미래의 운명이라는 현실 —서술된 여행의 범위를 벗어나거나 넘어서는 현실— 도 마찬가지로 빈번히 다루어졌다. 그러나 이제 여행자의 압도적인 관심사는 앞에 펼쳐진 영역의 질서와 천국 자체의 성격에 대한 것이다. 따라서 「천국편」의 내용은 한 질서의 질서라 해도 무방할 것이다. 그리고 이 질서 자체도 하나의 표상 내지 현상appearance일 뿐이다.

> 저들을 여기서 보여 준 것은
> 저들이 정말로 [천국권의 —제임슨] 제 본디 자리에서 온 자라서가 아니라
> 가장 낮은 천상계를 시각적으로 구현해 보여 주려 함이지요. [73]

따라서 단테가 보고 또 거쳐 가는 것은 천상에 대한, 작도법에서 말하는 일종의 투영도일 뿐이다. 이 영혼들부터가 실상 천국권the Empyrean에, 구별을 떠난 지복至福 가운데, 모두 한데 모여 있다. 그래서 이 지복 상태는, 단테의 이승 사람다운 정신과 경험의 시간적·변별적 범주들에 부응하거나, 혹은 결국 같은 말이겠지만, 시간 속에서 움직이는 단테의 서사 언어로 접할 수 있도록 하려는 듯, 복된 자들의 서열과 등급으로 분절되어 있다.

---

73   Dante Alighieri, *La Divina Commedia, Paradiso*, 제4곡, 37-39행.

따라서 이런 맥락에서 보면, 많은 찬사를 받아 온 피카르다 도나티 Piccarda Donati의 대사 "당신의 뜻에 우리의 평화 있나니"[74]는 좀 다른 의미를 띠게 된다. 통상적으로는 의지의 포기와 복종하는 영혼의 해방감을 표현한 것으로 받아들여지는 이 구절은 그런 복종의 본보기의 일부를 이루는 것이자, 낮은 천당계의 영혼들이 복된 자의 왕국 가운데 더 높은 곳으로 올라가려는 갈망을 어째서 더 이상 느끼지 않는지 설명하기 위한 대목이다.[75] 이 유명한 구절은 이처럼 「천국편」의 다양성에 동기부여를 하는 방식이며, 일견 동일한 원자료로부터 차이를 그리고 지복이라는 원초적 통일성으로부터 다양성을 만들어 내는 방식이다.

신학적 차원에서 볼 때 풀어야 할 숙제는, 다른 종교들에서는 영혼이 신성한 실체divine substance로 용해되거나 지복 가운데 소멸되리라고 말하는 상황에서, 개인주의와 궁극적인 영적 변화를 기독교 속에서 화해시키는 일이다. 「천국편」의 모든 일화, 모든 토론, 모든 만남, 모든 반응 ―인간의 유전적 다양성에 대한 샤를 마르텔Charles Martel의 설명, 성 프란시스St. Francis와 성 도미니코St. Dominic의 상징적인 병치, 솔로몬의 세속적 지혜와 은총으로 받은 지혜의 관계에 대한 긴 여담, 하나의 목소리로 수천이 말하는 목구멍을 가진 독수리, 그리고 천사들의 창조를 신이 자신의 실체를 거의 무상으로 재생산하는 가장 순수한 예로 정당화하는 것까지― 이 이런저런 방식으로 제가끔 바로 이런 다양성의 근거이자 설명으로 기능하는 것을 보여 주기란 어렵지 않을 것이다.

---

74   *Ibid.*, 제3곡, 85행. 피카르다 도나티는 단테와 친분이 있었던 도나티 가문의 여성이자 『신곡』 「천국편」에 나오는 등장인물의 이름이다. ― 옮긴이

75   단테의 『신곡』에서 '복된 자의 왕국' 천국은 아홉 등급의 영역으로 이루어져 있다. ― 옮긴이

정치적 각도에서 숙제는 제국을 다시 세우는 것이다. 즉 이탈리아 자본주의 발생기의 도덕적 무질서를 타파하고 통일된 국가상 속에서 인간의 다양한 재능이 조화롭게 발휘될 수 있게 해 줄 질서를 세우는 숙제이다. 『신곡』이 「지옥편Inferno」에서 「천국편」으로 나아갈수록 정치성이 더 명료해진다는 점은 자주 지적된 바 있다.

그러나 이 모든 외견상 내용은, 우리가 신학적 각도로 표현하든 정치적 각도로 표현하든, 형식주의의 관점에서 보면, 이 텍스트 자체 특유의 구조적 문제들이 구성 속에서 계속 해법을 찾아가는 가운데 투사되면서 만들어진 착시에 지나지 않는다. 「천국편」에서 단테가 마주하는 형식적 문제란 달리 말하면 시간을 넘어선 것의 이야기를 시간 속에서 해내는, 동일성을 차이의 언어로 풀어내는, 다양성을 통해 통일성이 목소리를 낼 수 있게 하는 문제다. 해법 역시 마찬가지로 예상을 벗어난다. 등장인물 단테가 천국의 질서를 캐묻고 그것에 어떻게 등급이 있을 수 있는지 이해해 보려 하는 동안에도 시인 단테는 자신의 시를 이어 나가고 진척시켜 나간다. 따라서 「천국편」의 내용은 결국 어떻게 천국에 내용이 있을 수 있느냐 하는 데 대한 일련의 탐구이며, 이 시의 사건들은 이런 사건들을 애당초 구상할 수 있게 만들어 준 필요한 전제조건들의 일련의 극화 '이상이 아니다'라고 말할 수도 있겠다. 이 시의 주제는 바로 이 시의 탄생이다. 이런 공식이 형식주의 접근법에 함축되어 있음은 의심의 여지가 없다. 다만 이를 본격적인 강령으로 만드는 일은 이들을 계승한 프랑스 구조주의자들의 몫으로 남겨졌다.[76]

---

76   독자들로서는 형식주의적 분석을 모방한 이상의 논의를 필리프 솔레르스(Philippe Sollers)의 구

물론 체계적으로 내용을 거절하고 실로 그런 모든 의도된 내용을 형식의 투사로 번역해 되돌려놓으려까지 하는 이러한 분석에는 내재적으로, 아니 어쩌면 구조적으로 뭔가 갑갑한 면이 있다. 후설의 괄호치기도 상식적 경험에 대한 이와 유사한 유예였는데, 괄호가 닫힌 후에 이 경험은 그 일상적인 힘과 증거를 고스란히 간직한 채 다시 작동하기 시작한다. 그러나 형식주의자들은 괄호 닫기를 꺼린다.

여기에는 작품이 지시대상을 지니거나 혹은 특정 내용을 의도하는 듯 보여도 다만 그렇게 보일 뿐이라는 생각이 담겨 있다. 실제로 작품이 말하는 것은 오로지 자신의 생성, 그 구성의 맥락인바 특정 상황 내지 형식적 문제들하에서 이루어지는 자신의 구성뿐이다. 내가 보기에는 이 같은 관점 자체가 일정 정도는 형식주의의 절차들이 투사된 착시인데, 이런 유형의 투사에 대해서는 구조주의에서 유사한 순간을 만날 때 더 상세히 다루기로 한다.

그럼에도 불구하고 나는 어떤 점에서는 이게 사실이고, 모든 문학작품이 지시대상을 지시하는 언어를 구사하는 동시에 자신의 형성 과정에 관한 일종의 측면적 메시지를 발신하는 면이 있다고 믿는다. 읽기라는 사건은, 달리 말하자면, 그 이전의 쓰기라는 사건을 오직 부분적으로만 지울 따름이고, 읽기는 마치 원래 있던 글을 지우고 다시 쓴 양피지 사본에서처럼 쓰기 위에 겹쳐진다. 바로 이것이 방법으로서의 형식주의의 사회적 토대가 아닌가 한다. 작품이란 응결된 작업이고 생산물이란 생

조주의적 해석과 비교해 보는 것도 시사적이겠다. "Dante et la traversée de l'écriture", *Logiques* (Paris, 1968), pp. 44-77.

산의 최종 결과인 한 말이다.

4. 이와 동시에 형식주의의 실제 작업에서는 우리가 이제까지 기술해
온 역설적 반전이 오히려 자신의 출발점을 묘하게 평가절하하는 결과
로 이어진다. 형식주의는 '장치 드러내기'의 문학, 즉 자신의 기법을 낯
설게 만드는 문학은, 『트리스트럼 샌디』 같은 소수의 예외는 있지만, 장
치를 의도적으로 숨기는 이전의 문학으로부터 이렇게 스스로를 근본적
으로 차별화하는 현대 특유의 문학이라는 전제를 깔고 있었다. 그러나
이제는 마치 '장치 드러내기'가 모든 문학의 특징인 것처럼 보일 수도 있
다. 이제 궁극적으로 문학적 구조는 모두 자기 자신을 대상으로 삼는다
고, 문학 자체에 '관한' 것이라고 이해될 수도 있기 때문이다. 이 지점에
이르면 문학적 모더니즘 특유의 독특한 구조는 문학 일반의 기본 구조
에 지나지 않게 된다.

이 모순을 진술하는 좀 더 결정적인 또 다른 방식은 낯설게하기라
는 발상이 논쟁적이고 또 항상 논쟁적일 수밖에 없음을 지적하는 것이
다. 즉 낯설게하기란 사고나 지각의 기존 습관을 부정하는 데 의존하
며, 그런 만큼 그 습관에 묶이고 또 의존한다. 달리 말해 그것은 그 자체
로 일관된 개념이 아니라, 과도기적이고 자멸적인 개념이다. 이는 다른
곳 못지않게 형식주의 비평에서도 역력하니, 여기서 폭로가 갖는 힘은
당신이 그 전까지 '내용'을 믿었을 때 성립하며, 그 힘의 크기는 이를테
면 고골이나 『돈키호테』의 철학적·심리적 함의가 순수한 예술적·장인
적 모델을 위해 무자비하게 버려지는 것을 보면서 당신이 은연중에 받
는 충격에 비례한다. 사실 이는 형식주의뿐 아니라 모더니즘 일반의 이

론적 장치 대부분에 해당되는 이야기다. 예컨대 브레히트의 소격효과 Verfremdungseffekt 같은 이론도 실은 독일 표현주의의 요란한 스타일화 stylization[77]에 익숙하지 않은 대중을 상대로 하고 있다. 그러나 모던하고 스타일화된 예술과 장식 가운데서 자라난, 그래서 이런 스타일화가 아무런 변호도 필요 없는 전적으로 자연스런 것으로 여겨지는 세대들에게 는, 논쟁의 내적 긴장력과 동력이 사라진 듯 보인다.

똑같은 모순이 시클롭스키 개인의 문학생산에도 따라다니며, 그가 드러낸 그 독특한 역사적 형태의 헤겔적 불행의식[78]도 어쩌면 거기서 연유하는지도 모르겠다. 시클롭스키는 '장치 드러내기'가 문학에서 낯설게하기와 기법적 쇄신을 이루는 현대 특유의 양식이라고 보았고, 그럼으로써 자신이 처한 독특한 개인적·역사적 상황을 새것 자체와 전적으로 동일시했다. 그러나 영속적인 예술적 변화, 예술의 영구혁명이라는 형식주의 발상에 내포된 '비극적 삶의 감각'은 변화를, 한때는 새로웠던 절차도 낡을 수밖에 없음을, 한마디로 바로 자기 자신의 죽음을 수락할 것을 요구한다. 따라서 대중이 시클롭스키가 직접 실천하고 이론을 통해 동기부여를 한 자의식적 예술에 싫증을 느끼게 되는 것은 당연한 논리적 귀결이다. 그런데 '장치 드러내기'는 다른 것으로 대체될 수 있는, 여러 기법 가운데 그저 하나의 기법이 아니라, 예술이 스스로 자신이 일차적으로 낯설게하기임을 깨닫는 의식화이다. 따라서 그것이 무너지면

---

77 스타일화는 정서나 의미의 전달을 위해 자연의 형태에서 벗어나 시각적 요소를 왜곡하거나 과장하는 회화 기법을 가리킨다. — 옮긴이

78 헤겔이 말하는 '불행의식(unhappy consciousness)'은 스스로의 내적 분열과 자기 적대성을 자각하는 상태의 의식을 말한다. — 옮긴이

이론 전체가 함께 무너진다. 그리하여 보편적 법칙을 자처했던 것이 달력이 넘어가면서 결국 가면 쓴 당대의 이데올로기에 불과했음이 드러난다.

5장

1. 그러나 이것으로 이야기가 끝나는 것은 아니다. 시클롭스키가 가동시킨 기본적인 힘에서 그의 예술적·개인적 딜레마에서 비롯된 왜곡들을 걷어 내고 나면, 소쉬르 언어학과 유사한 수준의 정제된 모델이 남는다. 형식주의 입장을 이런 식으로 가장 명쾌하고 수학적으로 재구성할 수 있는 자질과 재능을 갖춘 이론가가 바로 유리 티냐노프Yury Tynyanov였다.

시클롭스키의 실패를 설명할 때 사용했던 문학적·역사적 관점을 티냐노프의 성공을 설명할 때도 사용해 볼까 하는 생각도 든다. 문학을 쇄신하는 방식으로 티냐노프가 개발한 문학적 형식은 시클롭스키가 실천한 유별나게 모순적이고 자의식적인 '장치 드러내기'가 아니라, 오히려 동등한 기능성을 지닌 여러 기법 가운데서 하나의 기법을, 동등한 특권을 가진 여러 가능한 형식 가운데서 하나의 형식을, 즉 러시아문학에서 그때까지 한 번도 제대로 활용된 적이 없었던 모험소설 장르를, 그중에서도 역사모험소설을 선택하는 것이었다. 티냐노프는 이 형식을 직접 실천함으로써 스스로를 문학사를 완수하는 자가 아니라 진정 역사적인 연쇄의 그저 하나의 순간에 참여하는 자로 볼 수 있었던 게 분명하다.[79] 더구나 이 장편소설들 ―대개 푸시킨 시대 작가들과 푸시킨 본인에 대한 소설형식의 전기傳記인데― 의 내용은 시클롭스키를 지배하는 기념적이고 자전적인 충동보다 아마도 더 역사적인 성향을 지닌 감수성의 징표이다.

티냐노프는 우리가 앞에서 논의한 장인적 모델에 내포된 기법 관념 및 왜곡들을 배제함으로써 개별 예술작품의 분석에서 체계라는 관념을 살려 낼 수 있었다. 기법 관념의 목적론적 함의부터가 예술작품 속의 철학적인 내용이든 다른 내용이든 내용의 위상이라는 가짜 문제, 즉 기법이 내용을 산출하기 '위해서' 존재하느냐 아니면 내용이 기법을 산출하기 '위해서' 존재하느냐라는 가짜 문제로 이끈다. 그러나 기법과 목적이라는 관념을 버리고 단순히 지배적 요소와 부차적 요소를 말하거나, 혹은 "다른 것들을 제치고 일군의 요소를 앞세움"[80]일 뿐인 하나의 지배적 구성원리(혹은 이후 프라하학파가 만들어 낸 안성맞춤의 용어로는, 한 세트의 요소들의 '전경화foregrounding'[81])를 말한다면, 기존 시클롭스키 입론의 이점은 다 지니되 그 결함은 다 면한 모델이 바로 구성된다.

이 새 모델은 전경화된 혹은 지배적인 기법들이 후경화background

---

79   티냐노프는 소설가로도 활동했는데, 실존작가를 다룬 소설 『큐흘리야(Kyukhlya)』(1935)이나 소설 형식의 푸시킨 전기 『젊은 푸시킨(Young Pushkin, Юность поэта)』(1935-1943년 연재)이 대표적이다. ― 옮긴이

80   Yury Tynyanov, *Problema stixotvornogo yazyka* (Leningrad, 1924), p. 10 (*Théorie de la littérature*, ed., Todorov, p. 118).

81   Paul Garvin, ed., *A Prague School Reader on Esthetics, Literary Structure, and Style* (Washington, D. C., 1955). 특히 pp. 21-25 참조.

되거나 부차적인 기법들과의 긴장 속에서 지각된다는 점에서 여전히 매우 변증법적이다. 그러나 규범으로부터의 일탈이라는 이 새로 해석된 예술적 지각은 규범을 후경으로 밀려난 옛 요소들로서 예술작품 속에 포함시킬 수 있다는 이점이 있다. 따라서 이제는 이 옛 요소들이 작품 바깥으로 흘러나가 한 시기의 지배적 취향이라든가 지배적 문학양식 등 궁극적으로 사회적인 문제로 들어가 버리는 일이 없다. 이런 의미에서 작품의 공시적 구조는 통시성을 포함하는데, 부정되거나 취소된 요소로 바로 앞 세대의 지배적 양식들을 담아내는 점에서 그러하다. 이 지배적 양식들을 배경으로 새 공시적 구조가 결정적 단절로 우뚝 서며, 그 새로움과 혁신도 이 양식들에 견주어서 이해된다.

2. 이제 문학체계의 이 내적 순수성 덕분에 다른 비문학체계들과의 관계 문제를 처음으로 명료하게 제기할 수 있게 된다. 이는 아직 그 항목들이 주어져 있지 않은, 모종의 궁극적인 체계들의 체계를 만들어 내는 문제가 될 것이다(변증법적 사고에서 이 궁극적 체계는 역사 자체인 반면, 곧 살펴보겠지만 구조주의자들에게는 언어일 것이다). 간혹 이 발전을 두고 형식주의자들 편에서의 마르크스주의와의 화해 시도라고 기술하기도 했지만, 실은 이들 고유의 사고방식의 논리적 귀결일 뿐이다.

물론 티냐노프가 체계 자체의 내적 법칙과 역학에 따라 진화하는 경우와 바깥으로부터 다른 체계들의 작용으로 강제로 수정되는 경우를 구별하는 것은 사실이며, 거기에 역사적·정치적인 맥락이 있음도 명백하다. 그러나 정작 그가 기술하고자 하는 것은 한 체계에서 다른 체계로의 관계 이동의 두 가지 가능한 방식이다. 순전히 문학적인 체계, 일종의

　　　　　　　　　　2부 — 형식주의의 전개

"최대한 넓은 영토를 합병하려 애쓰는 제국주의"[82]가 자기 법칙에 따라 다른 체계들의 요소를 흡수하여 사용하는 경우라면, 우리는 여전히 이 문학체계의 자율적 진화를 말할 수 있을 것이다. 어떤 이유에서건 문학이 어떤 다른 체계에 흡수되는 경우라면, 그 진화는 유예되거나 심지어 변경되기 마련이다.

티냐노프는 다양한 체계가 특정 역사적 시점에 서로 상대적으로 고정된 거리를 두고 자리한다고 본다. 따라서 가장 먼 체계들 사이의 관계는 그 중간에 낀 체계들에 의해, 특히 문학체계에 가장 가까이 자리한 체계들인 '일상생활'의 체계와 그 하위체계인 여러 언어표현 체계에 의해 매개된다. 따라서 예컨대 편지 쓰기가 그 자체로 흥미롭고 각별한 관심사가 되는 사회는 독특한 유형의 언어적 원료를 제공하고, 특정한 조건에서 이 원료는 서간체 소설의 형태로 문학체계에 흡수된다. 그리고 아랍 국가들이나 아일랜드(조이스의 『율리시스』)처럼, 화술과 웅변술이 널리 구사되고 높게 평가되며, 사회경제적 구조의 불가결한 기능적 일부를 이루는 사회 역시 특정 유형의 언어적 원료를 제공할 것이다. 여기에는 산문에 대해 시의 비율이 어느 정도 확보되어 있고 형용어구와 수사적 장치가 살아 있을 터인데, 이는 서구의 대중매체 상황에서 언어가 처한 상황과는 딴판일 것이다. 이런 관점에서 우리는 고골이 스카즈와 갖는 관계에 대한 에이헨바움의 발견을 재평가할 수 있으니, 고골의 사례는 바로 이처럼 문화 속에 살아남은 민중적 언어요소가 산문예술에 합병된

---

82   Yury Tynyanov, *Arkhaisty i novatory* (Leningrade, 1929), p. 24 [*Die literarische Kunstmittel und die Evolution in der Literatur*, trans. A. Kaempfe (Frankfurt, 1967), p. 30].

탁월한 본보기인 셈이다.

형식주의자들은 문학사회학 쪽으로 이 이상으로 더 나아갈 의향은 별로 없었던 듯하다. 그들은 문학을, 경제처럼 가장 멀리 떨어져 있는 체계와 더 명백히 연결 지으려는 시도를 절충주의라고 공격하는 편이었다.[83] 주장된 관계들과 영향들이 매개적·간접적이 아니라 직접적인 것으로 규정되었던 만큼, 형식주의자들의 그런 공격은 물론 정당했다. 이들의 체계도 이 매개적 간접적 관계는 허용하는 것이었고, 사실 궁극적으로는 이것이 진정한 문학의 사회학, 형식의 사회학의 성립을 위해 용인해야 하는 유일한 점이다.

3. 루카치 이론과 같은 본격적인 문학적 내용의 이론과 이 형식주의 모델이 보여 주는 역점상의 주된 차이는 예술작품의 발전이 어느 만큼 적절한 원료의 가용성에 영향을 받느냐 하는 데 있다. 현업 소설가였던 티냐노프는 이 문제를 잘 알고 있었고, 이는 암묵적으로 시클롭스키를 겨냥하고 있는 다음 논평에서도 드러난다.

러시아 모험소설의 가능성을 예로 들어 보자. 플롯 없는 소설의 원리에 대한 변증법적 반명제로 플롯이 있는 소설의 원리가 생겨난다. 그러나 이 새로운 구성원리는 아직 적절한 용처를 찾지 못해, 당분간은 외래의 재료로 만족해야 한다. 러시아의 재료와 섞이기 위해서는 먼

---

83   특히 에이헨바움의 글, "V ozhidanii literatury", *Literatura* (*Teoria, Kritika, Polemika*), pp. 291–295 ["In Erwartung der Literatur", *Aufsätze zur Theorie und Geschichte der Literatur*, trans. A. Kaempfe (Frankfurt, 1965), pp. 53–70].

저 일정한 전제조건이 충족되어야 한다. 그러나 이 요건은 갖추기가 그렇게 쉽지 않다. 주제가 특정 조건에서 문체와 만나는데, 이런 일이 실제로 일어나기 전까지는 그게 어떤 조건인지 아무도 모른다. 만약 그 조건이 결여된 상태라면 새로운 현상은 시험 단계를 결코 넘어서지 못한다.[84]

이 구절에서 드러나는바 적당한 내용 내지 원료가 허여許與하는 역할과 문학적 분석의 사후적·비예언적 성격에 대한 강조는 루카치의 역사소설 분석과 같은 사회학적·마르크스주의적 분석과 완전히 일치한다. 후자에서도 역사소설이라는 형식의 발전은 그 원료의 적절한 상태와 가용성에 달려 있다. 형식주의라 해도 걸맞게 이 원료는 단순히 과거에 대한 지식, 접할 수 있는 문건, 지방색 등등이 아니라 그보다는 과거에 대한 의식과 역사적 감수성이다. 그런데 이 의식과 감수성은 스콧Walter Scott의 시대에는 필요하면 언제든 동원할 수 있었지만, 플로베르의 시대에는 뭔가 더 깨지기 쉽고 쓰기도 마땅치 않은 것으로 바뀌었다.[85] 다른 문학 외적 체계들과의 관계 속에서 이루어지는 문학적 진화의 적절한 상像을 그려 내는 것은 내가 보기에 다음과 같은 조건에서만 가능하다. 즉 내용, 다시 말해 가용 원료를 단순한 비활성의 목재 같은 것이 아니라 그것을 사용하는 문학적 형식의 발전을 돕거나 방해하는 것으로 이해해야 한다. 그럴 때 문학과 가장 가까운, 문제의 이 문학 외적 체계

---

84   *Arkhaisty i novatory*, p. 19 (*Die literarische Kunstmittel*, pp. 23–24).

85   월터 스콧(1771–1832)은 영국의 대표적인 역사소설가로 19세기 전반기에 활동했으며, 플로베르의 시대는 대체로 19세기 후반기를 지칭한다. ― 옮긴이

에 대해서도 이웃 체계들과 갖는 관계를 캐물을 수 있다. 더 앞의 예로 돌아가자면, 주어진 사회가 얼마나 구술에 의존하며, 예컨대 웅변술의 용법과 가치를 유지해 왔느냐 하는 것 자체도 그 사회의 경제적·사회적 발전과 함수관계에 있으며, 이런 각도에서의 검토도 가능하다.

4. 지금까지 기술한 것은 상대적으로 공시적인 현상, 즉 특정 시대 내지 역사 시점에, 문학체계가 경험의 총체 속에서 가깝고 먼 체계들과 갖는 관계이다. 실제 문학사, 실제 변화의 상은 형식주의에서 문제로 남는다. 티냐노프조차 소쉬르의 기본적인 변화 모델을 견지하는데, 여기서 작동하는 본질적 기제들은 《동일성》과 《차이》라는 궁극적 추상관념들이다. 그러나 모든 역사가 단 한 가지 기제의 작용으로 이해될 때, 역사는 다시 공시성으로 탈바꿈하고, 시간 자체도 비역사적이며 상대적으로 기계적인 일종의 반복이 된다.

이 그룹에서 가장 완강하고 전투적인 인물인 에이헨바움을 다시 한번 형식주의의 이 반反통시적 경향의 가장 극단적인 대변인으로 삼아 보자. 다음 구절은 형식주의의 입론과 방법의 궁극적인 내적 한계를 보여 주는 동시에 알튀세르Louis Althusser를 앞질러 보여 준다.

진짜 레르몬토프Mikhail Lermontov는 역사적 레르몬토프[86]이다. 오해를 피하기 위해 밝혀 둘 점은, 이것이 시간 속의 한 개별 사건 —그래서 이 제 우리는 복원해 내기만 하면 되는 사건— 으로 간주되는 레르몬토프

---

86   레르몬토프(1814-1841)는 러시아 근대문학의 초석을 놓은 소설가이자 시인이다. — 옮긴이

를 말하는 것이 아니라는 점이다. 시간, 그리고 시간과 함께 흘러가는 과거에 대한 이해는 역사적 지식의 기초가 되지 못한다. 역사 속의 시간은 허구로, 보조적인 역할을 하는 하나의 규약이다. 우리는 시간 속의 움직임을 연구하지 않는다. 오히려, 움직임 자체는 어떤 식으로도 세분될 수 없고 심지어 떼어 낼 수도 없는 역동적인 과정, 따라서 실제 시간과 무관하며 실제 시간으로 측정할 수도 없는 과정이다. 역사 연구는 사건의 역학관계, 즉 어떤 특정 시기의 경계 안에서만이 아니라 어느 곳, 어느 때라도 기능하는 법칙들을 밝혀낸다. 역설적으로 들릴지 몰라도, 이런 점에서 역사란 변화와 움직임을 다룰 때조차도 영원한 것, 불변하는 것, 부동不動의 것에 대한 과학이다. 역사는 실제 움직임을 패턴 내지 모델들(chertyozh)로 바꿔 놓는 데 성공하는 만큼만 과학적이다. 역사에 대한 서정적 태도, 이런저런 시기 그 자체에 대한 애호로는 과학이 될 수 없다. 역사적 사건을 연구한다 함은, 마치 그것이 원래의 시대 배경에서만 의미가 있었던 것처럼, 따로 떼어 놓고 기술하는 것이 결코 아니다. 이는 과학적 탐구를 방해하는 순진한 역사주의다. 진정한 과제는 무슨 단순한 과거로의 투사가 아니라 한 사건의 역사적 실상을 이해하는 일, 본질적으로 영구적인 만큼 나타나지도 사라지지도 않으며 또 바로 그렇기 때문에 시간을 넘어서서 작동하는 역사적 에너지의 발전에서 그 사건이 하는 역할을 밝혀내는 일이다. 역사적으로 이해된 사실은 시간으로부터 물러난 사실이다[제임슨 강조]. 역사에는 어떤 반복도 절대 있을 수 없다. 그 이유는 간단하니, 아무것도 결코 사라지지 않고 그저 형태만 바뀌기 때문이다. 이런 까닭에, 역사적 유추는 가능할 뿐 아니라 필수불가결하며, 불가능한 것은 역사적 사건을 나름의 고립된 체계를 지닌 유일무이하고 '반복될 수 없는' 것으로서 역사의 역학 바깥에서 연구하는 일이다. 그런 체계는 역사적 사건의 본성 자체와 모순되기 때문이다.[87]

---

87 Boris Eichenbaum, *Lermontov* (Leningrad, 1924), pp. 8-9 (*Aufsätze zur Theorie und Geschichte der Literatur*, pp. 102-103).

2부 — 형식주의의 전개

3부

구조주의의 전개

그러나 그렇다면 '같음'과 '다름'이라는 이 두 말의 의미는 무엇인가? 이 둘은 세 범주(존재, 정지, 운동)와는 다른 새로운 범주이되 그럼에도 그것들과 필히 얽혀 있고, 그렇다면 셋이 아니라 다섯 범주가 있는 셈인가? 아니면 같고 다름을 말할 때 우리는 부지불식간에 처음 세 범주 가운데 하나를 말하고 있는 것인가?

플라톤, 『소피스트*The Sophist*』

프랑스 구조주의는 러시아 형식주의와 친척인데, 시클롭스키가 말하는 조카와 삼촌 관계라기보다는 동족혼 친족체계에서의 교차사촌 관계라고 할 수 있다.[1] 둘 다 궁극적으로는 랑그와 파롤이라는 소쉬르의 기본적인 구분에서 (그리고 물론 그 뒤에 깔린 공시성과 통시성의 구분에서) 나왔지

---

1   '교차사촌'은 서로 아버지의 성씨가 다른 사촌, 즉 고종사촌이나 외종사촌을 가리킨다. ─ 옮긴이

만, 그 활용 방식은 서로 다르다. 형식주의자들의 궁극적인 관심은 개별 예술작품(즉 파롤)이 문학체계 전체(즉 랑그)를 배경으로 변별되어 지각되는 방식에 있었다. 반면 랑그의 부분적 분절화인 개별 단위를 랑그 속으로 다시 용해시키는 구조주의자들은 바로 전체 기호체계의 구성을 기술하는 것을 과제로 삼았다.

따라서 구조주의가 하고자 하는 일은 상부구조의 연구, 혹은 더 좁히자면 이데올로기 연구라고 봐도 무방하겠다. 그 특권적 대상은 따라서, 모든 차원에서 사회생활에 질서를 부여하고 또 개개의 의식적인 사회적 행위와 사건들이 일어나고 이해되는 배경을 이루는, 무의식적인 가치체계 내지 표상체계로 보인다. 혹은, 구조주의란 (언어와의 유추 위에 구축된) 모델들의 철학을 만들어 내려는 최초의 일관된 자각적 시도 중 하나라고 볼 수도 있다는 말도 가능하겠는데, 여기서 전제는 모든 의식적 사고가 주어진 모델의 경계 안에서 일어나며 그런 의미에서 그 모델에 의해 결정된다는 것이다. 또한 이 점은 덧붙여 두는 편이 공정하겠다. 즉 이 용어들 대부분은 구조주의자가 자기 작업을 기술하는 데 선택했을 용어가 아니며, 따라서 이 용어들이 더 넓은 시야로 바라보는 방편이자 암묵적 판단으로서 온당한 것임은 이후 논의를 펼쳐 나가는 가운데 자연스레 입증되어야 할 문제다.[2]

---

2   예컨대 모델 개념에 대한 알튀세르의 공격[Louis Althusser, *Lire le Capital*, Vol. I (Paris, 1968), pp. 148-149)], 유추 개념에 대한 라캉의 공격[Jacques Lacan, *Écrits* (Paris, 1966), pp. 889-892)], 기호학적 비평과 이데올로기 비평을 나눈 바르트의 구분(Roland Barthes, *Mythologies* (Paris, 1957), p. 245] 등을 참조하라. 덧붙여 둘 점은 주어진 입장에 대해 제기될 법한 철학적 이견들을 미리 내다보고 선수를 치는 것 —레비스트로스와 푸코가 이에 특히 능한데— 과 그 이견들에 답하는 것이 반드시 같지는 않다는 것이다.

1. 특히 '상부구조'와 '이데올로기'라는 말들은 구조주의적 연구를 전통적인 마르크스주의 문제틀과 고의적으로 병치시키려는 것처럼 보인다. 그러나 소쉬르만 해도 마르크스를 잘 알지는 못했던 듯하고 또 러시아 형식주의자들에게 소련판 마르크스주의란 거의 논쟁의 원천이자 이념적 적수 이상이 아니었다면, 프랑스 구조주의자들은 반대로 마르크스주의 문화의 수혜자이다. 마르크스주의 전통이 제기하는 이론적 문제들을 더 이상 도외시할 수 없는 처지라는 의미에서라도 말이다. 사실 이들은 마르크스를 너무 잘 알아서 그를 끊임없이 무언가 다른 것으로 번역하려는 참인 듯 보일 정도다(차차 살펴보게 되겠지만 이 점은 프로이트에 관해서도 마찬가지다).

따라서 레비스트로스가 여담으로 하는 이론적 이야기의 다수가 비체계적이고 심지어 일탈적이기는 해도, 자기 작업을 두고 "마르크스가 간신히 밑그림 정도만 보여 준 상부구조 이론에 기여하고자"[3] 설계된 것이라고 선언한 것만큼은 진지하게 받아들여야 한다는 게 내 생각이다. 사실 마르크스주의가 대체로 이데올로기를 일종의 신비화 내지 의도적인 계급적 왜곡으로만 간주하는 조악한 이해에 그치고, 상부구조에 대한 진정 체계적인 탐구를 제공하는 데 실패한 것은 분명하다. 다른 한편

---

3   Claude Lévi-Strauss, *La Pansée sauvage* (Paris, 1962), p. 173.

상부구조 포착의 구성적 특징은, 다른 곳에서도 살펴보았듯,[4] 겉보기에는 분명히 독립적인 이데올로기 현상을 하부구조와 강제로 다시 연결짓는 정신작용에 있다. 이를 통해 상부구조의 자율성이라는 그릇된 관념이 폐기되고 그와 동시에 정신이 정신적 사실에만 관여할 때 정신의 특징이 되는 저 본능적 관념론 역시 폐기된다. 이처럼 상부구조라는 개념 자체가 이미 그것이 가리키는 대상의 이차적 성격에 유의하라는 경고의 성격을 띤다. 이 용어는 그 지시대상을 넘어서서 그것이 아닌 것, 즉 그것의 궁극적 현실인 물질적·경제적 조건을 가리키도록 고안된 것이다. 따라서 설명과 분석을 위해 상부구조를 괄호 속에 넣어 두면서 그 용어 뒤에 자리한 충동에 충실하기란 불가능하다고 볼 수 있겠다. 이 점은 설령, 레비스트로스의 느낌대로, 그가 밝혀낸 언어 구성 형식들이 곧 상부구조 전체를 특징짓는 형식들이라 해도 마찬가지다. 이제 관념론적 상태에 머무는 것은 바로 연구의 형식 자체이니, 상부구조 영역의 자율성이라는 착시에 빠져 있고, 상부구조 영역을 토대에 대한 일체의 고려에서 단절시킴으로써 이 착시를 부추긴다는 점에서 그러하다.[5]

그러나 레비스트로스에게는 이 이견에 대한 답변이 마련되어 있었으

---

4   Jameson, *Marxism and Form*. 특히 pp. 4-5.

5   프루동(Proudhon)에 대한 마르크스의 다음 지적을 비교해 보라. "이 방법의 단 한 가지 문제점은
     이 국면들 중 하나의 분석 작업에 착수할 때 프루동 씨가 다른 모든 사회적 관계, 그의 변증법의
     운동에서는 아직 생성되지 않은 관계들을 언급하지 않고는 이 국면을 설명해 낼 수가 없다는 점이
     다. 그래서 순수이성을 사용하여 다른 국면들의 탄생으로 나아갈 때, 그는 그것들이 마치 갓 태
     어난 아이들인 것처럼 굴며, 첫 국면과 동갑이라는 사실을 잊어버린다. … 정치경제의 범주들을
     사용하여 이데올로기 체계라는 건물을 구축할 때는 사회체계의 성원들을 갈라놓게 된다. 사회의
     상이한 부분들을 동일한 수의 독립된, 그러면서 서로의 뒤를 잇는, 자족적 사회들로 바꿔 놓는 것
     이다." (*Misère de la philosophie*, Althusser, *Lire le Capital*, Vol. I, p. 121에서 재인용.)

니, 그것은 다름 아닌 엥겔스에서 인용한 구절이다.

> 타키투스의 게르만족과 미국의 홍인종 사이의 이러한 유사점들을 이
> 해하고자, 자네가 말한 밴크로프트Hubert Howe Bancroft의 책 제1권에서
> 발췌를 좀 해 봤네.[6] 생산양식이 너무 완전히 달라서 ─이쪽은 목축도
> 농경도 없는 수렵 어로 문화, 저쪽은 밭 재배로 넘어가는 유목 목축 단
> 계로─ 유사성이 그만큼 더 두드러지지. 이것이 보여 주는 것은 바로,
> 이 단계에서는 생산양식이 기존 친족체계의, 그리고 애초의 부족 내
> 여성 분배의 상대적 붕괴에 비해 얼마나 덜 결정적인가 하는 점일 것
> 이네….[7]

따라서 레비스트로스의 방법은 그가 중점적으로 다루는 연구대상의 특
이성에 의해 정당화되는 듯하다. 그가 그 상부구조를 조사하는 집단들
은 어떤 의미에서는 사실상 근대경제학에서 말하는 하부구조를 갖고 있
지 않기 때문이다. 적어도, 아직 물적 생산과 여타 활동의 분리가 일어
나지 않은 사회에서는 별도의 상부구조라는 관념부터가 문제가 되는 것
처럼 보일 것이다. 그리고 하부구조라는 관념도 마찬가지다. 종교의식
과 일체를 이루는 파종기술의 물질적 차원과 정신적 차원을 궁극적으로
어떻게 구별할 수 있겠는가?

---

6   여기서 말하는 책은 다섯 권으로 나온 밴크로프트(1832-1918)의 『북미 태평양 연안국가의 토착 인
    종(The Native Races of the Pacific States of North America)』으로 로마의 역사가 타키투스(Tacitus)의
    『게르마니아(Germania)』에 대한 언급이 들어 있다. ─ 옮긴이

7   마르크스에게 보낸 1882년 12월 8일 자 편지. Lévi-Strauss, Anthropologie structurale (Paris,
    1958), p. 372에서 재인용.

결국 구조주의는 상부구조와 하부구조(후자는 물적 재화 및 물질적 필요와 관련되고 전자는 정신작용 및 문화산물과 관련되는 식의)라는 고전적 구분에 여전히 스며들어 있는 그 해묵은 정신/육체 대립을 새로운 종류의 대립으로 대체하는 경향을 보여 온 셈이다. 우리는 소쉬르의 혁명이 과학 일반의 제재에 일어난 역사적 전환에 상응한다는 것을 보여 준 바 있는데, 이 전환으로 주어진 대상(동물의 유기체적 속성, 화학원소의 특징 등)의 가시적이고 물질적인 독립성은 더 이상 적절한 연구 단위를 구별하는 유용한 방법이 아니고, 이제부터 과학의 일차적 과제는 방법 내지 모델을 수립하는 것, 그래서 기본적인 개념 단위들이 처음부터 주어져 있어 데이터(원자, 음소)를 구성해 내게끔 하는 것이라고 여겨진다. 과학에서 일어나는, 지각에서 모델로 옮겨 가는 이러한 점진적 변화는 사회생활의 변모와도 부합한다. 즉 독점자본주의 시기와 더불어 일차 산업과 이차 산업의 구별이 흐려지고, 마찬가지로 진짜 필요를 충족시키는 생산품과 차후 광고를 통해 소비를 인위적으로 자극하는 사치 품목의 구별이 흐려진다.

그래서 이 지점에서 정신/육체의 대립은 한편으로는 의의, 다른 한편으로는 그 의의를 부여하는 무의미한 물질적 토대 내지 질료hylé 사이의 구조적 혹은 개념적 구별로 변형된다. 그리하여 정신적 혹은 문화적 현상을 물적 현상과 가른다는 점에서 외적 분할선이었던 것이 이제 내적 구분이 되니, 이는 곧 모든 현상이 그 안에 상부구조와 하부구조, 문화와 자연, 의미와 원료 둘 다를 담고 있다는 뜻이 된다. 그렇다면 이 지점에서 상부구조의 문제는 레비스트로스가 언급한 것 이상으로 오히려 복잡해지는 셈이다.

2. 구조주의가 선택이 아니라 일종의 내적 필연성으로 인해 이데올로기 연구를 할 수밖에 없는 또 다른 점이 있다. 기억하다시피 소쉬르 언어학의 주된 개념적 도구는 기호였고, 기호의 독창성은 발화 과정의 두 가지 요소가 아니라 세 가지 요소를 구별해 낸 데 있었다. 즉 낱말과 실세계의 지시대상뿐 아니라, 개별 낱말 내지 기호 속에서 기표(혹은 청각적 이미지)와 기의(혹은 개념)의 관계를 구별해 낸 것이다. 앞에서 살펴보았듯이, 이 관계의 강조는 사물 자체에 대한, 다시 말해 '실세계'의 지시대상에 대한 일체의 고려를 배제하는 편이었다. 순전한 의미론적 관심사 모두로부터의 언어학의 이 독립선언을 우리는 현상학에서 후설의 괄호치기 기법에 빗댄 바 있다. 러시아 형식주의가 나름의 비평 혁명을 이룩하고 우선순위를 역전시켜 그 후로는 모든 것 —의미, 세계관, 작가의 삶— 을 바로 작품의 탄생을 위해 존재하는 것으로 만들 수 있었던 것 또한 바로 이 언어학적 '판단중지epoche' 덕분이었다.

구조주의 사업의 틀에서 이 원칙은 재료 자체 속에서 이미 작동하고 있는 관념론적 경향을 보강하는 효과, 상부구조의 현실로부터의 절연을 조장하는 효과를 갖는다. 이것은 바깥에서 하는 판단만이 아니라 구조주의 안에 들어 있는 모순이기도 하다. 즉 구조주의의 기호 개념은 그것을 넘어선 현실에 대한 일체의 탐구를 막는 동시에 기의를 무엇에 대한 개념으로 간주함으로써 이러한 현실이라는 관념을 살려 둔다.

이 딜레마를 가장 내실 있게 다룬 저자는 역설적이게도 바로 정통 변증법적 유물론의 입장에서 이에 접근하고 따라서 『유물론과 경험비판론*Materialism and Empiriocriticism*』의 레닌과 소쉬르의 유산 사이의 일종의 화해로 볼 만한 작업을 내놓은 사람이었다. 알튀세르의 독창성은 기존의 유물론적 인식론의 시각, 즉 현실은 '정신의 바깥'에 있으며 진리란 막상 입증하기는 좀 어려워 보이는 현실과의 일종의 부합이라는 시각을 뒤집은 데 있다. 알튀세르가 보기에, 우리는 어떤 의미에서는 결코 진정으로 자신의 정신 바깥으로 나갈 수가 없으니, 이데올로기도 그렇고 진정한 철학적 연구 혹은 그의 표현으로는 '이론적 실천'도 모두 시종일관 정신의 밀폐된 방 속에서 진행된다. 유물론은 이렇게 모든 사유의 본질적으로 관념론적인 성격에 대한 강조를 통해서 견지된다. 물론, 어떤 차원에서는 이데올로기가 이론과 구별되는 듯 보일 것이니, 전자가 현실인 양 행세하려는 데 반해 후자는 자신의 관념론적인 (혹은 단순히 관념적인) 성격을 인정한다. 그러나 다른 차원에서 보면, 이데올로기는 우리의 행동에 질서를 부여하는 형식, 관습, 신념의 그물망이고, 이론은 이와는 판이하게 다른 지식의 의식적 생산이다. 따라서 사회주의 사회에서도 이데올로기는 기능을 유지할 것이다.[8]

따라서 구체적 현상에는 두 유형이 있으니, 현실의 구체와 사유의 구체이다. "지식 차원에서 구체적 대상을 생산하는 과정은 전적으로 이론 실천의 영역 안에서 일어난다. 물론 이것은 현실 차원의 구체적 대상과 관계가 있지만, 이 현실의 구체는 그에 대한 지식인 저 다른 유형의 '구체적 대상'에 절대 동화되지 못한 채 '이전처럼 이후에도 계속 정신의 바

---

8   특히 Althusser, *Pour Marx* (Paris, 1965), pp. 238–243 참조. "(대중적 재현 체계인) 이데올로기는 사람들을 형성하고 변화시키고 자신이 처한 생활 조건의 요구들에 부응할 수 있도록 만들기 위해 어느 사회에나 필수불가결한 것임은 분명하다. … 무계급 사회가 세계와의 관계에서 부적응-적응을 직접 살아 내는 것은 이데올로기 안에서이며, 이 사회가 사람들이 자신의 과업과 생활조건에 잘 부응할 수 있도록 사람들의 '의식', 다시 말해 그 태도와 행동을 변화시키는 것도 이데올로기 안에서 그리고 이데올로기를 통해서다."(p. 242)

같에 독립적으로 존재한다'(마르크스)."[9] 따라서 제대로 장악된다면, 이론 또한 일종의 생산이다. 즉 물적 세계의 생산과 마찬가지로, 이론도 이미 생산된 유형有形의 대상(기존 이론이나 구체적 사고)을 작업대상으로 하며, 그것을 새로운 대상으로 변형시킨다. 알튀세르의 연구대상은 일차적으로 (마르크스의 발견들을 포함한) 과학사로, 그런 한도에서는 그가 왜 지식 생산을 본질적으로 기존 관념에 대한 작업으로 보는지 어렵지 않게 알 수 있다. 후자, 즉 이데올로기 내지 부적합한 개념화(그는 이를 일반성 I이라고 부른다)는 이론적 실천(일반성 II)의 작동으로 엄밀한 과학(일반성 III)으로 변형된다. (앎knowing이란 '사유의 구체concrete-in-though'라는 산물을 마련하는 작업이라는 이 도식이, 『텔 켈』 그룹에 의해 문학창작이나 '텍스트 생산'의 영역으로 옮겨질 때 어떻게 되는지는 차차 살펴보기로 하자.)

순전한 관념 생산의 영역과 물적 현실의 영역 사이에 성립될 수 있는 관계가 무엇이냐고 묻는다면, 알튀세르에게는 두 가지의 해법이 있을 것이니, 하나는 사유대상 측면의 해법이고 다른 하나는 사유자 측면의 해법이다. 나중에 좀 더 상세히 다루겠지만, 첫 번째 해법은 사유와 현실 사이의 매개물을 드러내는데, 이것이 곧 '문제틀problématique' 혹은 문제들의 계서階序구조이다. 이를 통해 외적·역사적 현실에서의 변화가 정신 속에서 작업하는 이론가에게 전이되는데, 문제틀이란 "역사적 순간 자체가 이데올로기 앞에 제기해 놓은 객관적 문제들" 이상도 이하도 아니기 때문이다.[10] 그러나 사유자의 관점에서는, 비록 간접적 인지

---

9   *Ibid.*, pp. 189–190.
10   *Ibid.*, p.64, n. 30.

만이 가능하지만 엄연히 실재하는 세계에 작용할 가능성을 제공하는 것은 오로지 이론적 실천과 정치적 실천의 구분뿐일 것이다. 움베르토 에코Umberto Eco는 이 딜레마에서 알튀세르의 최종 참조점은 바로 스피노자라고 시사한 바 있다. "따라서 마르크스주의 철학이 세계에 영향을 미칠 수 있는 것은 ─궁극적으로─ 관념의 질서 및 관계가 사물의 질서 및 관계와 마찬가지이기 때문이다."[11] 어쨌든 알튀세르에게 실재하는 역사적 시간이란 간접적으로만 접할 수 있는 것이기 때문에, 그에게 행동이란 눈가리개를 한 채 행하는 작업 혹은 원격조작으로, 이때 우리는 자신이 하는 일을 기껏해야 간접적으로, 마치 거울로 보듯, 볼 수 있을 뿐이며, 외부상황의 변화에 따라 재조정되는 의식을 통해 소급해서 읽어낸다.

이 복잡한 해법의 장점이 무엇이든 간에, 이제 문제의 기본 면모가 밝혀진 셈이다. 그것은 근본적으로, '물자체Ding-an-sich'의 인식 불가능성이라는 칸트의 딜레마의 재연이다. 레비스트로스는 상부구조의 성격을 논할 때 의도적으로 칸트의 용어를 채택한다.

실천praxis과 관행practiques 사이에는 항상 개념적 도식인 매개자가 끼어든다고 믿는데, 공히 독립적 존재를 갖지 못한 질료와 형상이 이 도식의 작동을 통해 구조로 탄생할 수 있게 된다. … 언어의 변증법과 마찬가지로 상부구조의 변증법은 구성적 통일체들을 상정하고, 이러한 구성적 통일체들을 통해서, 최종적으로는 개념과 사실 사이에서 합성

---

11   Umberto Eco, *La Struttura assente* (Milan, 1968), p.360, n. 192.

인자의 역할을 하고 사실을 기호로 변형시킬 하나의 체계를 만들어 내는 데 있는데, 이 통일체들이 이 구성적 역할을 할 수 있는 것은 그것 들이 다의적多意的으로 모호하지 않게 규정될 때, 다시 말해 쌍으로 대비되어 규정될 때뿐이다.[12]

따라서 칸트에서도 그랬듯, 일단 이 정신 과정들을 실재로부터 분리하고 나면, 그다음에는 대놓고 정신 자체의 영구적인 구조를, 즉 정신이 세계를 경험하거나 그 자체로는 본질적으로 무의미한 것 속에 의미를 구성할 수 있도록 해 주는 조직 범주들과 형식들을 찾아 나서게끔 되게 마련이다. 그렇다고 구조주의에는 물자체란 존재하지 않고 다양한 구조에 따른 언어의 절합들이 있을 뿐이라는 근거로 이 딜레마를 묵살하기만 하면 되는 것이 아니다. 이런 입장은 문제를 해결하지는 않은 채 칸트로부터 그를 계승한 독일의 객관적 관념론자들한테로 전가시킬 뿐이다. 어쨌든 실제로는, 모든 구조주의자가 ─레비스트로스는 자연이라는 관념에서, 바르트Roland Barthes는 사회적·이데올로기적 자료에 대한 감각에서, 그리고 알튀세르는 역사 감각에서─ 기호체계 자체 너머에 인식 불가능하든 아니든 가장 먼 지시대상의 구실을 하는 모종의 궁극적 실재를 전제하는 편인 것은 사실이다.

물론, 구조주의의 애초의 면모들에는 다른 가능한 해법들도 함축되어 있다. 그중 한 해법에 따르면, 개개의 요소들 차원에서는 어떤 지점에서

---

12   *La Pensée sauvage*, pp. 173~174. 또한 칸트의 비판철학의 목표들에 대한 열렬한 지지로는 *Le Cru et le cuit* (Paris, 1964), pp. 18~20 참조.

도 일대일 대응이란 것이 성립하지 않지만 전체 기호체계는 어떤 식으로든 현실 전체에 상응하게 될 것이다. 레비스트로스의 관점이자 한결 실증주의적인 또 다른 관점에서는, 위에서 알튀세르가 보여 준다고 보았던 스피노자식 해법도 그렇지만, 정신의 (그리고 궁극적으로 두뇌의) 구조들과 외부세계의 질서 사이에는 모종의 '예정된 조화'가 존재한다. 하지만 지금은 구조주의 틀의 한계 내지 경계로 이 인식론적 딜레마를 언급하는 것으로 만족하고, 이 문제에 대해서는 3부 말미에서 다시 다루기로 하자.

3. 그렇지만 우리가 구체적인 구조주의적 연구 자체의 영역으로 들어선 시점에서는, 기호 및 그 다양한 절합이라는 관념을 일종의 탐사지도로 계속 사용해도 무방할 것이다. 과연 바르트는 이미 이를 토대로 구조주의의 세 기본 유형(혹은 기호학의 세 가지 주요 스타일이라 해도 무방하겠다)의 기초적 분류를 해 놓은 바 있으니, 즉 기표와 기의의 관계에 일차적 관심을 두는 상징적 유형, 모든 등급의 기호들의 상호 유사성을 주로 포착하는 계사적 유형, 주어진 기호와 그 문맥 사이, 기호 자체들 사이의 상호작용을 일차적으로 다루는 연사적 유형이 그것이다(그리고 뒤의 두 그룹은 각기 기호에 대한 은유적 및 환유적 감각에 대응한다).[13] 그러나 이 분류는 우리의 목적에 비해서는 상대적으로 내적인 분류로, 기호학의 자기 주장에 여전히 지나치게 매여 있는 듯하다.

아무튼 이어지는 논의를 위해서는 더 소박한 분류가 낫겠다는 판단

---

13   Barthes, "L'Imagination du signe", *Essais critiques* (Paris, 1964) 참조.

아래, 우리는 기호의 내적 구조에 따라 기표의 조직구성을 주로 겨냥하는 연구, 기의를 대상으로 하는 연구, 그리고 마지막으로 의미작용 signification 과정 자체, 즉 기표와 기의 관계의 첫 출현 자체를 따로 떼어 보려는 연구로 구별하고자 한다.

2장

한 기표와 다른 기표의 관계만이 기표와 기의의 관계를 낳는다.

라캉[14]

1. 구조주의의 독창성은 기표에 천착하는 데 있다. 이를 위해서는 연구대상으로서 기표 그 자체를 그것이 의미하는 것으로부터 떼어 놓는 예비공정이 요구된다. 구조의 본질적 자리는 기표들 상호 간의 조직의 자리이기 때문이다. 그리고 과학으로서 기호학의 범위라는 문제가 생겨나는 것도 바로 이 지점에서다. 즉 소쉬르가 생각한 대로 언어학을 그저 기호 및 기호체계를 다루는 더 광범한 과학의 한 분야로 볼 것인가, 아니면 바르트가 믿게 된 대로[15] 기호학 자체를 그저 언어학의 한 분야

---

14   A. G. Wilden, *The Language of the Self* (Baltimore, Maryland, 1968), p. 239에서 인용. 이 책은 라캉(Lacan)의 프로이트론을 윌든(Wilden)이 편역한 것으로, 혼란을 덜기 위해 향후 각주 및 참고문헌에서는 저자와 역자를 고쳐 표기한다. — 옮긴이

15   Roland Barthes, "Eléments de sémiologie", *Le degré zéro de l'écriture* (Paris, 1964), p. 81 참조.

로 볼 것인가 하는 문제 말이다. 잘 알려진 사실이지만, 구조주의 연구의 특권적 대상은 많은 경우 비언어적 기호체계이다. 가장 유명한 사례가 레비스트로스의 친족이론인데, 이 이론에서 "결혼규칙과 친족체계는 일종의 언어로, 즉 개인 및 집단 사이에 일정 유형의 소통을 확보하도록 설계된 일련의 공정들로 간주된다. 여기서 '메시지'는 (언어 자체에서처럼 개인들 사이에 유통되는 그 집단의 말이 아니라) 씨족이나 왕가, 가족 사이에 유통되는 그 집단의 여자들로 구성되는데, 그렇다고 해서 두 경우 모두에서 나타나는 현상의 근본적 동일성이 달라지는 것은 아니다."[16] 이처럼 이 비언어적 기호체계의 예에서도 언어 모델의 우선성은 견지된다. 그리고 이보다 더 먼 거리의 현상들, 예컨대 바르트의 복장 스타일에 대한 복잡다단한 해부라든가 다양한 요리 스타일을 (다시 여러 가능한 이원쌍들로 재조합 가능한 삼원쌍인) 익힌 것, 날것, 썩은 것 사이의 일련의 대립으로 분석하는 레비스트로스의 '요리의 삼각형'에서도, 모델로서나 매개자로서나 언어의 우선성은 여전하다. 이 문제는 기의의 차원을 다룰 때 다시 마주하게 될 것이고, 당장은 바르트의 망설임을 환기하는 것으로 충분하겠다. "분절된 언어가 없어도 되는 객체들의 체계라는 게, 어떤 차원의 것이든, 과연 존재할까? 말이란 어떠한 의미 질서도 피할 수 없는 숙명적인 중계자가 아닐까?"[17]

따라서 여기서 사례는 이미 내재적으로 언어적인 기호체계, 즉 신화와 문학으로 한정하겠다. 그렇지만 이쯤에서, 소쉬르 본인에 기원을 두

---

16   *Anthropologie structurale*, p. 69.

17   Roland Barthes, *Système de la mode* (Paris, 1967), p. 9.

고 있으며 가능한 언어학적 분석의 두 유형, 아니 두 차원으로 귀결되는 방법론적 대립을 상기할 필요가 있다. 하나는 인지 가능한 최소 조직 단위인 —그 자체만 따로 보면 인지 불가능한— 음소를 가지고 낱말 내에서 수행하는 음운론적 차원이고, 또 하나는 문장 자체 내지 기호들의 조합의 수준에서 수행하는 연사적·계사적 차원이다.

2. 특히 레비스트로스의 신화분석이 음운론적 혹은 미시적이라 부를 만한 차원에서 이루어지는 것 같다. 그에게 신화는 하나의 문장이라기보다 기호이다.[18] 따라서 신화의 다양한 요소 —마법사, 재규어, 뱀, 오두막, 아내, 약초 등등— 는 자체적으로 유의미한 개체가 아니며, 개별 낱말보다는 개별 음소에 방불하다. 이것들은 그 자체로는 아무런 내재적 가치를 갖지 않으며, 레비스트로스는 이런 신화의 요소들에 기초한 어떤 분류체계도 무망한 것이자 오해를 초래한다고 여긴다는 점에서 프로프와 같은 생각이다. 그러나 자신이 다루는 문화적 자료들 내에서 작업한 프로프는 어떤 의미에서는 신화적 사고의 기본 기제들까지 파고들지 않고도 기본적인 등식 내지 구조를 추출해 낼 수 있었다. 레비스트로스에게 이 기제들은 음운론에서 그렇듯 본질적으로 이항대립들이다.

따라서 이항대립은 애당초 발견적 원리,[19] 신화해석학의 토대가 되는 저 분석도구이다. 우리로서는 이를 정신이나 눈으로는 분간이 안 되는

---

18   레비스트로스와 로만 야콥슨은 보들레르(Baudelaire)의 시에 대한 그들의 상세한 분석을 '미시적 분석'이라고 불렀다.

19   여기서 '발견적 원리'란 진리나 사실을 발견하기 위해 잠정적으로 설정하는 원리를 말한다. — 옮긴이

일견 동질적인 데이터 덩어리에 마주쳤을 때 인지를 자극하는 기법이라고 기술하고 싶기도 하다. 즉 아직 그 소리조차 구별이 안 되는 완전히 새로운 언어에서 차이와 동일성을 억지로 인지해 내는 방법이라고 말이다. 그것은 암호의 해독 내지 번역 장치이며, 혹은 언어학습의 기법이기도 하다. 동시에 이 방법은, 메시지 소통의 성공은 그 메시지에 들어 있는 잉여분의 양에 정비례한다는 소통이론의 기본 원리대로, 방대한 양의 원료 내지 자료를 전제로 한다. 그래서 분석을 할 때 레비스트로스는 주어진 신화의 구할 수 있는 모든 판본을, 그중 어느 하나에도 역사적인 우선권이나 정통성을 부여하지 않은 채 포함시키려 한다.

『신화학』 시리즈는 방대한 수의 남북미 인디언 신화를 담고 있다. 그러나 레비스트로스가 여기서 겨냥하는 것은 어떤 특정한 개별 신화의 분석이기보다 변형의 메커니즘들로, 이 메커니즘을 통해 신화적 구조가 그 다양한 언표 내지 판본들로 재결합되거나 분절되고 이것들은 궁극적으로 흡사 생물계의 하위 種들처럼 관련 구조들의 전체 성좌를 이룬다. 물론 개개 파롤의 이러한 용해 내지 해체, 체계 자체에 대한 이러한 강조는 구조주의에 처음부터 내장된 것이다.

또한 바로 여기서 우리는 레비스트로스와 『꿈의 해석Traumdeutung』의 프로이트의 해석 기법이 지닌 유사성을 가장 잘 파악할 수 있을지도 모르겠다. 이들은 각자의 '텍스트'의 개별 요소들을 해독하는 방식에서 모두 철저하게 문맥적인 사고를 보여 준다. 프로이트에게 꿈은 하나의 파롤, 즉 꿈꾸는 자의 과거와 현재인, 개인사적 사건들이자 삶의 경험에서 비롯된 우연한 연상들인, 독특하고 사적인 랑그라는 배경에 견주어서만 비로소 이해할 수 있는 파롤이다. 이와 대체로 마찬가지로, 레비스트로스에게 어떤 신화의 주어진 요소들의 가치는 해당 부족 특유의 사회적·지리적 경험에, 그 분류 코드들과 ―부족의 역사를 알 수 있는 한― 부족 역사의 우연적 변수들, 즉 기후나 사회조직 등등에 뗄 수 없이 결부되어 있다. 따라서 이 두 해석양식에서 '상징symbol'은 지극히 자의적인 기호이다. 즉 그것을 만들어 냈던 최초의 추론 및 추상적 가정의 망 속에 그대로 있었다면 쉽게 이해가 되었겠지만 이제 이 망을 빼앗긴 채, 일종의 줄임말로, 홀로 남겨진 이미지이다. 그리하여 어떤 조건에서는 재규어가 불의 테마를 표현하고 실로 불의 기원을 구현하는 것으로 이해될 수 있다. 재규어는 육식을 하는데, 익힌 고기가 아니면 먹지 못하는 만큼 필시 불의 비밀을 알고 있으리라고 여겨지기 때문이다. 그와 동시에 이제 인간은 불을 가지고 있는 데 비해 재규어는 더 이상 그렇지 않다는 것 또한 분명하다. 따라서 재규어가 인간에게 불을 전해 주면서도 스스로는 불을 잃었다는 사실을 해명해 주는 설명이 (서사 형태로) 나와야 한다.[20] 이처럼 재규어라는 이미지는 무의식적이거나 감춰진 이 모든 삼단논법적 사고 연쇄의 도해적 표상이다. 그리고 이 예는 이들 두 문맥적 해석 방법이 문학 자체의 해석에 직접적·즉각적으로 적용되기는 어려움을 보여 주는 것일 수도 있다. 문학 해석에서는 외적 문맥(환자나 현지인 정보제공자에 의해 제공되는)이 이런 식으로 주어지지는 않기 때문이다.

이제 신화체계의 원자료나 일군의 연관 자료의 탐사로부터 단일한 하나의 신화의 분석으로 눈을 돌리면, 이항대립이 기저 구조로서나 그 구

---

20   *Le Cru et le cuit*, p. 91.

조를 드러내는 방법으로서나 한층 엄격한 형식적 방식으로 작동하고 있는 것을 보게 된다. 가령 향후 고전으로 자리 잡은 오이디푸스Oedipus 신화 분석에서[21] 레비스트로스는 구성요소들을 확연히 구분되는 대립항 조합들로 분류하는 작업으로 시작한다. '친족관계의 과대평가'의 예들 —근친상간뿐 아니라 죽은 오빠의 시신에 대한 안티고네Antigone의 불법적 보호[22]도 포함하는— 과 나란히, 동일한 관계의 '과소평가'라 할 만한 것 —부친살해, 형제간 갈등 등등— 을 반영하는 일화들이 배치된다. 이렇게 이 두 그룹이 최초의 이항대립을 만들어 낸다. 그리고 여기서 지적해 두어야 할 것은 바로 이 대립에 따른 구성이라는 개념 덕분에 우리가 일화의 범주들 내지 분류 그룹들을 실험·검증할 수 있다는 점이다. 만약 이것들이 자의적으로 선택된 것이라면 —이 예에서는 가령 장례나 매장의 관념에 의거한 그룹이 그 경우일 텐데— 이 연작 저서에 그 대립항들이 하나도 보이지 않을 것이다. 따라서 여기에는 속속들이 관계론적인 유형의 사유가 작동하고 있으니, 이런 사유에서는 분류 범주의 기반이 되는 것은 이 애초의 대립 내지 차이이지, 통상적 분류에서처럼 한 범주의 존재를 시사하는 둘 이상의 요소들의 유사성이나 동일성이 아니다.

오이디푸스 신화에서는, 위에서 기술한 대립항의 쌍 자체가 또 하나의 대립항 쌍과 대립하는데, 이것을 살펴보면 더욱 많은 시사점이 드러난다. 후자를 통해 우리는 이 신화의 다양한 임의적 요소를 선별해 내

21　 "La Structure des mythes", *Anthropologie structurale*, 특히 pp. 235-240.

22　 그리스 신화 속의 인물 안티고네는 테베의 왕 오이디푸스와 그의 어머니이자 왕비인 이오카스테(Iocaste) 사이에서 태어난 딸로, 테베 왕권을 건 전쟁에서 두 오빠 모두 사망한 후, 그중 반역자로 몰린 오빠를 몰래 묻어 준 죄로 굴에 갇혀 죽는다. ― 옮긴이

려고 하는데, 그 가운데는 오이디푸스라는 이름(부은 발) 및 그의 조상들의 이와 유사한 이름들, 스핑크스, 카드모스Cadmus의 용[23] 등등이 있다. 그 과정에 대해 언급하기 전에 곧장 해답부터 제시하겠다. 이 요소들에서 우리는 괴물스러운 것에 대한 인간의 승리(카드모스가 용을 죽이고, 오이디푸스가 스핑크스를 이기는 것)와, 인간이 괴물스러운 것의 힘에 부분적으로 속박되어 있는 신체적 불구 상태 사이의 대립을 보게 된다. 대략적으로 말하자면 이 대립은 토착성, 즉 땅에서 태어난 존재라는 인간의 기원 및 자연에 대한 인간의 복종과, 자연의 힘이나 땅으로부터의 인간의 해방 사이의 대립이라 할 수 있다. 따라서 친족관계의 테마라는 각도에서 보자면, 이 신화는 본질적으로 인간의 기원에 대한 두 개념의 차이를 극화한 것이라 할 수 있다. 즉 하나는 식물양식에 입각한, 땅으로부터의 인간의 출현, 즉 인간의 토착성이고, 다른 하나는 인간 양친의 결합에 의한 인간의 출생으로, 근본적으로 토착성의 개념을 부정하는 구실을 하는 개념이다. 내가 여기서 강조하고자 하는 것은 이처럼 대립을 고안하고 마련하는 작업(아직은 해석이라고 부르지는 않겠다)은 그 내용(가족관계)에서 저절로 드러나는 첫 번째 그룹과 달리 절대로 쉽게 이루어지지 않는다는 점이다. 여기서 우리는 구체적인 세목들에서 시작해 다양한 차원의 일반화를 밟아 나가, 결국은 한편으로 괴물스러움이라는 개념이 다른 한편 불구적인 것이라는 개념에 흡수되고, 최종적으로는 둘 모두 부자연스러운 것이라는 유개념 아래 포괄될 만큼의 추상화에 도달한다.

---

23   그리스 신화에 등장하는 카드모스는 테베 왕국의 건국 시조이자 오이디푸스의 조상으로, 신성한 샘을 지키던 용을 죽이게 되고 죽은 용의 이빨을 심은 자리에서 자라난 전사들이 그의 병사가 된다. — 옮긴이

어쩌면 여기서 우리는 이항대립이라는 발상이, 지금까지 설명한바 계속 일반화하고 확대하는 운동을 통해, 무작위적인 데이터로부터 하나의 질서를 생성해 나가는 과정을 가장 선명하게 목격할 수 있겠다.

이 신화의 의미는 두 대립쌍의 교차점에, 즉 향후 레비스트로스가 모순이라고 부를, 두 대립쌍 사이의 두 제곱된 대립의 지점에 위치한다. 하지만 이런 의미의 검토, 즉 이 신화의 실제 해석은 좀 뒤로 미루고자 한다.[24] 당장은 이 신화학자 자신의 개념적·발견적 도구들이 원래의 신화적 사고의 도구들에 동화된다는 점을 강조하는 것으로 족하다. 레비스트로스는 (그가 신화의 구조를 가려내는 방식이었던) 이런 대립들을 통해 그리고 그 속에서 원시시대의 신화창조자가 행하는 일종의 전前과학적 명상, 즉 상대적으로 더 일반적인 유관 범주인 친족관계, 자연, 땅에서 생겨남에 대한 명상을 본다. 신화는 원시인이 이런 문제들에 대해 생각하는 방식 중 하나로, 그 속에는 개념적 차원(대립을 관장하는 범주들)과 지각적 혹은 구체적 차원이 일종의 상형문자나 수수께끼 그림 같은 언어 속에서 통합되는데, 이는 문명인의 경험에서는 꿈이나 아이들의 환상과 유사한 것이다.

따라서 레비스트로스에게 신화란 어떤 의미에서는 진정한 서사행위와는 정반대이다. 이 점이 가장 분명해지는 것은 아마도 격하된 신화가 레비스트로스가 일종의 연대기나 원시적 소설에 빗댄 일화逸話, episode 형식으로 넘어갈 때일 것이다.[25] 이 형식들에서 신화는, 시간을 폐기하

---

24 이후 3부 3장 3절에서 기의연구라는 차원에서 레비스트로스의 검토가 이루어진다. — 옮긴이

25 Lévi-Strauss *L'Origine des manières de table*, pp. 104-106. 또한 본서 100-101쪽 참조.

고 불연속성을 도입하는 대신, 실제 체험을 코드 구성에 동원할 수 있는 상징적 요소들의 창고 정도로 사용하는 대신, 시간과 연속성의 환기로 바뀐다. 즉 구조였던 것이 이제는 오히려 주인공 편에서의 구조(의미)에 대한 탐구가 되며, 그리고 장편소설 형식이 탄생하니, 여기서 "소설의 주인공은 바로 소설 자체"이다.

그러나 원래 상태의 신화는 이야기를 한다기(혹은 문장을 구성한다기)보다 하나의 메시지 내지 가치체계를 담아냈다(그리고 단일한 하나의 기호로 기능했다). 따라서 잠재된 개념적 범주들의 정교한 조직으로서 신화의 궁극적 완성은, 한층 복잡하고 역사적인 (혹은 시간을 의식하는) 사회의 서사에서보다는 레비스트로스가 '야생의 사고pensée sauvage'라는 항목 아래 기술한 그 원시적인 형태의 과학에서 이루어지며('pensée'는 말장난으로 야생화[팬지 ―옮긴이]와 그 천연의 환경에서 야생하는 생각 모두를 지칭한다), 이는 서구과학의 가측적可測的·개념적 성질들보다는 제1성질[26]들과 물리적 지각에 기초한다는 점에서 근본적으로 우리의 것과는 다른 분류체계를 특징으로 한다.

이 원시과학의 진화는 바로 신화 자체에 담긴 점층적인 일반화의 구조들로 가늠해 볼 수 있다. "요리에 관한 이 신화체계를 구축하기 위해 우리는 모두 다소간 감각적 성질에서 뽑아낸 항목들의 대립을 사용해야만 했다. 날것과 익힌 것, 신선한 것과 썩은 것 등등. 이제 우리 분석의 두 번째 단계에서 드러나는 항목들은 역시 대립쌍을 이루되 성격이 다

---

26   제1성질은 존 로크(John Locke)의 개념으로 크기, 모양, 운동 같은 물체 고유의 성질을 가리킨다.
      ― 옮긴이

르니, 성질의 논리보다는 형태의 논리를 내포한다. 빈 것과 찬 것, 담는 것과 담기는 것, 내적인 것과 외적인 것, 포함되는 것과 배제되는 것 등등." 신화는 따라서 근본적으로 존재론적이기보다 인식론적이다. 신화 분석에서 드러나는 것은 "신화에서 활용되는 변별적 간극이란 사물들 자체보다는, 기하학의 항으로 표현될 수도 있고 이미 하나의 대수代數인 조작의 수단들에 의해 서로 상대방으로 바뀔 수도 있는 일군의 공통 속성들에 있다"는 점이다. 따라서 신화적 사고는 아직 스스로를 자각하지 못하는 일종의 철학하기이다. 혹은 역으로 우리는 고대 그리스에서 일어난 철학의 탄생 자체에서, "신화적 사고가 자신을 넘어서서, 여전히 구체적 경험에 결부되어 있는 이미지 너머, 이런 예속에서 벗어나 상호 간의 관계를 통해 이제 자유롭게 스스로를 정의해 나가는 개념들의 세계를 관조하는 순간"을 볼 수도 있다.[27]

이러한 논리가 잠재되어 있는 곳이 원시인의 정신인지, 아니면 자신의 작업 범주들이 유형의 감각적 형태로 자신한테 되돌아오는 것을 보게 되는 신화학자의 정신일 뿐인지 궁금증을 가져 보고 싶기도 하다. 그러나 지금 당장은 이항대립 개념 자체에 논의를 한정하는 것도 좋겠다. 이 개념에서 일종의 저지된 변증법, 즉 다차원적인 개념의 평면적 세계로의 투사를 본다고 해도 지나친 무리는 아닐 것이다. 이항대립은 역동적인 한, 변별적 지각을 포함하는 한, 변증법적이다. 그것이 분석적인 것이 되는 것은 다만 그것이 모든 구조의 정태적이고 상당히 실증적인 요소로 굳어질 때, 그리고 다시 이 구조가 덧셈, 즉 여러 대립의 합산이

---

27   Lévi-Strauss, *Du miel aux cendres* (Paris, 1966), pp. 406-408.

될 때뿐이다. 이를 다른 식으로 말하자면, 이항대립의 두 극 모두 양성적陽性的이고, 둘 다 공히 육안으로 식별 가능한, 실체existant라는 점, 반면 진짜 변증법적인 대립을 만들어 내는 것은 한 항목이 음성적이라는, 하나가 부재라는 점을 지적할 수 있을 것이다. 따라서 레비스트로스가 하나의 실체로서 신화를 장편소설과 같은 서사와 비교할 때 진정으로 변증법적인 관념에 다가서니, 여기서 장편소설은 그것이 신화가 아닌 것이라는 점에서 신화를 정의한다. 변증법적 대립의 두 항 중 하나는 항상 작품 바깥에 있다. 그것은 역사 앞에서 드러나는 작품의 이면, 그 표층 혹은 색다름이다. 개별적인 해당 현상을 넘어서는 이 운동은 변증법적 사유의 자기의식과 일치하며, 객관적인 과학적 사고로 대상을 실체화하는 방식과는 전혀 다르다. 원시문화와 신화에 대한 레비스트로스의 향수는 이런 의미에서 그의 방법에 의해 투사된 형식적 왜곡일 뿐이다. 그리고 이항대립을 명시적으로 존재와 부재의 변증법에 흡수시켜 버리는 소련의 기호학에서는 똑같은 모순들이 생겨나지 않는다는 점도 덧붙여 두어야겠다.

3. 이제 우리는 기호체계의 미시적 분석으로부터, 이항대립 구조로부터, 기호체계의 더 넓은 구문의 분석으로 접어든다. 여기서 과제는 다양한 경험적인 구문 범주들을 그것으로 번역해 낼 수 있는 한 벌의 항목들 내지 요소들(이항대립 같은)을 만들어 내는 것이다. 한편으로 모든 차원의 기호-진술sign-statement과 다른 한편으로 언어적 문채文彩, figure들의 등가성이라는 애초의 설정은 그 자체로는 문제가 없다. 프로이트의 범주들을 수사적 범주들로 흡수하는 자크 라캉Jacques Lacan의 다음 진술은

그 과정에 대한 충분한 예증이 될 수 있다.

『꿈의 해석』에서 프로이트가 한 작업을 다시 떠올리며 꿈이 문장의 구조를, 혹은 그 저작의 자구에 충실하자면, 그림·글자 조합 수수께끼rebus의 구조를 지니고 있다는 것을 상기해 보라. 이는 곧 꿈은 글쓰기 형식의 구조를 지니고 있다는 말로, 아동의 꿈은 이 글쓰기의 원초적 표의문자를 재현하며 어른의 경우 이 글쓰기 기표 요소signifying element들의 음성적인 동시에 상징적인 용법을 복제하는데, 이는 고대 이집트 상형문자와 중국에서 지금도 사용되는 문자들에서도 볼 수 있다.

그러나 이것도 도구를 해독해 내는 것에 지나지 않는다. 중요한 부분은 텍스트의 번역에서 시작되는데, 프로이트에 따르면 이는 꿈의 [언어적 —제임슨] 정교화, 달리 말해 꿈의 수사법에서 주어지는 부분이다. 생략과 췌언贅言, 도치나 겸용법兼用法, 역행, 반복, 병치 —이것들은 구문의 전치轉置이다. 그리고 은유, 오용, 환칭換稱, 풍유, 환유, 제유— 이것들은 의미의 응축으로, 프로이트는 이것들에서 자신의 꿈 담론을 조절하는 꿈 주체의 의도 —과시나 논증, 위장이나 설득, 보복이나 유혹— 를 읽어 내는 법을 가르쳐 준다.[28]

(프로이트가 말하는 꿈작업dream work의 이 같은 언어적 투여는 이를 다름 아닌 역사적 사건들에 적용한 알튀세르의 작업에서 힘이 배가되어 되돌아오니, 이제 역사적 사건들은

---

28   Jacques Lacan, *The Language of the Self*, ed. and trans. A. G. Wilden, pp. 30–31의 번역.

인과관계에 있어 프로이트적 의미에서 중층결정되며, 전치의 과정 —한 구조에서 다른 구조로의 전이에서— 과 응축의 과정 —혁명적 순간에 역사적 구조의 여태까지 별개였던 부분들이 모두 속속들이 정치화되며 서로 동질화될 때— 을 형성하는 것으로 간주되는데, 여기서 정치적 혁명 자체도 그렇게 '자신을 표현하는' 하부구조 속의 저 심층적 모순들의 Darstellung, 즉 표상 같은 것으로 간주된다.)

그러나 프로이트의 입론을 하나의 해석학으로 동원할 수 있게 해 주는 이러한 등가성은 이 단계에서는 번역의 가능성을 제공하는 데 그친다. 즉 특정의 비언어적 기표를 이런저런 수사적 범주에 넣는 경험론적 분류 말이다. 이 동화同化 작업이 정말 유용해지는 것은 모든 다양한 언어적·수사적 장치가 단 한 가지 기능의 파생물임을 보여 줄 수 있을 때이다. 그리고 이 통일성을 라캉은 로만 야콥슨이 세운 영향력 있는 은유 대 환유의 대립 이론[29]에서 발견하는데, 이는 공시적 양식(중첩, 공존, 계사체)과 통시적 양식(연쇄, 연사체) 사이의 일종의 보편적 대립을 가리킨다. 라캉의 분석은 정신기능을 이 두 궁극적인 언어 작용으로 번역하는 시도로서, 은유에서 증후의 기원을 보고(하나의 기표를 다른 기표로 대체한다는 점에서), 환유에서 욕망의 기원을 본다("기표의 기표와의 연결이야말로 탈락elision을 허용하는 것인데, 이 탈락을 통해 기표는 존재의 결여를 대상관계에 장착시킨다. 대상관계가 지탱해 주는 이 결여를 향한 욕망을 대상관계에 투여하기 위해 의미작용이 지닌 '소급참조'의 힘을 사용하여 그렇게 하는 것이다"[30]).

그렇지만 이 궁극적 대립도 다시 어떤 하나의 더 지배적인 기능 아래

---

29   특히 Roman Jakobson and Morris Halle, "Two Aspects of Language and Two Types of Aphasic Disturbances", *Fundamentals of Language* (The Hague, 1956), pp. 55-82 참조.

30   Lacan, *The Language of the Self*, p. 114.

포함되지 않는 한(달리 말해 어째서 모든 문채figure가 이 두 원초적 문채[31]에 흡수되어야 하는지 명확해지지 않는 한) 경험적이고 단순히 분류적인 사안이 되고 만다. 내 의견을 말하자면, 이 대립의 통일성은 발화행위 자체와 관련하여, 특히 언어의 통약通約 불가능성과 관련하여, 두 문채의 공통된 상황에서 찾아야 한다. 즉 언어는 어떤 사물도 결코 진실로 표현할 수가 없으며 다만 관계(소쉬르 언어학)나 순전한 부재(말라르메)를 표현할 뿐이라는 사실과 관련하여 말이다. 그래서 언어는 필연적으로 우회에, 대체에 의지한다. 자신도 대체물인 언어는 내용의 그 텅 빈 중심을 다른 무언가로 대체해야 하며, 이를 위해 내용이 무엇과 같다고 말하거나(은유), 아니면 주위 사물을 열거하며 내용의 문맥 및 내용의 부재의 윤곽을 기술한다(환유). 따라서 언어는 본성상 유추적이든가 아니면 물신적이다. (바로 이 일반적 대립을 원시마법 형식들로 기술하는) 프레이저James Frazer의 용어로 하자면[32], 언어의 작동은 동종요법적이거나 감염적이다.[33] 이렇게 문채 자체가 그 애초의 상황 속으로 다시 용해되는 것은 라캉의 근원적 결여론에 상당히 부합하며, 해묵은 딜레마들을 다루는 뜻밖의 방식을 시사한다. 그래서, 예를 들자면, 최근에만 해도 바르트에 대한 피카르의 공격에서 새롭게 제기된 바 있는,[34] 전통적 문학방법과 현대적 문학방법의 관계

---

31 은유와 환유를 지칭한다. ─ 옮긴이

32 스코틀랜드의 민속학자 프레이저는 마법을 토대로 하는 사고의 원칙은 유사한 것을 만들어 내는 '유사성 법칙'과 접촉 후 서로에게 영향을 미치는 '전염성 법칙'의 두 가지로 귀결된다고 보았다. ─ 옮긴이

33 Sir James Frazer, *The Golden Bough* (한 권짜리 축약판, New York, 1951), pp. 12-14.

34 바르트의 상당히 프로이트적인 *Sur Racine* (Paris, 1963)를 계기로 일어난 이 논쟁의 주요 전시물은 다음 두 저술이다. Raymond Picard, *Nouvelle critique ou nouvelle imposture?* (Paris, 1965); Roland Barthes, *Critique et vérité* (Paris, 1966).

라는 골치 아픈 문제도 다음과 같은 가설로 설명할 수 있겠다. 즉 내재적 문학비평은 작품을 그 구조들의 기술記述로, 그것을 닮은 새 '메타언어'로 대체하려 한다는 점에서 은유적이고, 한편 부재하는 창조의 순간을 둘러싼 가구, 영향들, 역사 시기를 소환해 내는 기존 문학사는 부재를 사물 자체에 대한 순간적 일별로 둔갑시키려 한다는 점에서 근본적으로 환유에서 연원한 것이다.

그렇지만 종국적으로 보면, 은유와 환유의 개념은 서로 분리될 수 없으며 우리 눈앞에서 서로 상대방으로 끊임없이 변신한다. 일종의 궁극적인 이항대립으로서 이 두 개념은 사실상, 소쉬르 언어학의 시발점이 되었던 저 기본적인 동일성과 차이의 변증법의 실체화에 지나지 않는다.

4. 기표의 구성에 대한 가장 충실히 발전된 구문론적 분석은 바르트, 클로드 브레몽Clude Bremond, 츠베탕 토도로프Tzvetan Todorov 같은 비평가들과 더불어 A. J. 그레마스가 '플롯의 문법'이라는 이름으로 수행한 분석이다. 대체로 촘스키의 생성문법과 유사한 이 분석은 텍스트의 여러 비교적 표층적인 서사 차원을 그레마스가 '행위소 모델actantial model'이라고 부른 더 심층적인 구조로 환원하는 처방을 내린다. 이 모델은 그레마스도 다시 환기시켜 주었듯이 근본적으로 '구문구조의 외삽'[35]으로, 문법의 이중적 은유를 끌어들인다고 할 수 있으니, 여기서 기존 범주들(주어, 동사, 목적어)은 지극히 다채로운 담론 유형들이 펼쳐지는 무대 위에

---

35   A. J. Greimas, *Sémantique structurale* (Paris, 1966), p. 185.

서 어떤 원초적인 극적 재현을 재연한다. 즉 "전통적 구문에서 기능이란 단어가 하는 역할일 뿐이라는 점 —주어는 '행위를 수행하는 자'이고 목적어는 '행위를 당하는 자'이고 등등— 을 상기한다면, 이런 이해에서 진술 전체는 '호모 로퀜스homo loquens, 언어적 인간'가 스스로에게 베풀어 주는 광경이 된다."[36] 그레마스가 보기에, 철학적이건 문학적이건, 설명적이건 감정적이건, 모든 형태의 담론에 공통된 것은 바로 이 저변의 '극적' 구조이다. "그렇지만 이 광경은 영원하다는 점에서 유일무이하다. 즉 행위의 내용은 늘 변하고 행위자도 바뀌지만 언술광경enunciation-spectacle은 항상 동일하니, 기본 역할들의 고정된 배분이 그것의 영구성을 보장해 주기 때문이다."[37]

언술광경의 표층적 내용(일반적인 서사의 인물들은 물론이고 철학적 개념이나 추상적 실체도 포괄할 수 있는)과 이러한 보다 심층적인 저변의 구조를 구별하기 위해서 그레마스는 행위소actant, 하나의 기능(특정 유형의 수행의 가능성)이나 하나의 자격(일정한 수의 속성의 부여를 수반하는)으로 절합될 수 있는 행위소라는 용어를 만들어 낸다. 이러한 구별 덕분에 우리는 즉각 주어진 텍스트의 읽기를 재구성하고 표면 밑에서 작동하는 더 근본적인 기제들을 인지할 수 있게 된다. 그리하여 예컨대 주어진 서사 속의 한 인물 내지 행위자가 실은 서로 별개이며 상대적으로 독립적인 두 개의 행위소의 은닉처 구실을 한다거나, 혹은 두 행위자, 즉 줄거리상 독립된 성격들과 별개의 인물들이 양쪽 문맥 모두에서 구조적으로 동일한 하나

---

36   *Ibid.*, p. 173.

37   *Ibid.* 언술광경은 언술행위(말하거나 쓰는 행위)와 소통이 일어나는 광경(문맥과 수용)의 상호작용을 지칭하는 그레마스의 용어다. — 옮긴이

의 행위소의 두 대체 절합체에 지나지 않는 것으로 판명날 수도 있다.

그레마스는 행위소의 가능한 용례를 잠정적으로 세 가지로 분류했다. 첫째는 주체냐 대상이냐로, 이 형식에서 언술광경의 기본적 사건은 객체에 대한 욕망이라는 사건이 될 것이다. 둘째는 발신자냐 수신자냐로, 이 경우 기본적 사건은 소통의 형태를 취할 것이다. 세 번째는 수행에서 조력자adjuvant냐 적대자opposant냐이다. 여기서 이 두 범주(조력자, 적대자)는 개별 문장의 문맥에서 '가장 어렵게'나 '수월하게'와 같은 표현들과 매우 흡사한 구문적 역할을 하는 양식적 혹은 보조적 범주라 봐도 무방하겠다.

이와 관련하여, 실체substance의 언어보다는 과정의 언어를 사용하고, 구조의 정태적 상像인 '행위소 모델' 대신 텍스트에 가해지는 조작의 한 형태로 '행위소 환원actantial reduction'을 말하는 편이 더 시사적일 듯하다. 이러한 환원은 그 대체나 체계적 변용의 기본 기법을 언어학에서 빌려 오는데, 이 기법에 따라 분석자는 텍스트에 주어져 있는 요소들을, 변용을 거부하는 마지막 기능들 세트에 다다를 때까지, 다른 가능한 대체물들로 계속 체계적으로 교체해 나간다. 따라서 우리는 희생자가 자신의 넥타이로 교살되는 표층적 차원의 서사적 특수성을 일련의 변용태(목 매달아 죽이는 의살縊殺, 칼로 찔러 죽이는 자살刺殺, 총을 쏴서 죽이는 사살)로 교체할 수 있으며, 이것들은 다시 더 기본적인 상해 범주(예컨대 감금, 강탈, 살인, 강간)의 특정 사양을 구성한다. 특히 토도로프는 흔히 서사 표층이 문법적 의미에서 일종의 서법敍法, mood, 기본 동사 기능의 법을 구성한다고 볼 수 있는 방식들의 시사적인 목록을 제시한 바 있다. 가령 『데카메론Decameron』에서 연애감정은 성관계의 기원법으로 볼 수 있는 반면 거부는 성관계의 부정기원법으로 생각할 수 있으며, 조건법은 동화나 중세 로맨스에서 익히 보는 과제의 형태를 취할 때가 많은 한편 상해의 가정법은 단순한 위협으로 표현될 수도 있다 등등.[38]

우리는 여기서 하나의 경향에 주목해야 하는데, 형식주의에서도 유사한 순간에 작동되는 것을 볼 수 있었던 이것은 이 방법에 구조적으로 내장된 변형으로 봐야 할 것이다. 이는 바로 통시적 사건을 공시적 범주로 바꿔 버리는 것, 사건을 정태적 개념으로, 동사를 신조어로 대체하는 것이다. 그레마스 본인이 이 경향을 언어학적 분석에 드리운 불길한 주문呪文 같은 것으로 떠올린 바 있으니, 이 주문은

> 우리가 관계를 말하려고 입을 열 때마다, 곧바로 마치 마법이라도 건 것처럼 그것을 실사實辭[39]로, 달리 말해 새로운 관계를 상정하는 등등을 통해 그 의미를 부정해야 하는 항목으로 바꿔 버린다. 우리가 의미에 관해 말할 목적으로 상상해 낼 수 있는 어떤 메타언어도 결국은, 의미를 표상할 뿐 아니라 모든 지향적 역동성을 하나의 개념적 용어체계로 얼어붙게 만드는 실체화하는 언어로 드러나고 만다.[40]

행위소 환원을 순전히 분류의 용도로 쓰는 용법들(지배적인 추상 범주가 어떤 것이냐에 따라 서사를 나누는 용법들)이 불만족스러운 것은 바로 이 때

---

38   일례로 Tzvetan Todorov, *Grammaire du Décaméron* (The Hague, 1969), pp. 46-50; "Poétique", *Qu'est-ce que le structuralisme?* (Paris, 1968), 특히 pp. 132-145 참조.

39   문장에서 명사나 명사구 역할을 하는 단어 혹은 단어군. — 옮긴이

40   A. J. Greimas, *Du Sens* (Paris, 1970), p. 8.

문인 것 같다. 사실 그레마스의 모델은 생성문법처럼 분석과 종합이라는 이중의 운동을 내포하며, 사르트르가 다른 맥락에서 전진-후진 방법progressive-regressive method이라고 부른 것[41]을 구성한다. 따라서 이러한 모델의 적용이 완성되는 것은 분석자가 기본적인 심층 구조를 분리해 낸 후 이어서 그 구조로부터 원텍스트뿐 아니라 그 모델이 허용하는 다른 모든 변용들도 되살려 낼 수 있을 때뿐이다. 구조주의자들이 '조합combinatoire'이라고 부른 것은 바로 이 생성의 기제이다. 따라서 이상적으로는 이런 분석은 텍스트들의 덩어리 내지 뭉치를 전제로 한다.

물론 주어진 텍스트 내에서 행위소 환원은 이중의 기능을 할 수도 있다. 수평적으로는, 중세 로맨스처럼 삽화로 이루어진 긴 형식들에서 멀리 분포된 부분들을 편성하는데, 여기서 이 환원은 끝으로 가면서 벌어지는 특히 아리송한 어떤 사건이 보다 투명한 시초의 사건의 구조적 반복 —혹은 도치— 에 불과함을 보여 주는 데 유용할 것이다. 수직적으로는, 담론의 모든 차원에서 작동하는 어떤 동일한 메커니즘을 실증하는데, 그 메커니즘은 어떤 지점에서는 행동으로 나타나고 다른 지점에서는 이미지의 형태를 취하고, 또 다른 지점에서는 심적 인식이나 문체적 매너리즘으로 표현되기도 한다. 나중에 한 절[42]에서 우리는 그레마스가 의미의 이러한 궁극적인 세포핵의 또 다른 유형의 메커니즘을 제시하는 것을 보게 될 터인데, 그것은 지금의 모델에서 극drama이라는 유비를 제

---

41   전진-후진 방법이란 사르트르가 자신의 실존주의적 방법에 붙인 이름으로, 개개인을 규정하는 경제적 조건에 대한 고려(전진적 계기)와 그런 규정성에 대한 저항을 포함한 개개인의 대응에 영향을 미치는 심리적·문화적 조건에 대한 고려(후진적 계기)를 결합한 분석 방법이라는 뜻이다. — 옮긴이

42   본서 3부 3장 3절을 가리킨다. — 옮긴이

거한 형태이다.

　서사 '조합' 혹은 스토리 생성 기제의 본격적인 실증 작업 ―소름을 배우러 나선 소년 이야기의 리투아니아판에 대한 연구에서 그레마스 스스로 보여 준 것과 같은[43]― 에는 그 본질적인 구조적 한계 내지 울타리 clôture가 명시되어야 하는데, 이는 내적 혹은 외적 방식으로 기술될 수 있다. 우선 내적으로, 구조적 한계는 다름 아닌 해당 모델에서 내재적으로 가능한 순열조합의 총계이다. 반면 외적 한계는 역사 자체에 의해 그어지는데, 역사는 일정한 수의 구조적인 구현 가능태를 미리 선택하는 동시에 다른 것들은 해당 지역의 사회적·문화적 풍토에서는 생각될 수 없는 것으로 추방한다. 따라서 로마 가톨릭을 믿는 리투아니아에서는 사제가 아버지로 상상될 수는 없는 만큼, 부성父性과 신성의 기능이 단일한 한 행위자나 인물 속에 겹쳐 있는 그 논리적으로 가능한 이야기 변용태는 제외될 수밖에 없고, 그래서 형이 사제의 역할을 맡거나 아니면 결국 사제로 판명 나는 대리자에게 아버지가 아들을 맡기는 식의 더 복잡한 해법들로 대체된다.

　이러한 모델은 이제 한 작가의 전 작품에 대한 연구(이것은 레오 슈피처 Leo Spitzer와 장피에르 리샤르Jean-Pierre Richard의 기존 문체론의 영역인데, 그레마스가 베르나노스Georges Bernanos를 다루면서 그 예를 보여 준 바 있다)나 혹은 문학사에서 문체상으로 동질적인 특정 시기의 다양한 작품에 대한 연구(이때 자료에는 뤼시앵 골드만Lucien Goldmann의 이름으로 연상되는 종류의 상동성들뿐 아니라 예술사가

43　"La Quête de la peur"와 특히 "La Structure des actants du récit", *Du Sens*, pp. 231-270 참조. 무서움을 배우러 나선 소년 이야기로 널리 알려진 것은 그림동화에 수록된 것이다. ― 옮긴이

의 관심사인 시대구분 문제가 포함된다)에도 추천될 수 있겠다.[44]

플롯들의 문법이라는 이러한 발상의 한 시사점은 사상사에서처럼 문학에서도 한 세대나 한 시기의 작품을 특정 모델(혹은 기본적인 플롯 패러다임)의 견지에서 바라볼 수 있다는 것이고, 이제 이 모델은 낡아서 새것으로 대체될 때까지 가능한 모든 방식으로 변용되고 절합된다. 이러한 발상에는 새로움과 혁신이라는 관념(형식주의자들이 이를 문학 생산 과정의 얼마나 필수적인 동력으로 생각했는지는 앞서 살펴본 바 있는데)을 창작자의 심리가 아니라 문학적 대상 자체의 구조에 정초시킨다는 이점이 있다.[45]

이것이 바로 통시성을 진짜 역사 자체(이는 다시 그 엄청난 안정성, 그 지속성durée에서 공시성과 같은 것이 되는데)와 구별하는 바르트의 역설적 전복이 갖는 의미이다. 참여문학을 대체한 '누보로망nouveau roman'이 참여문학과 갖는 관계를 설명하면서 그는 이렇게 말한다.

> 나로서는 이 둘의 교체에서 《패션》의 특징인바 가능태들의 순환이라는 순수 형식적인 과정을 보고 싶기도 하다. 거기에는 한 파롤의 소진과 그 이율배반적 대립항에로의 전이가 있다. 여기에서 차이는 역사의 동력이 아니라 통시성의 동력이다. 역사 자체가 개입하는 것은 오로지 이 미시적 리듬이 교란될 때 그리고 이런 류의 형식들의 변별적인

---

44 레오 슈피처(1887-1960)는 문체적 특징의 역사·문화적 문맥을 분석한 오스트리아의 문헌학자이자 비평가이고, 리샤르(1922-2019)는 문학 텍스트의 형식과 내용의 관계에 역점을 둔 프랑스의 비평가이자 작가이다. 그레마스는 프랑스 소설가 조르주 베르나노스(1888-1948)를 논하면서 이 두 비평가의 관점을 활용한다. 골드만(1913-1970)은 마르크스주의 이론 및 문학비평에 기여한 프랑스의 철학자·사회학자로, 그의 상동(homology) 개념은 사회구조와 그 문화적 산물의 주제나 형식 사이의 상응관계를 가리킨다. — 옮긴이

45 "Un Échantillon de description", *Sémantique structurale*, pp. 222-256 참조.

정향진화定向進化가 역사적 기능들 일습에 의해 예기치 않게 저지될 때 뿐이다. 설명이 필요한 것은 지속되는 것이지 '순환하는' 것이 아니다. 우의적으로 말하자면 알렉산더격 시행詩行의 (부동不動의) 역사가 3보격의 (일시적) 유행보다 더 중요하다고 할 수 있겠다.[46] 형식은 오래 유지되면 유지될수록 내가 보기에 오늘날 모든 비평의 목표인 역사적 이해 가능성의 상태에 더 근접한다.[47]

물론 이것이 의미하는 바는 구조주의자들에게 있어 대상들의 역사 혹은 표층 현상의 역사라는 관념은 모델들의 역사라는 관념으로 대체되었다는 점이다. 이런 발상에 대해서는 곧 다시 살펴보기로 하자.

5. 앞의 절들에서 우리는 기표의 구조적 분석의 (음운론적 형태와 구문론적 형태라고 특징지은 바 있는) 두 형태를 살펴보았는데, 구조라는 용어가 가장 적절히 들어맞는 것은 바로 이 차원이다. 라캉의 정신분석에서 '상징계symbolic order'라고 부르는 것 또한 이 차원으로, 이 관념은 기표 차원에 대한 일정한 방식의 과대평가를 부추기는 데 영향을 미쳐 왔는데 그 방식이 무엇인지는 이 절에서 검토해 볼 것이다.

라캉에게 상징계란 아이가 언어를 점차 습득해 나가면서 생물학적인 이름없음의 상태에서 벗어나 진입하는 그 영역이다. 그것은 몰개성적 혹은 초개성적이지만, 동시에 바로 정체성의 감각이 생겨나게 해 주는

---

46   알렉산더격은 1행 12음절로 이루어진 프랑스 운문의 대표적인 전통적 운율이고, 3보격은 상대적으로 전위적이거나 실험적인 시에서 많이 사용된 운율이다. — 옮긴이

47   *Essais critiques*, p. 262.

것이기도 하다. 따라서 곧 살펴보겠지만, 의식, 인격, 주체는 언어 자체 내지 상징계라는 더 큰 구조에 의해 결정되는 이차적 현상이다. 라캉은 이 과정을 보여 주는 사례로 포Edgar Allan Poe의 「도둑맞은 편지Purloined Letter」의 순환적 플롯을 택하는데, 이 작품에서는 반복강박에서처럼 똑같은 사건이 두 번 재연되고 그때마다 행위자의 위치는 달라진다. 이야기의 중심은 편지 자체인데, 이는 중지되거나 지연된 소통 일반의 상징이나 혹은 기표의 자율성의 상징 역할을 한다. 말하자면 기표는 그것에 부여된 새로운 의미들과 새로운 용도들에 상관없이 제 갈 길을 가며, 세계 속에서 자유롭게 부유하는 대상으로서, 언제나 새로운 가치 유형들을 빨아들인다. 왕비가 가장 공개된 자리 —즉 바로 왕 앞의 탁자— 에 감춰 놓은 편지를 장관이 아무렇지 않게 집어 가고, 그다음에는 장관이 편지를 숨겨 둔 최대한 가장 공개된 자리에서 뒤팽Dupin이 편지를 집어 간다. 이렇게 장관부터가 기본적인 언어회로와 관련하여 그가 처한 상황의 기능이다. 그를 비롯한 다른 인물들에게는 그들만의 어떤 인격-실체도, 어떤 내재적 존재도 없다. 오히려 그들의 존재는 언어적 상황이나 상징계에 관한 그들의 위치에서 연원한다.[48]

그러나 기의에 대해 기표 자체가 갖는 우선성에 관한 이론의 맥락에서 이 과정을 재정식화한 것은 레비스트로스다. 바로 이 지점에서 우리는 애당초 하나의 방법이었던 것(구조분석을 목적으로 한 기표의 분리)이 기표 자체의 우선성에 대한 형이상학적 추정에 해당하는 것으로 서서히 바뀌는 것을 목도할 수 있는데, 이것이 바로 그가 샤머니즘과 관련하여 최

---

48   "Le Séminaire sur 'La Lettre volée'", *Écrits*, pp. 11–61 참조.

초로 내세운 '기표의 잉여'라는 발상의 의미이다. 레비스트로스는 샤머니즘적 '치유'란 샤먼이 그의 제식 및 상징적인 신화 체계를 통해, 표현되지 못했고 표현될 수도 없는 환자의 자유롭게 부유하는 정동성情動性, affectivity이 홀연 스스로를 표현하며 풀려날 수 있는 순수한 기표들의 빈 성좌를 제공한다는 사실로 설명할 수 있다. 이것이 그가 말하는 '상징적 효험'이다. 즉 "치유는 처음에는 정동affect의 틀로만 주어졌던 상황을 사고 가능한 것으로 만드는 데, 육체가 참아 내기를 거부하는 고통을 정신에 수용 가능한 것으로 만드는 데 있다."[49] 그렇지만 이 분석이 문제의 사고의 내용이 아니라 그보다는 형식에 관련된다는 점은 주목해야 하겠다. 환자의 마음이 진정되는 것은 샤먼이 특별히 만족스런 유형의 주술적 설명을 제공해서가 아니다. 그보다는 애당초 표현된 사고(말 없는 고통이 아니라)를 가능케 할 어떤 빈 기호체계가 사용 가능해진 결과로 일어난다.

이 '기표의 잉여' 개념에는 샤머니즘적 상황의 경계를 훨씬 넘어서는 함의가(레비스트로스 스스로 이 과정을 정신분석 —현대판 '샤머니즘'— 과 비교하면서 이 경계를 의도적으로 확대해 놓긴 했지만), 즉 우리가 우리에게 제공된 모든 새로운 상징체계와 갖는 관계와 관련된 함의가 들어 있다.

　　인간의 이 지적 상황을 제대로 볼 수 있게 해 줄 것은 오로지 상징적 기능의 역사뿐이다. 즉 세계는 결코 충분히 의미를 표상하는 법이 없고

49　*Anthropologie structurale*, p. 217. 강조는 제임슨. 정동성이란 전반적인 정서적 기질 및 정서적 에너지를 말하며 정동은 외부 자극에 대한 무의식적인 생리적·심리적 반응을 가리킨다. — 옮긴이

사고는 항상 각 의미작용과 결부시킬 수 있는 대상의 양에 비해 너무 많은 의미작용을 처리하게 되는 상황 말이다.[50]

이제부터는, 사고의 과정 자체가 상대적으로 형식적인 과정이 된다. 가령 구조주의를 하나의 일관된 체계로 바라보는 우리의 접근방식에는 이론과 가설의 점검보다는 새 언어의 학습이 수반되는데, 학습을 해 나가는 과정에서 배움의 정도는 기존 용어체계를 새 용어체계로 옮겨 낼 수 있는 번역의 양으로 가늠된다. 어쨌든, 이는 이런 류의 새로운 체계에 의해 생성된 지적 에너지의 엄청난 폭발을 설명해 주며, 사실 지적 운동 개념을 정의하는 기능을 할 수도 있다. 그러나 이렇게 풀려나온 지적 에너지 가운데 아주 작은 일부만이 새 이론으로 이어진다. 행해진 작업의 압도적인 양은 그저 기존 용어를 모두 새 용어로 꾸준히 번역해 내는 과정, 생소한 새로운 지적 절차를 거치게 만듦으로써, 새 지적 패러다임[51]을 철저히 적용함으로써, 마비된 지각과 지적 습관을 끝없이 되살려 내는 과정일 뿐이다. 새 발견이 이루어진다면, 내 생각에 그것은 기존 용어체계가 모호한 상태로 두었거나 당연시했던 현실의 구석들을 새 모델이 확대하거나 거기 다시 초점을 맞춘 결과다. 그러나 이런 발견 역시 번역 과정으로 흡수할 수 있다.

기표의 잉여 개념은 바로 문학의 기능 변화를 설명하는 데에도 유용하다. 19세기에도 작가들이 특정 유형의 생산물의 공급자였음은 분명

---

50   *Ibid.*, pp. 202-203.

51   이 용어는 쿤(T. S. Kuhn)의 용어로, *The Structure of Scientific Revolutions* (Chicago, 1962)에 나온다.

하다. 이런 맥락에서 가령 디킨스Charles Dickens의 '문체'는 굳이 말하자면 그가 공급할 사회적 역할을 맡고 있는 저 소설-생산물들에 대한 일종의 포장, 매너리즘이자 성가시거나 반가운 '보충supplement'이다. 그러나 현대에 들어와서 소설가가 제공하는 것은 분명히 '문체' 그 자체 혹은 '세계' 내지 세계관이다. 점점 소설가는 일련의 분책分冊들을 통해 소설이 자연스럽게 만들어지도록 하는 관행[52]을 버리고, 이제 더 이상 본래적 의미의 '소설novel'이라고 불리기도 곤란한 한 편의 방대한 작품으로 일시에 구현하려고 한다. 따라서 분명해지는 것은, 소설가가 하나의 기호체계를, 즉 독자로서는 통시적으로 접하게 되는 공시적 총체성을 만들어 내는 과정에 있음을 우리가 이해할 때 비로소 문체나 세계관이나 등등의 관념에 개재된 모순들이 해소된다는 점이다. 그리고 소설가가 자신이 하나의 모델이나 기호체계의 무의식적 생산자임을 깨닫고 이제 의식적으로 그리하기로 마음먹을 때 그의 활동 자체가 방향이 달라지듯, 독자의 활동도 더 이상 소설을 소설로 소비하는 소비자의 활동이 아니라 오히려 일련의 종교적 귀의와 흡사해진다. 독서 과정에는 이제 하나의 새로운 기호체계의 학습이 따라오니, 우리가 소설을 읽으려고 읽는데 어쩌다 보니 그게 D. H. 로런스D. H. Lawrence의 작품이었던 것이 아니다. 그보다 우리는 그 특정 소설을 통해 D. H. 로런스의 체계 전체에 접근하고 그 체계를, 실제 세계의 재현이 아니라 우리로 하여금 실제 세계와 실제 경험의 늘비한 형체 없는 소재를 새로운 관계 체계로 재

---

52   분책 출간은 한 편의 소설을 몇 차례 나누어 출간하며 완성해 가는 방식으로, 디킨스를 필두로 19세기 빅토리아 시대 영국에서 성행하였다. — 옮긴이

절합하게 해 주는 기표의 잉여로 경험해 본다. 그것은 어떤 샤먼의 치유 못지않게 만족스러운 절합으로, 거의 동일한 기능을 한다. (그러나 나중에 『텔 켈』을 주축으로 하는 집단의 목표를 살펴보면서 보게 되겠지만, 문학을 모델의 구축으로 보는 이 개념이 구조주의에 함축된 유일한 문학 개념은 아니다.)

궁극적으로 사고 과정이 실재하는 대상 내지 지시물과의 부합보다는 (소쉬르의 원래 기호 개념에 이미 내포된 경향인바) 기의를 기표에 맞추는 조정과 관련된 것이라면, 전통적인 '진리' 개념은 철 지난 것이 된다. 바르트는 이를 '내적 정합성coherence에 의거한' 증거의 개념으로 대체하자고 서슴 없이 주장한다.

> 수사적 기의가, 그 통일된 형식에서, 다름 아닌 하나의 구성물이라면, 이 구성은 정합성을 가질 수밖에 없다. 수사적 기의의 내적 개연성은 이 정합성에 정비례해서 수립된다. 적극적 입증이나 실제 실험이라는 긴급한 사안 앞에 놓고 보면 이 내적 정합성 개념이란 실망스러운 종류의 '증거'로 보일지도 모르나, 그럼에도 불구하고 우리는 갈수록 그것에 과학적 지위까지는 아닐지라도 발견적 지위는 부여하려는 경향이 있다. 현대비평의 한 갈래는 주제적 방법(내재적 분석에 적합한 방법)에 의해 창조적 우주를 재구성하는 것을 목표로 삼으며, 언어학에서 한 체계의 실재성을 실증하는 것은 그 체계의 ('용도'가 아니라) 정합성이다. 또한 현대세계의 삶에서 역사적으로 마르크스주의 이론이나 정신분석 이론이 갖는 실질적 중요성을 과소평가하려 들 생각은 없지만, 이 이론들의 '효과'를 검토하는 것으로 이 이론들이 다 다뤄지는 것은 절대 아니다. 이 이론들의 '개연성'의 결정적인 몫은 그 체계적 정합성에

있기 때문이다.[53]

우리는 바르트가 '정합성'이라 할 때 해당 기호체계의 폭과 복잡성 또한 염두에 두고 있는 것으로 보인다는 점에 주목해야 한다. 즉 하나의 체계로서의 단순한 내적 일관성뿐 아니라 가능한 한 많은 양의 기의를 흡수하는 능력을 염두에 두고 있는 것이다. 어쨌든 이는 우리가 이 책 말미에서 검토하게 될, 진리는 약호변환transcoding의 작용이라는 그레마스의 진리 관념과는 약간 다른 유형의 범주이다.

기표의 우선성이라는 관념(앞서 살펴봤듯 일종의 형이상학적 전제가 되는)은 구조주의의 모델 이론에서 그 이론적 완성에 이른다. 살펴보게 될 것처럼 주체가 뭔가 더 몰인격적인 체계 내지 언어구조의 함수라면, 주체에 의해 창안된 다양한 의식적 입장들과 철학적 해법들도 이로써 함께 가치가 절하되게 마련이니 말이다. 특히 구조주의는 데카르트Descartes와 사르트르가 내세우는 코기토cogito[54]의 자기주장에 대한 철저한 거부를 의미한다.

그렇다고 해서 구조주의가, 사고는 물질의 소산에 불과하다고 보는 정통 유물론에 함축된바 의식적 사고의 절대적 평가절하로 되돌아가는 것은 아니다. 알튀세르는 새로운 구조주의적 모델 이론을 만들어 내는 데 누구보다도 큰 몫을 해 왔다. 그의 해법의 독창성을 강조하자면, 하부구조와 상부구조의 대립을 정신 자체의 폐쇄된 영역, 다시 말해 상부

---

53 *Système de la mode*, p. 237.

54 원래는 데카르트의 '나는 생각한다, 고로 나는 존재한다(Cogito, ergo sum)'라는 명제의 일부로, 여기서는 '생각하는 나'의 중심성을 가리킨다. — 옮긴이

구조 속으로 재위치시키는 해법이라는 점을 지적할 수 있겠다. 앞에서 보았듯이, 철학적 입장들이란 주어진 패러다임이나 모델에 입각한 체계적인 변주들에 지나지 않는다면, 그럴 때 중요한 것은 개별적 입장 자체(상부구조 속의 상부구조라 할)가 아니라 문제의 모델의 개념적 한계이며, 따라서 이 모델은 사고, 즉 '이론적 실천theoretical praxis'의 일종의 기반이 되며, 사상사에 대해 일종의 하부구조로 기능한다. 모델의, 혹은 관념의 하부구조의 이러한 실재를 알튀세르는 problématique문제틀, 즉 문제복합체problem-complex라고 부른다. 문제틀은 사고에 대해, 사고가 스스로 제기하는 의식적 문제들 및 그 해법들에 대해, 궁극적 한계 역할을 한다는 점에서, 그 안에서 행해지는 사유를 '결정'한다. 앞서 얼마간 다른 맥락에서 살펴보았듯, 이는 곧 한 세대의 사유를 지배하는 모델 내지 패러다임에 내장된 '울타리' 내지 개념적 천장이다. 이것이 의미하는 바는, 한 세대는 전체적으로 주어진 문제틀 안에 자리할 것이고 이 문제틀은 그 역사적 계기 자체와 하나라는 것이다. 따라서 진정한 역사적 변화는 발전으로보다는 —어떤 모델이 주어졌을 때 지적 작업은 그저 그것을 적용하거나 탐사하는 데 있을 뿐이기 때문이다— 기존 문제틀이 새 문제틀로 돌연 대체되는 것으로 느껴질 것이다. 따라서 바로 문제틀의 매개를 통해서 (그리고 특히 알튀세르가 바슐라르Gaston Bachelard를 따라 '인식론적 단절coupure épistémologique'이라고 부르는, 문제틀의 변동이 일어나는 이러한 순간들에) 상부구조의 세계는 그 바깥에 있는 실제 역사의 세계에서 일어나는 지질학적 변동을 느끼게 된다. 역사 변화에 대한 이러한 이해는 이미 언어학 이론에서 익히 본 것으로, 야콥슨은 이것에 변이라는 이름을 붙인 바 있다. 상부구조에서의 변이는, 적어도 그 변이의 내재적 역사의 면에서는,

분석 작업의 대상으로 삼을 수 없음이 분명하니, 이런 변이는 바깥 어딘가에서 일어나는 지진의 불가해한 결과이기 때문이다. 이론가가 대상으로 삼을 수 있는 것은 개별적인 철학적 입장 내지 관념이 그 토대를 이루는 근본적 모델 내지 문제복합체와 갖는 관계이다. 그 관념의 배후의 모델을 찾아내는 이 작업이 데리다가 '탈구축/해체deconstruction'라고 부른 것이다.

이 구조주의 모델 이론의 독창성은 역사적으로 서로 거의 관계가 없었던 두 분야, 즉 공식적 철학과 사상사를 재결합시킨, 혹은 달리 말하면 사상사의 방법과 실제에 체계적이고 실로 철학적인 토대를 마련해 준 점에 있다. 이제 사상사는 경향이나 사상들 사이의 표면적 유사성의 문제가 아니라 그보다는 사상들 뒤에 자리한 객관적 체계에 대한 엄밀하고 통제 가능한 연구양식이다. 이런 작업으로서 사상사는 이미 오래전부터 바슐라르나 쿠아레Alexandre Koyré[55] 같은 과학사가들이 수행해 온 것으로, 이들의 원자료는 한편으로 해법 내지 변주들, 다른 한편으로 기본적 모델들로 자연스럽게 나누어진다. 점차 심화되고 있는 이 구조주의 모델 이론을 앞질러 보여 준 가장 뛰어난 한 예는 쿤의 『과학혁명의 구조The Structure of Scientific Revolutions』인데, 이는 독자적으로 개발된 것이니만큼, 공식적 이론 내지 운동으로서의 구조주의의 영향력과 전혀 무관하게 우리 세대의 사유를 지배하는 구조적인 혹은 모델구축적인 문제틀의 존재를 입증해 준다. 그러나 알튀세르의 해법에서 보이는 관념론적 성격은 그것이 놀라운 유사성을 보여 주는 R. G. 콜링우드의 '절대

---

55   알렉상드르 쿠아레(1892-1964)는 러시아 태생의 프랑스 과학사학자이다. ─ 옮긴이

적 대전제'론과의 비교를 통해 판단해 볼 수도 있겠다. 그렇지만 하나의 이론으로서 이 해법은 랑그(모델 혹은 체계)를 상황으로, 파롤은 그에 대한 한 가능한 반응으로 만듦으로써 소쉬르의 파롤과 랑그 관계의 상대적인 유동성을 해소한다는 이점이 있다.

6. 이제 우리가 체계나 문제틀, 상징계의 우선성에 대한 구조주의의 강조를 염두에 두고 의식 혹은 주체의 위치를 재검토할 때, 탐구할 영역의 표식이 되는 것은 역시 '무의식'이라는 단어이다. 구조주의자에게 무의식과 의식의 관계는 물질과 정신, 육체와 영혼, 심지어 일차적으로 기의와 기표의 관계도 아니라는 점은 이미 분명해졌을 것이다. 라캉에게는 무의식적 현상이 주체가 알지 못하도록 은폐되어 있다는 사실은 "거의 전혀 문제가 되지 않는다. … 이 기표 연쇄 구조가 드러내는 것은, 내가 그것을 그것이 하는 말과 전혀 다른 것을 말하는 데 사용할 저 가능성, (그 언어가 나에게도 다른 주체들에게도 공통의 언어인 정도만큼) 나의 것인 저 가능성이다. 이는 주체의 (대부분 정의 불가능한) 사고를 위장하는 행위보다도 언표utterance에서 더 강조될 만한 기능이니, 즉 진리의 모색에서 주체의 자리를 가리키는 기능이다."[56] 라캉이 말하는 무의식은 프로이트의 이드Id에 대해 우리가 가지고 있던 이미지였던바, 간간이 의식의 영역으로 잠입하거나 꿈으로 위장한 채 밀고 들어오는, 욕망과 본능의 저 어두운 내면의 저장소가 아니다. 오히려 그것은 완전한 투명체로, 무의식적인 질서이되 이 질서가 무의식적인 것은 단지 우리 개개인의 개별적인 정

---

56   *Écrits*, pp. 504–505.

신보다 한없이 더 방대하기 때문이고 개개인의 정신의 발전도 그 내부에 자리한 덕분이기 때문이다.

> 무의식이 존재하는 것은 무의식적 욕망이 존재하기 때문이라고, 즉 심연에서 솟아나는, 원시적이고 의식의 상층으로 스스로를 끌어올려야 하는, 뭔가 둔하고 무겁고 야만적이며 실로 동물적인 무의식적 욕망이 존재하기 때문이라고 생각하는 것은 잘못이다. 오히려 정반대로 무의식, 즉 그 구조와 효과에서 주체를 벗어난 언어가 있기 때문에 욕망이 존재한다. 언어의 차원에는 의식을 넘어서는 무언가가 항상 있기 때문에 욕망이 존재하는 것이며, 바로 이곳에 욕망의 기능도 자리한다.[57]

따라서 라캉에게는 심적 혹은 정동적 심연은, 주체가 자신의 내면적 심연(자신의 무의식이나 과거 등등)과 갖는 관계에 자리하는 것이 아니라, 곧 살펴보겠지만, 언어회로에 함축된 저 타자Other와의 투사적 관계에, 그리고 그 연후에야 비로소 이루어지는, 마치 '타아他我, alter-ego' 내지 거울상을 대하는 듯한, 자신과의 투사적 관계에 자리한다.

따라서 의식은 언어학에서 '연동사shifter'의 차원에 속하는 무엇이다(연동사는 메시지 발신자의 위치를 나타내며 사실상 문맥에 연동돼 그 지시대상이 달라지는 인칭대명사와 같은 낱말들을 칭하는 야콥슨의 용어이다).[58]

---

57   *Qu'est-ce que le structuralisme?* pp. 252-253에서 재인용.

58   Lacan, *The Language of the Self*, pp. 183-184 참조.

"나는 내내 글자들 속의 낱말이었다." 이렇게 드니 로슈Denis Roche는 주체 내지는 의식이 안정된 실체가 아니라 일종의 구성이라는, 기존 의미의 자아ego가 아니라 관계들의 거소居所, locus라는 느낌을 표현한다.[59] 이처럼 일부 구조주의자 사이에서는 신경증과 정신병 사이의 거리에 대한 일종의 윤리적인 재평가가 이루어지니, 이제 이 둘은 완전히 별개의 현상으로 간주된다. 신경증은 스스로를 제대로 인식하지 못하는, 단 하나의 기표에 고착함으로써, 어떤 형태로든 하나의 초월적 기의나 신을 선택함으로써, 한 기표에서 다른 기표로의 탈주를 막으려 드는 억압의 운동이 된다. 반면 정신병은 주어진 패러다임의 모든 가능한 변주들을 다 써 내려가는 글쓰기일 뿐이다.

> 프로이트는 편집증이 취할 수 있는 다양한 형태란 모두 '나는 그를 사랑한다'라는 하나의 기본 명제를 부인하는 다양한 방식에서 기인한다고 보았다는 것은 주지의 사실이다. … 편집증 환자의 섬망(혹은 텍스트) 및 거기서 파생된 테마들은 따라서 그 언술행위enunciation의 문법적 형식이 수립되는 방식에 의존한다. … 프로이트가 관음증/노출증의 도착들이나 가학증/피학증의 도착들이 동일한 충동의 상반된 형태들임을 알려 준 셈이라면, 우리가 그것들에서 하나의 주어진 언술을 변형시키는 다양한 방식을 보아도 무방할 듯하다. 따라서 가학증과 피학증의 통일성은 주체의 어떤 기본적 '본성'이나 불가사의한 결정을 끌어

---

59 Marcelin Pleynet, "La Poésie doit avoir pour but …", *Tel Quel: Théorie d'ensemble* (Paris, 1968), p. 106에서 재인용. 드니 로슈(1937-2015)는 『텔 켈』 집단 및 구조주의와 밀접한 관계를 가지고 활동한 프랑스의 작가이자 비평가, 사진예술가이다. — 옮긴이

들이기 십상인 그 어떤 것보다도 텍스트가 그리고 문법적 기능이 우선하는 데서 기인할 것이다. 가학적이거나 피학적인 본성 따위는 없고, 오로지 그 항목들이 계속 자리를 바꾸는 단일한 언술의 특정 효과들이 있을 뿐이다.[60]

하나의 운동으로서 구조주의에서 가장 불미스럽게 여겨졌던 측면 —마르크스주의자(알튀세르 등)와 반反마르크스주의자(푸코Michel Foucault 등)에게서 공히 발견되는 류의 전투적 반反휴머니즘— 은 개념적으로는 인간본성의 전통적 범주들과 그리고 인간(혹은 인간의 의식)이 그 자체로 이해 가능한 실체 내지 연구분야라고 보는 관념에 대한 거부로 이해하는 것이 옳겠다.[61] 그렇지만 윤리적 혹은 심리적 관점에서는 지적해야 할 것이 있으니, 상징계를 이처럼 중시하고 그에 상응하여 구식의 주체나 개인적·개별적 의식을 깎아내리는 것이, 그 일부 대변자들이 암시하는 것처럼 문제가 없는 것은 절대 아니라는 점이다. 특히 만약 상징계가 모든 의미의 원천이라면, 그것은 또한 그리고 동시에 모든 상투어구의 근원, 우리 문화에 만연한 저 숱한 질 낮은 '의미효과'들의 원천, 하이데거가 말하는 비본래적인 것the inauthentic의 자리이자 거소이다. 이는 이 입

---

60 Jean-Louis Baudry, "Écriture, fiction, idéologie", *Tel Quel: Théorie d'ensemble*, pp. 145-146. 프로이트에 대한 언급은 프로이트가 1911년에 발표한 "On the Mechanism of Paranoia"에 대한 것이다.

61 "우리 시대에, 그리고 여전히 니체가 멀찌감치서 그 변곡점을 가리키고 있는데, 확인되는 것은 신의 부재나 죽음보다는 인간의 종말이다. … 신의 죽음 이상으로 —아니 차라리 이 죽음의 뒤끝으로 그것과 깊은 관련 속에— 니체의 사상에서 선포된 것은 신을 살해한 자의 종말이다. 파안대소하는 인간의 얼굴, 그리고 가면들의 귀환…." [Michel Foucault, *Les Mots et les choses* (Paris, 1966), pp. 396-397.]

론의 한 양상이되 그간 덮여 왔는데, 이는 아마도 구조주의적 연구에서 민속이나 신화 같은 전前자본주의적이고 실로 전前개인주의적인 자료가 강조되면서, 우리로 하여금 우리 사회에서 차가운 사회나 원시문화의 '신화'나 '야생의 사고'에 해당하는 것은 조이스나 후설이 아니라 베스트셀러와 광고 슬로건, 바르트가 말하는 '신화mythologie'라는 사실을 잊게 만든 때문일 것이다.[62] 그러므로 우리가 언어에 사로잡혀 있다 함은 ─언어는 우리가 그것을 써 내려가고 있다고 생각할 때조차 실은 우리를 '써낸다'─ 부르주아 주관주의로부터의 어떤 궁극적 해방이라기보다는 오히려 우리가 매 순간 맞서 싸워야 하는 제한적 상황을 뜻한다. 따라서 상징계는 그것이 대체하는 그 상상적 단계의 고지에서 얻어 낸 심적 정복을 나타낼 뿐이라고 할 수 있다. 주체의 죽음이란, 미래의 어떤 사회주의 세계의 집단적 구조의 특징이 될 수도 있겠지만, 그 못지않게 독점자본주의 후기산업사회의 지적·문화적·정신적 타락의 특징이기도 하기 때문이다.

그렇지만 시각을 달리하여 구조주의의 이 핵심 주제를 그 자체로 하나의 고유한 발견이라기보다 구조 연구의 좀 더 기본적인 경향, 즉 약호 해독과 판독을 강조하는 데 대한 일종의 동기부여로 바라볼 수도 있겠다.

실제로, 특징적 이미지들 ─지질학적 대변동, 지식의 고고학─ 은 주어진 것의 표면 너머로 나아가는, 현상의 배후에서 전적으로 다른 성격

62 　상징계 속의 집단적 미신과 질 낮은 의식(意識)의 기원 및 형성에 대한 특히 풍성한 연구로는 Georges Auclair, *Le Mana quotidien: structures et fonctions de la chronique des faits divers* (Paris, 1970), 특히 p. 239 참조.

의 현상들이나 힘들의 존재를 추론해 내는 구조주의 활동의 이러한 특성을 거듭 역설한다. 이러한 판독에의 열정을 잘 묘사하기로는 "어린 시절부터 나를 지질학으로 몰고 간 그 강렬한 호기심"에 관해 말하면서 "[프랑스 남부의 —옮긴이] 랑그독Languedoc 지방의 석회질 고원의 측면을 따라 두 지층의 접촉선을 추적하던" 일을 떠올리는 레비스트로스 본인만 한 사람도 없다.

시골 지역마다 막대한 무질서가 주어지니, 거기에 내키는 대로 의미를 선택해 부여할 수 있다. 그러나 농경 실험, 지리적 우연, 역사 및 선사 시대의 화신化身들을 넘어, 다른 의미들에 선행하고 그것들을 관장하고 상당 부분 설명해 주는 그 의미가 의미들 가운데서도 가장 엄중하지 않은가? 저 흐릿해진 옅은 선, 암석 파편의 형태 및 밀도의 저 거의 식별하기도 힘든 차이는, 오늘은 내가 여기서 편견성 토양을 보고 있지만 옛날 옛적에는 연이어 두 차례 바닷물에 잠겼었다는 사실을 증언한다. 천년에 걸친 해성층의 증거를 추적하는 —길이고 장벽이고 관계없이, 가로막는 온갖 방해를 뚫고, 불쑥불쑥 나타나는 절벽, 산지 사면, 덤불, 경작지를 가로지르며 나아가는— 시도에서 당신의 움직임은 아무 의미도 없어 보인다. 그러나 이 거역은 상위 의미maître-sens, 희미하고 아득한 것은 분명하나 다른 의미들은 모두 그것의 부분적이거나 왜곡된 전위轉位일 뿐인 이 의미의 재건을 목표로 한다. 가끔 그렇듯, 기적이 일어나게 하라. 숨은 갈라진 틈 양편으로 최적의 토양을 선택한 다른 종種의 녹색식물 두 그루가 나타나게 하라. 바로 그 순간, 바위에서는 두 다른 목目의 정교한 나선형 문양을 지닌 두 개의 암모나

이트가 눈에 들어오며 제가끔 수만 년의 건너뜀을 증거하게 하라. 그리하여 갑자기 시공이 뒤섞이고, 그 순간의 살아 있는 다양성 속에서 시대들이 병치되고 영구화된다. … 나는 문득 시대들과 장소들이 서로 응답하고 마침내 화합에 도달한 언어로 말하는, 깊은 명료함에 감싸이는 느낌이다.[63]

실재의 근본적으로 암호문 같은 속성에 대한 이런 애착은 어째서 레비스트로스가 인류학이 (의식적 행동을 대상으로 하는) 역사학과 달리 무의식과 그 체계를 대상으로 하며 소지한 자료들에서 이를 해독해 낸다는 점을 강조하는지 설명해 준다.[64] 그것은 또한 레비스트로스 본인뿐 아니라 구조주의 일반에 마르크스와 프로이트가 이론적으로 매력적인 이유를 설명해 준다. 프로이트 이론은 "지질학을 전범으로 하는 방법을 인간 개인에게 적용"한 것이며,[65] 그리고 프로이트주의와 마르크스주의는 다음과 같은 신념을 지질학과 공유하기 때문이다. 즉 "이해는 한 유형의 실재를 다른 유형의 실재로 환원함에 있다는, 진정한 실재는 절대로 표면에 드러난 것이 아니라는, 진리의 성격은 당신한테서 빠져나가려는 정도에 따라 가늠될 수도 있다는, … [실경험과 실재의 —제임슨] 두 차원 사이의 이동은 불연속적이라는, 실재하는 것에 도달하기 위해서는 실존적 경험을 밀쳐놓아야 하며 이는 차후 감상성이 일체 배제된 객관적 종

---

63   Lévi-Strauss, *Tristes tropiques* (Paris, 1955), pp. 48-49.

64   *Anthropologie structurale*, p. 25.

65   *Tristes tropiques*, p. 49.

합 속에 그것을 다시 통합해 들이기 위해서라는"[66] 그런 신념 말이다.

　우리는 여기서 우리가 다른 곳[67]에서 더 충분히 기술한 바 있는 상징의 철학과 기호의 철학 사이의 저 반목이 되살아나는 것을 본다. 기표와 기의, 여러 기호체계 상호 간, 나아가 기호와 그 지시대상이 어쨌든 서로 일치한다는 관점과 이 차원들 사이의 기본적 불연속성, 즉 기호뿐 아니라 심지어 기호체계 자체의 자의성을 강조하는 관점 사이의 반목 말이다. 이 맥락에서 우리는 우리의 개념상 우선순위를 뒤집어서, 프로이트의 무의식 개념이란 이러한 기호의 자의성론의 가장 영향력 있는 판본의 하나, 혹은 라캉의 표현을 빌자면 정신the psyche에 대한 저 유명한 공식[68] $\frac{S}{s}$에서 기표(S)와 기의(s)를 가로지르는 '막대'일 뿐이라고 이해해도 무방할 것이다. 어쨌든 문학 분석의 맥락에서는 두 개념 ―무의식이라는 개념과 여러 수준의 담론 사이의 자의적 관계라는 개념― 모두 본질적으로는 한 특정 유형의 해석 작업에 대한 비유임은 분명하다. 즉, 처음의 단순 소박한 읽기가 두 번째의 분석적 읽기로 대체되고, 또 둘 사이에 모종의 기본적 불연속성이 처음부터 예견되고 나아가 처방되어 있는 그런 해석 작업 말이다. 따라서 과거의 '내재적' 비평의 두 번째 읽기는 여전히 첫인상에 충실한 채 다만 그것을 명료화하고 더 엄밀하게 의식하고자 한 데 비해, 새로운 구조적 해석은 두 번째 읽기에서 텍스트에 대한 '자연스러운' 읽기에서는 소홀히 지나갔던 저 비기능적이고 일

---

66 Ibid., p. 50.

67 Jameson, Marxism and Form, pp. 222-225 참조.

68 가령 Lacan, Écrits, p. 515 이하 참조.

184　　　　　　　　　　　　　　　　　　　　3부 ― 구조주의의 전개

견 사소해 보이는 요소들을 겨냥한다. 이 해석은 완전히 초연하고 냉정한 자세로, 분석가가 딴사람의 꿈을 상세히 목록화하듯, 텍스트를 상세히 목록화한다. 예컨대, 주인공에게 고압적인 어머니가 (그리고 일련의 이혼 경험이) 있다면, 스파이에게는 누이가 있고 이 누이가 이 가면극의 어느 한 시점에서 아내의 역할을 맡게 된다는 데 주목한다. (스릴러물이자 사랑 이야기인 줄만 알았던 작품이 사실은 두 다른 종류의 친족 패턴에 관한 메시지임을 보여 주는) 이런 해석에 내장된 놀라움의 강도는 우리가 그 작품을 처음 읽을 때 근본적 이항대립들을 파생시키는 저 미세한 기표 요소들signifying elements을 무시한 데 전적으로 달려 있다.

물론 궁극적으로 기표와 기의의 모종의 근본적 이질성 이론은 푸코와 데리다와 더불어 서구의 철학적·형이상학적 전통에 대한 발본적 비판의 도구가 되게 되는데, 이 전통은 늘 경험과 지식, 언어와 사고의 동일성을 강조하고, 완전한 현존이라는 이상理想의 기치 아래, 즉 궁극적인 일의적一義的 개념으로서의 로고스logos라는 신기루 아래 제 과업을 수행해 왔다.[69] 일차적으로 언어의 구어적 차원에 토대를 둔 언어 모델의 투사로 시작된 것이 그 궁극적 권화를 스크립트script, 글이론에서 찾게 되는 것도 바로 이런 이유에서다.

---

69   이런 비판은 이미 뤼시앵 세바그(Lucien Sebag)가 *Marxisme et structuralisme* (Paris, 1964)에서 내놓은 바 있다.

1. 기의 차원의 연구는 (언어학이 아니라) 구조적 혹은 기호학적 의미론이라고 불려 온 것인데, 그렇다고 해서 이 사업의 심히 역설적인 면이 덜해지는 것은 아니다. 바로 기의라는 관념부터가 이미 하나의 독자적인 기표체계 속으로 절합되었음을, 다시 말해, 기의로서 용해되어 그 나름의 기호체계 속으로 재조직 내지 동화되었음을 전제하는 것 같기도 하다. 조직화하고 가능케 하는 발화행위 이전의 기의란 "불명확한 절합 부위들과 윤곽을 지닌, 거대한 해파리에 비견해도 좋을 만한 비정형의 개념 덩어리"[70]에 불과한 것으로 생각할 수밖에 없다. 어떤 식으로든 기의를 말하는 것부터가, 심지어 기술할 목적으로 기의 그 자체를 갈라내는 것부터가, 기의가 이미 어떤 특정한 형태의 조직구조를 찾아냈음을 함축하는 듯 보인다. 혹은 달리 말해서 우리가 기의라 여겼던 것, 어떤 차원에서는 그리고 한 특정 유형의 기표에 관해서는 실제로 사실상 기의였던 것이 또 다른 차원에서는 일종의 한없는 후진을 통해 더 낮은 등급의 기의에 대하여 그 자체가 하나의 의미작용 체계가 된다는 것이다. 이 지점에서는 기표/기의 쌍에 들어있는 이러한 깊은 구조적 비대칭성을 지적하는 데 그칠 수밖에 없겠는데, 이 쌍에서 기표는 일종의 자유로이 부유하는 자율적인 조직체로 존재할 수 있는 듯한 반면 기의는 맨눈

---

70   Barthes, *Système de la mode*, p. 236. 해파리 이미지는 소쉬르의 것이다(*Cours de linguistique générale*, p. 155).

에는 절대 바로 보이지 않는다.

2. 그러나 애매성ambiguity이야말로 구조주의운동에서 롤랑 바르트
Roland Barthes가 차지하는 특권적 위상을 이룬다. 구조주의의 특징인바
역할과 전문분야의 그 특이한 배분에서, 레비스트로스는 인류학을 전담
하고, 라캉과 알튀세르는 각각 프로이트와 마르크스를 재해석하는 일을
맡고, 데리다와 푸코는 각각 철학사와 사상사 다시 쓰기를 책임지고, 한
편 그레마스와 토도로프는 언어학과 엄밀한 의미의 문학비평을 각기 과
학으로 바꾸는 작업을 하고 있고, 메를로퐁티가 살아 있었다면 아마 철
학 자체라는 상석을 차지했을지도 모르는데, 이런 배분에서 롤랑 바르
트에게 남겨진 역할은 근본적으로 사회학자의 역할로 보이기도 한다.
광고 및 이데올로기에 속속들이 물든 문명의 상상적 대상들과 문화제
도들에 대한 기본적으로 사회학적인 탐구를 해 나가는 사람이 바로 바
르트이다. 오늘의 뉴스에서 뽑은 핀업 항목들(권투시합, 누군가의 새 『페드르』
공연, 벨디브 경륜장의 빌리 그레이엄 목사, '기드 블르'나 스테크 프리트의 신화[71], 스트
립쇼, 신형 승용차)의 저 경이로운 화첩인 『신화론Mythologies』이나, 『모드의
체계Système de la mode』의 패션의 구조 연구나, 『기호의 제국L'Empire de
Signs』에서 일본 열도 전역에 걸쳐 인간의 육신과 양식적인 정원, 미닫이
문과 소학생용 헬멧, 다례茶禮와 트랜지스터 라디오 등의 문자로 써 놓

---

71 『페드르(Phèdre)』는 프랑스 극작가 장 라신(Jean Racine, 1639~1699)의 주요 작품 중 하나인 5막의
    희곡. 벨디브(Vel' d'Hiv)는 1955년 빌리 그레이엄(Billy Graham) 목사의 설교가 열린 파리의 경륜
    장. '기드 블르(Guide bleu, 파란 안내서)'는 1841년부터 프랑스에서 발행되어 온 여행 가이드 시리즈.
    스테크 프리트(steak-frites)는 소고기 스테이크에 감자튀김을 곁들인 프랑스의 대표적 요리. ― 옮
    긴이

은 저 방대한 두루마리 내지 텍스트 읽기, 마지막으로 문학적 기호에 관한 그리고 사회적 제도로서의 문학에 관한 이론 등에서 말이다.

그러나 물론 바르트는 일차적으로 문학비평가로 간주된다. 위에서 약간은 기발하게 그려 낸 그의 특징 묘사의 일차적 유효성도, 문학작품의 구조 자체에 들어 있는 어떤 심층적 애매성을 어느 정도 보여 준다는 데, 즉 문학이 다른 더 엄밀히 사회학적인 기호체계들에 동화되거나 나아가 그 체계들의 패러다임 역할을 할 수 있도록 해 주는, 문학의 언어적 구성 속에 들어 있는 무언가를 보여 준다는 데 있을 것이다. 바르트가 다루어야 하는 유형의 기의만, 그의 특권적 연구대상만, 혹은 좀 더 과거의 언어로는 그의 강박적인 테마나 원료만 따로 놓고 보면, 이 점이 가장 극명해질 것이다. 이미 살펴보았듯, 매우 뚜렷한 내적 구조를 지닌 기의만이 이렇게 실험적인 목적을 위해 그것의 기표로부터 분리될 수도 있으니 말이다.

내가 보기에 바르트의 가장 전형적인 인지 대상을 특징짓는 것은 의미 표상된 것에 들어 있는 이중의 표식 세트, 즉 완전히 다른 차원에서 작동하며 서로 상대편으로 환원될 수 없고 통약 불가능한 이중의 기능들로 구성된 구조이다. 마치 두 다른 유형의 기표를 투사하며 그 둘의 교차점에 자리하는 듯 보이는, 애매한 구조를 지닌 이러한 기의만이 기호들의 투명성 밑에서 일종의 밀도와 저항으로 스스로를 드러낼 수 있는 듯하다. 이 이중 구조는 바르트의 최근 저서에서 명시적으로 기술되는데, 즉 패션의 대상인 의상 품목은 (적어도 패션 잡지에 기술된 바로는) 《상류사회》와 《패션》 자체를 동시에 의미한다. 각 품목은 동시에 실현될 수 있는 두 가지 가능한 용도를 지니니, 한편으로는 부자 및 그들의 생활방식과의 상상적 동일시를 허용하며, 다른 한편으로는 패션의 기호로 구실하며 현재 유행하는 모든 것을 일시나마 그 속에 체현해 낸다.

그러나 바르트의 이전 저작들에도 동일한 이중 구조가 함축되어 있었다. 이를테면 미슐레[72]에 관한 책에서 바르트는 어느 지점에서든 역사 텍스트는 동시에 두 가지 동기를 지닌다고 상정한다. 즉 역사 자체의 선형적이며 공식적인 서사(이는 바르트가 제쳐 놓는다)가 그 하나요, 실존적 테마와 모티브들의 일종의 '조합' 내지 상호작용, 이 시기 바르트를 특징짓는 비유로는 수평적 차원과 수직적 차원의 교차가 나머지 하나다. 한편 『라신에 대하여*Sur Racine*』의 비평적 실천은 사회적 제의祭儀이자 관습적 볼거리로서의 연극이나 혹은 사회질서의 제도화된 기호로서의 고전적 언어와, 프로이트적 강박의, 상징적 충족과 심적 공간의 저 심층적이고 사적인 영역들 사이의 긴장을 빚어낸다. 실제로 바르트의 가장 최근의 연구『사드, 푸리에, 로욜라*Sade, Fourier, Loyola*』는 그가 기호와 육체 사이의 이런 긴장을 기술하는 작업으로 되돌아가는 징표다. 일견 이질적인 작가들을 아무렇게나 병치해 놓은 것처럼 보이지만, 세 작가는 모두 새로운 언어 내지 기호체계(사드Marquis de Sade의 난교의 수학적 조합, 내적인 극적 비전을 자극하기 위한 로욜라Ignatius of Loyola의 기계적 비방祕方, 충동들 및 그것들의 조화로운 상호작용에 대한 푸리에Charles Fourier의 방대한 분류체계)를 만들어 내려 했는데, 그와 동시에 이런 기호체계들은 텅 비어 있어, 세 경우 모두에서 무언의 생리적 내용 내지 질료hylé의 투여를 필요로 한다.[73]

---

72   19세기 프랑스의 역사가 쥘 미슐레(Jules Michelet, 1798-1874). — 옮긴이

73   사드(1740-1814)는 성 편력의 노골적 묘사를 기록으로 남긴 프랑스의 작가이며, 로욜라(1491-1556)는 예수회 교단의 창설자인 스페인의 사제로 영적 수련법을 전했고, 푸리에(1772-1837)는 프랑스의 철

그러나 바르트가 이런 이중 구조의 가장 명백한 현현을 발견하는 것은 발자크의 『사라진느Sarrasine』에 대한 해설서 『S/Z』에서인데, 이제 이중 구조는 이야기 속 이야기의 형태를 띤다. 바르트의 연구는 한 비평 명제의 개진인 만큼이나 한 매혹적인 대상에 대한 명상이다. 발자크의 중편소설은 동시에 그 자체와 내용에 대해, 예술과 욕망에 대해 말해 주는데, 역점은 뒤바뀌지만 양자 모두 이야기의 액자틀과 실제 이야기에 다 같이 존재한다. 액자틀에서 화자는 듣고 있는 상대방을 유혹하기 위해 이야기를 들려준다. 한편 그 이야기에서는 한 예술가가 자신의 욕망 때문에 파멸하는데, 그 욕망의 재현물 —잠비넬라Zambinella의 조각상과 초상화 한 점씩— 만을 남긴 채 마지막 파국을 맞이한다. 이 열정은 자아도취이자 거세이다. 즉 사랑의 열병에 휩싸인 예술가는 그가 사랑에 빠진 카스트라토[74]에서 실은 자기 자신의 모습을 보며, 따라서 상징적 거세 혹은 성적 금욕의 몸짓이 여기서 바로 예술적 생산성의 원천이 되고, 또 이 이야기의 다른 부분에서는 랑티Lanty 가문의 출처 미상의 재산의 원천(잠비넬라가 프리마돈나로 성공한 것)으로 드러난다. 따라서 이 우화는 고전예술의 기원과 자본형성의 기원 및 양자 간의 관계에 대해 중요한 할 말이 있다. 그렇다고 이 우화를 둘러싼 액자틀을 그대로 남겨 두지도 않는다. 그보다 화자나 청자나 다 같이 감염시켜, 이 우화가 끝날 때는 그들 역시 욕망의 실현에 이르지 못한 채 탈성화脫性化되고 탈성화하는 분위기 속에서 갈라서게 된다.

학자이자 사회이론가로, 인간 충동과 욕망의 조화에 입각한 사회의 재구축이라는 발상으로 19세기 유토피아운동 및 사회주의운동에 영향을 끼쳤다. — 옮긴이

74 변성기 전에 거세를 하여 고음역대의 목소리를 유지하는 남성 가수. — 옮긴이

이런 작품에서, 분명 우리는 그레마스라면 목적론 축과 의사소통 축의 중첩이라고 불렀을 것에 마주하니, 전자의 동위소isotopie[75] 내지 서사차원이 대상에 대한 욕망과 관련된다면 후자는 메시지의 방출과 관련된다. 여기서 일어나는 전도 —메시지가 대상을 대치하며 말하자면 잃어버린 대상에 대한 메시지가 되는— 는, 곧 살펴보겠지만, 근본적으로 구조주의 해석 일반의 전형을 보여 주며, 네덜란드 회화의 심연구성법composition en abyme[76]처럼, 여기 이 해석에 대한 연구에 끼워넣어도 무방할 것이다.

이처럼 일단 연구를 위해 기의를 분리해 내고 나면 (실제로 그렇게 분리해 낼 수 있다면 말이지만), 자연히 기의가 그 자체로 하나의 기호체계로 화한다. 소쉬르가 나서서 우리에게 경고했듯, "기의를 검토하든 기표를 검토하든, 언어에는 언어체계에 선행하는 생각도, 소리도 없고 오직 이 체계에서 비롯된 개념적 혹은 음성적 차이들만이 있을 뿐이다."[77] 여기서 우리는, 도대체 기의에 대해 논한다는 것이 가능한 한, 기의가 기표에 의해 조직된 흔적을 여전히 지니든가 아니면 분석가 자신이 그것을 잠정적으로 새로운 기호체계로 조직해 내 우리가 눈으로 볼 수 있게 만들었든가 둘 중 하나라고 결론지을 수도 있겠다.

이렇게 우리는 기의 속에서 기표 내지 언어 자체를 구성하는 데 기여

---

75 그레마스의 개념으로, 의미 연결의 일관성의 요인이 되는, 반복되는 의미 요소 내지 그 공통성을 말함. — 옮긴이

76 화폭 속에 거울이나 프레임을 포함하여 동일한 이미지가 크기를 달리하며 반복되도록 만드는 기법. — 옮긴이

77 Derrida, "La Différance", *Tel Quel: Théorie d'ensemble*, p. 49에서 재인용. 강조는 제임슨.

했던 저 변별적 대립 및 차이 속의 동일성의 구조를 다시 보게 된다. 예를 들면 바르트의 미슐레 연구에서 —거기서는 이 원리가 아직 명시화되지는 않았지만— 우리는 핵심 주제들이 일련의 이항대립 쌍으로 구성된 것을 알 수 있다. 은총과 정의, 기독교와 혁명, 혹은 한편으로는 마법, 마취, 불모, '메마른 죽음la mort sèche'의 묶음과, 다른 한편으로는 피, 여자, 영웅, 정력이 그것이다. 이 조합들은 언제라도 더 높은 차원의 복잡성에 달할 수 있지만 (또한 후기 바르트가 이들을 기호학적 방정식들로 재가공하는 것을 지켜보는 것도 흥미로웠겠지만), 근본적으로 이들은 소쉬르라면 늘 서사 자체의 연사syntagmatic 축을 따라 작용하는 연합association의 수직적 차원이라고 불렀을 법한 것을 형성한다. 그래서 바르트가 보기에는, 핵심 일화들은 이 이항대립들에 의해 고양되고 강화된다.

미슐레에게 《피》란 《역사》의 가장 기본적인 실체이다. 일례로 로베스피에르Robespierre의 죽음을 보라. 거기에는 두 유형의 피가 서로를 마주한다. 하나는 부족하고 메마르고 너무 묽어서 전기성電氣性 에너지 형태의 인위적인 혈액보충이 필요하고, 테르미도르(역사적 태양월)[78]의 여성들의 피인 다른 하나는 최고의 다혈질 체액의 온갖 특징, 즉 따뜻함, 붉음, 벌거벗음, 너무나 좋은 영양상태 따위를 결합한 최상급의 피이다. 이 두 유형의 피가 서로를 응시한다. 그리고 《여성-피》가 《사제-고양이》를 잡아먹는다. … 로베스피에르의 죽음에서 이루어지는

---

78   테르미도르(Thermidor)는 프랑스 혁명력의 제11월인 7월 19일–8월 17일로, 여기서는 1794년 7월 로베스피에르와 자코뱅파가 몰락한 '테르미도르 반동'을 가리킨다. — 옮긴이

메마른(전기적인) 것과 충만한(여성적인) 것의 이 만남 전체가 … 미슐레의 책에서 육적肉的 굴욕의 행위처럼, 다시 말해, 반쯤 풀어헤친 더러운 속옷 차림으로 턱을 축 늘어뜨린 으스스한 남자가 진홍빛 벨벳으로 감싸인 훌륭한 영양상태와 환희를 만끽하는 풍만한 여자들의 시선 아래 놓이는 행위처럼 배치되는데, 이는 승리의 열기에 노출되고 거기에 팔아넘겨진 불모성의 전형 바로 그것이다.[79]

바르트가 후기에 보여 주는 진화 양상을 보면 처음에는 분명 (바르트 자신에게도) 심리학적 혹은 실존적 테마들의 연구처럼 보였을 것[80]이 실상은 한 유형의 담론, 즉 육체 담론의 스케치였음이 분명해진다. 실로 미슐레는 이 육체적 차원에서, 그의 역사적 주역들의 육체적 기질들 앞에서 그가 느끼는 특이한 극도의 예민함 혹은 편두통 같은 메스꺼움에서, 특히 풍성하다.

미슐레의 형용사는 독특하다. 그것은 하나의 감촉, 즉 해당 육체의 원질原質을 짚어 냈고 그래서 자연스러운 수식어가 그렇듯 더 이상 어떤 다른 특질로도 그 사람을 생각할 수 없게 되는 그런 이상적인 촉진의 표시다. 미슐레는 말라비틀어진 루이 15세Louis XV, 차가운 시에예스 Emmanuel Joseph Sieyès 주교 운운하며, 이런 명명을 통해 물질 자체의 본질적 움직임들, 즉 액화, 점착성, 텅 빔, 건조, 전기에 대해 자신의 판단

---

79   Roland Barthes, *Michelet par lui-même* (Paris, 1965), pp. 87, 105.

80   *Ibid.*, pp. 5, 86.

력을 행사한다.[81]

이 수직적 차원의 거소는 기존의 비평용어에서는 무의식이었으나 이제
는 육체이다. 실로 바르트에게 육체란 사적 현상으로서의, 강박과 "미지
의 비밀스런 육신의 장식적 목소리"[82]로서 문체의 원천 자체다. 그러나
실제로는, 무의식과 육체 둘 모두를 다름 아닌 기의의 본질적 형식들로
이해한다면, 이 두 정식화 사이에는 아무런 모순도 없다.

어떤 의미에서는 모든 감각지각이 이미 언어로의 구성을 이루고 있
다고 할 수 있다. 무엇보다도 이것이 만년에 메를로퐁티가 당시 출현하
고 있던 구조주의에 공감했던 까닭을 가장 잘 설명해 준다. 뒤엉켜 자라
난 무질서한 잡목과 관목 덤불이 훈련된 식물학자의 눈앞에서는, 여러
유형의 이파리의 특이한 윤곽들이 저마다 특정한 종種의 가시적인 기호
이자 표징이 되며, 저절로 질서를 갖추는 것을 상상해 보라. 완전히 낯
선 풍경이 그런 정통한 눈에는 아직은 알려지지 않은 낱말들로 이루어
진 일종의 언어로 모습을 드러내고, 일반인에게는 혼란스럽고 뒤죽박죽
인 경관으로밖에 안 보이겠지만, 식물의 명확한 형태들 속에서 이미 하
나의 질서가 저절로 감지되는 것을 상상해 보라. 독일의 낭만주의자들
이 유기적 언어의 신비를 설파해 나가면서 어렴풋이 느꼈던 것도 물론
바로 이것이다. 이것은 또한 바슐라르식 분석 뒤에 자리한 숨은 근거인

---

81   *Ibid*., p. 82. 루이 15세는 1715-1774년 프랑스를 통치하였는데, 흔히 리더십의 결핍으로 왕권 약
      화를 몰고 온 왕으로 평가된다. 시에예스(1748-1836)는 프랑스의 성직자이자 정치가로, 프랑스
      혁명의 중심인물이었으나 나중에는 프랑스혁명의 종식을 가져온 나폴레옹의 정변에 가담했다.
      — 옮긴이

82   *Le degré zéro de l'écriture*, pp. 14-15.

데, 바르트도 가끔 이런 분석을 행하기는 하지만 그 위상에 대해서는 의구심이 있는 듯하다.[83]

> 바슐라르가 물에서 포도주와 반대되는 것을 본 것은 분명 옳았다. 신화적으로는 이게 맞다. 그러나 사회학적으로는, 적어도 오늘날에는, 덜 확실하니, 경제적이거나 역사적인 여건에 의해 이 역할은 우유로 옮겨졌다. 이제는 우유가 참된 반反포도주로 … 높은 분자밀도라든가 표면 주름의 크림성이며 따라서 안정제적sopitive인 성질에서 불의 반대이다. 포도주는 절단적이며 외과의적이며, 변화시키고 탄생시킨다. 반면 우유는 미용적이며, 통합하고 도장塗裝하고 복원한다. 게다가 어린아이 같은 순진무구함을 연상시키는 우유의 순수함은 비유도적非誘導的이며 비폐색적非閉塞的인 힘의 증거, 실재와도 대등한, 고요하고 희고 맑은 힘의 증거이다.[84]

왜냐하면 기의 차원을 순수한 상태로 완전히 분리해 내는 것이 절대로 불가능하듯, 《자연Nature》과 《문화Culture》를 이런 차원에서 구분 짓고, 진정 바슐라르의 '물질의 정신분석'에 속하는 것을 지각 차원에서 작동하는 문화적 혹은 이데올로기적 신화가 될 만한 것들로부터 분리하려는 시도 또한 헛된 것이기 때문이다. 바슐라르의 작업만 해도 엄청난 영

---

83 "때로는 심지어 이 신화들에서도 나는 속임수를 써 왔다. 계속 실재의 증발만 가지고 씨름하는 데 지친 나머지 가끔은 실재를 과도하게 농밀하게 만들고 거기서 내 구미에 맞는 놀라운 조밀성을 찾기 시작하고, 신화적 대상들에 여러 가지 실체론적 정신분석을 제시하기도 했다." (*Mythologies*, p. 267, n. 30.)

84 *Ibid*., pp. 85-86.

향력과 시사점을 지니긴 했지만, 무엇보다도 언어이론이 결핍되어 있었다. 즉, 지각을 언어적 절합에 흡수시키면서도 이런저런 점에서 모든 지각체계가 이미 그 나름의 언어임을 깨닫지 못했던 것이다.

그러나 말 없는 것들과 육체적인 것들 자체에, 얼굴색과 기질적 체질에 기초하는 듯 보이는 바로 이 기의의 수직적 깊이가 바르트 본인의 언어의 특이한 밀도 또한 설명해 준다. 그의 문체는 기의에 제2의 목소리를 빌려주고 그것이 일차적 기표 자체 속에서, 텍스트 속에서, 그 궁극적이고 공식적인 형태를 찾기 전에 그 조직구조를 표현하려는 시도이다. 그의 문체는 자신도 잘 알고 있듯이 명사와 형용사의, 신조어의 문체이다.

> 개념은 신화의 구성적 요소이다. 내가 신화를 해독하고자 한다면 개념들을 지목할 수 있어야 한다. 일부는 사전에서 제공해 준다. 선, 자비, 건강, 인간애 등등. 그러나 제공 출처가 사전이니만큼, 그런 개념들은 당연히 역사적일 수가 없다. 내게 가장 자주 필요한 것은 한정된 사태와 결부된, 금방 사라질 개념들이고, 이 지점에서 신조어가 불가피해진다. 실재하는 중국과 프랑스의 한 소시민이 얼마 전까지만 해도 중국에 대해 갖고 있던 생각은 완전히 별개다. 작은 종鐘들과 인력거와 아편굴의 이 독특한 혼합물에 붙일 이름은 '중국스러움sinity'이라는 신조어 말고는 달리 없다.[85]

---

85   Ibid., p. 228.

따라서 신조어는 대상의 실체를 명명하는 이름이다. 이는 형용사(안정제적인, 건성-전기적인)가 기의 전체의 더 큰 구조에 주어진 세목을 부착하는 기능을 하고, 정관사와 대문자가 그 적시와 반복을 통해 새로운 관계성 속으로 대상들을 절합시키는 것과 꼭 마찬가지다("언어로서 보자면, 그레타 가르보Greta Garbo의 독특함은 개념적 유형의 질서에 속하고, 오드리 헵번Audrey Hepburn의 독특함은 실체적 유형의 질서에 속한다. 가르보의 얼굴이 《관념Idea》이라면 헵번의 얼굴은 《사건Event》이다"[86]).

궁극적으로 이 문체의 목표는, (『브리타니쿠스Britannicus』[87] 논의에서 발췌한) 네로의 애무caress에 대한 다음과 같은 묘사에서처럼, 텍스트의 표층 데이터로부터 새롭고 어떤 면에서는 종합적인 개체들을 생성해 내는 것이다.

> 네로는 휘감는 자이다. 감쌈은 완성에 이르기 전까지는 죽음을 모르기 때문이다. 이러한 '미끄러짐'의 장례 관련 대치물은 독약이다. 피는 고결한 연극적 물질이며, 칼은 수사적修辭的 죽음의 수단이다. 그런데 네로가 바라는 것은 브리타니쿠스의 그야말로 소멸 자체이지 그의 장려한 몰락은 아니다. 네로의 애무처럼 독약은 슬그머니 스며들고, 또한 그 애무처럼 수단이 아닌 효과만을 낳는다. 이런 의미에서 애무와 독약은 계획에서 범죄까지의 거리가 절대적으로 줄어드는 즉결조치

---

86   *Ibid.*, p. 79.

87   『브리타니쿠스』는 1699년 초연된 라신의 5막짜리 비극으로, 어머니의 도움으로 로마의 황제가 된 네로가 적법한 왕위 계승권자였던 이복형제 브리타니쿠스를 독살하기에 이르는 이야기를 담고 있다. — 옮긴이

의 일부이다. 네로의 독약은 아무튼 효과가 빨리 나타나는 독물로, 그 이점은 지연이 아니라 그 적나라함에, 유혈극을 거부함에 있다.[88]

따라서 이 호사스럽고 고집스러운 문체, 상념이 펼쳐지기보다 어휘 자체의 물질성에 의해 측면적으로 환기되는 문체에서는, 탄생하는 것은 불안정한 개념적 개체들, 즉 다름 아닌 기의의 형식들이다. 그것들은 우리의 눈앞에서 끊임없이 용해되고 재형성되며 언어의 이면을 어둡게 만들면서 탄생한다. 이 문체의 인위성이 하는 기능 자체가 스스로를 메타언어로 공표하는 것이고, 자신의 비영구성을 통해 대상 자체의 본질적인 무정형성과 단명성을 표시하는 것이다.

바르트는 이미 이전의 저서에서 우리가 앞에서 묘사한 이중기능성의 현상을 설명하는 이론을 개진한 바 있었다. 이 이론('문학 기호literary sign'의 이론으로 알려져 있는데, 여기서 이 용어는 소쉬르에서보다 훨씬 한정된 의미로 이해되어야 한다)은 그의 가장 영향력 있는 이론적 저서인 『글쓰기의 영도零度 Writing Degree Zero』에서 표명된다. 관습화된 활동으로서 —이후 '주관성의 제도화'라고 부르게 될 것으로서— 문학은 의미를 지니는 동시에 꼬리표도 달고 있는 그런 양의적인 이중기능적 실체들의 원형 그 자체이다.

나는 프랑스의 리세[89]의 5학년 학생이다. 나는 라틴어 문법책을 펼치

---

88   *Sur Racine*, pp. 91~92. 이것은 피카르(Picard)가 조롱의 대상으로 뽑아낸 구절 가운데 하나이다 (Raymond Picard, *Nouvelle critique on nouvelle imposture?*).

89   여기서 리세는 대학예비교 성격을 띤 국립고등학교를 가리킨다. — 옮긴이

고 이솝Aesop이나 파이드루스Phaedrus[90]에서 따온 다음 문장을 읽는다. "quia ego nominor leo." 나는 문득 생각한다. 이 진술에는 뭔가 양의적인 면이 있다고. 한편으로 이 단어들은 "내 이름은 사자이니까"라는 아주 분명한 의미를 지닌다. 그러나 한편 이 문장은 내게 분명 뭔가 다른 것을 전달하기 위해 존재하는 것이다. 5학년생인 나를 향해 진술된 것이니만큼 그것은 나에게 분명하게 말한다. '나는 한정사限定詞의 일치에 관한 규칙을 보여 주기 위한 문법 예문이다'라고.[91]

그러니 복잡한 구조를 지닌 문학은 일반적인 언어 학습 대상의 투명성보다 몇 곱절 더 고도의 구성물이다. 거기서는 일상적인 기표/기의 관계가 약호 자체의 성격에 관련된 또 하나의 의미작용에 의해 복잡해진다. 따라서 각 문학작품은 그 정해진 내용에 더하여 문학 일반을 또한 의미한다. 위의 라틴어 문장처럼 그것은 실제로 의미하는 바에 더하여 '나는 《문학Literature》이다'라고 또한 말하며, 그렇게 함으로써 우리에게 자신이 문학작품임을 알려 주고 우리를 문학의 소비라는 그 역사적이고 특정한 사회적 행위로 끌어들인다. 그래서 19세기 소설에서 프랑스어 단순과거시제와 3인칭 서술자는 둘 다 우리가 공식적인 문학적 서사를 앞에 두고 있음을 상기시키는 기능을 가진 기호이다. 그리고 이 특이한 표식들 내지 '기호'들은 언어의 역사상 어느 특정 시기에 주어지는 일반적인 언어적 처방들(어떤 식으로든 "문학의 이쪽 편에" 자리한)과는 무언가 성격

---

90   이솝과 파이드루스는 각기 고대 그리스와 로마의 우화작가이다. ― 옮긴이
91   *Mythologies*, pp. 222-223.

이 다르며, 또한 우리가 위에서 문체라 불렀던, "거의 문학 너머의 것, 즉 작가 자신의 육체와 과거에서 태어난 이미지들, 매력, 어휘"[92]와도 다르다.

따라서 이러한 문학 '기호'들의 역사는 문학에 대한 역사적 검토방식의 가능성을 제공할 것인데, 이는 한편으로 언어의 역사와도, 다른 한편으로 문체들의 진화와도 근본적으로 다르다. 그보다 이는, 문학 '기호'가 어느 시기에든 독자와 문학 생산물 사이 및 작가와 생산물 사이에 존재하기 마련인 거리를 드러내는 만큼, 일종의 문학제도 자체의 역사를 구성할 것이다. 바르트는 다음과 같이 그의 발견을 요약하며 이런 기호들의 역사의 궤적을 그려 낸다.

첫째로 고통스런 망설임으로까지, 불가능 앞에 선 고뇌로까지 치달은, 문학제작에 대한 장인의식(플로베르), 그다음 글 한 마디에 문학과 문학에 대한 사유 둘 모두를 아우르려는 영웅적 의지(말라르메), 그리고 이를테면 문학을 끊임없이 내일로 연기함으로써, 막 쓰려는 참임을 장황하게 늘어놓고 이 천명 자체를 다름 아닌 문학으로 만듦으로써, 문학적 동어반복에서 무사히 빠져나가려는 희망(프루스트), 그리고 또 어떤 일의적 기의에도 멈추지 않으며 단어-대상의 무수한 의미를 의도적·체계적으로 늘려 나감으로써 문학에의 신의를 공격하기(초현실주의), 그리고 마지막은 이 과정의 전도인바, 문학 언어의 어떤 밀도가 획득되리라 기대해도 될 정도의, 의미의 희박화, 글쓰기의 일종의 무색성(그

---

92   *Le degré zéro de l'écriture*, p. 14.

러나 순진성은 아닌)으로, 로브그리예의 작품이 여기에 해당하지 않나 생
각된다.[93]

근본적으로 이 이론은, 작품이 기본 독자층을 설정하고 사실상 선택
하는 것은 그 구조를 통해서라고 보는 사르트르의 『문학이란 무엇인
가?』의 기본 입장의 좀 더 정교하고 발전된 형태이다. 여기서 근본적으
로 독자를 선택하는 것은 바로 문학 '기호'로, 기호 내지 표시 일습이 있
어서 이것들을 통해 베스트셀러는 그 애독자들에게 자신을 확인시키고,
공산주의소설은 그 특정 독자층에게 자신의 정체를 밝히고, 본격적인
전위문학은 그 성격과 동시에 그것이 요구하는 읽기와 거리距離의 유형
을 공표한다. 그러나 바르트와 사르트르의 방법론적 차이는 전자가 내
용에 따른 선별(근본적으로 사르트르의 분석의 주제였던 것)과 그 자체로는 아무
것도 의미하지 않는(따라서 프랑스어의 단순과거는 여타 과거시제와 다른 과거태를
관장하는 것이 아니라 '문학성'의 존재를 표시할 뿐이다[94]) 이 특이한 '기호'들의 작
동을 구별한다는 점이다. (가장 소박한 형태에서는 식별 가능한 내內집단 언어의 문
제에 불과한 경우가 많은) 이 관계적 언어는 영미 비평에서 흔히 '어조tone'라
고 불려 온 것이다. 그러나 그 독자층의 전통적인 동질성을 확신한 영미
비평은 결코 그러한 기호체계와 실제 문체 자체(바르트에서는 이것이 기호들
을 제거하며 언어-대상으로서의 순수 밀도에 가장 근접한다는 점에서 사르트르 도식에서
시와 얼마간 비슷한 기능을 하는데)를 철저히 구별하려 들지 않았다.

---

93   *Essais critiques*, pp. 106-107.
94   프랑스어에서 단순과거시제는 복합과거 대신 문학적 글쓰기에서만 사용된다. ─ 옮긴이

바르트 이론의 독창성은 사르트르의 책에서 그렸던 것과 좀 다른 귀결을 열어 놓은 데 있다. 사르트르에게 진정한 문학이란 모두가 그 독자층이 될 때, 사회혁명의 과정을 통해 가상의 독자층과 실제의 독자층이 하나가 될 때에만 성취될 수 있다. 바르트에게도 문학 '기호'는 깊은 정치적·윤리적 혐오의 대상이다.[95] 즉 그 기호는 내가 특정 사회집단에 귀속됨을 나타내는 한 다른 모든 사람을 배제함 또한 의미하니, 계급과 폭력이 존재하는 세계에서는 아무리 무해한 집단귀속성도 공격의 부정적 가치를 띠게 마련이다. 그런데 객관적 상황으로는, 나는 모종의 집단에 속할 수밖에 없다. 설령 집단이라는 존재 자체의 철폐를 바라는 집단일지언정 말이다. 내가 존재한다는 사실만으로도 나는 내가 연루된 집단들로부터 다른 사람들을 배제하는 죄를 범하는 셈이다. 이처럼 그 '기호'의 사용은 일종의 역사적 숙명이며, 내가 계급세계로 전락하고 또 그것을 받아들인다는 표시이다. 바로 이런 이유에서 이 시대에 문학이란 본질적으로 불가능한 사업, 스스로를 허물어트리는 과정이다. 문학이 자신의 보편성을 상정하는 순간, 이를 위해 사용하는 단어들 자체가 보편성을 실현 불가능하게 만드는 것에 대한 자신의 공모를 표시해 보여

---

95   "윤리적 관점에서 볼 때, 신화에서 거슬리는 점은 바로 그 형식이 동기부여되어 있다는 점이다. 언어의 '건강성' 같은 것이 있다면, 그것은 기호의 자의적 성격에 기초하기 때문이다. 신화에서 혐오스러운 점은, 자신의 유용성을 자연스러운 외관으로 장식하는 대상들이 그렇듯, 가짜 자연에, 의미심장한 형식들이라는 호사에 의존한다는 데 있다. 의미작용에 자연 자체에 의한 온갖 정당화의 짐을 지우려는 의지는 구토 같은 것을 유발하니, 신화는 너무 호화스럽고 거기서 과다한 것은 바로 그 동기부여다. 이 혐오란, 자연(physis)과 반자연(anti-physis) 사이에서 망설이면서 전자는 이상(理想)으로 후자는 일종의 예비용으로 사용하는 예술들 앞에서 내가 갖는 느낌과 똑같다. 윤리적으로 말하자면, 양쪽을 조종하며 이득을 취하는 짓이 가진 일종의 비천함이 있다."(*Mythologies*, p. 234, n. 7.) 굳이 덧붙일 필요도 없겠지만, 바르트가 여기서 '신화'라고 부르는 것 (그의 신화론에서 연구된 현대의 이데올로기적 대상들)은 레비스트로스가 연구한 저 원시신화와는 전혀 무관하다.

준다.

그러나 바르트의 경우, 문학 '기호'라는 개념은 —사르트르가 예견한 저 문체의 궁극적 유토피아를 여전히 투사하면서도— 또 다른 좀 더 잠정적인 해법의 논리적 가능성만큼은 배제하지 않는다. 이 해법은 작품 자체로부터 문학 '기호'를 강제로 박멸시키는 것, 달리 말해 일종의 '무색의 글쓰기white writing'를 실행하는, 즉 작가의 존재도 독자층의 존재도 느껴지지 않으며 엄격한 중립성과 문체적 금욕주의로 문학 실천에 내재하는 죄에서 사면받는 문학 언어의 '영도' 같은 것으로 다가가는 것이다.[96] 내가 보기에 이 상태는 사회생활 영역에서 일종의 절대적 고립에 해당할 터이니, 엄격한 정치적 논리가 시키는 대로, 우리를 억압적 사회 제도와 결부시키는 (인격의 안팎 모두에 자리한) 것 일체를 금해야 할지도 모른다.

이 개념의 가치는 그 사변적 면모에 견주어 가늠해 봐야 할 것이다. 바르트가 이 글을 쓰던 당대에는 '무색의 글쓰기'에 고스란히 부합하는 예는 아직 존재하지 않았기 때문이다. 당대 작품 중 그가 주로 예로 들었던 카뮈Albert Camus의 『이방인L'Étranger』만 하더라도 이제 우리에게는 정형적이고 수사적인 작품, 기호로 가득한 글쓰기의 전형 자체로 보이게 되었다. (물론 또 다른 의미에서 보면, 이런 판단은 문학의 불가능성에 대한 바르트의 직관을 확인해 줄 뿐이다. 즉 글쓰기가 계속 무색으로 남아 있을 수는 없으며, 처음에는 틀manner의 공백이었던 것도 점차 틀에 박힌 매너리즘으로 변질되고, 기호의 부재 자

---

96 영도 내지 소극적 어미(낱말의 어형변화에서의)라는 관념은 형식주의자들에 의해 이미 다른 방식으로 전용된 바 있었다. 본서 90~91쪽을 참조하라.

체가 하나의 기호가 되어 버리는 것이다). 그 후로 로브그리예가, 적어도 그의 작품은 주체의 사라짐에 기초한다는 점에서, 기호의 퇴치를 더 철저하고 신빙성 있게 구현한다고 느껴지게 되었다. 그러나 나라면 가령 우베 욘존Uwe Johnson의 소설들이나 조르주 페레크Georges Perec의 『사물들Les Choses』에서 보이는,[97] 문체적으로 중립적이되 좀 더 정치적으로 충전된 형태들을 선택하고 싶을 것 같다.

바르트의 전반적 입장의 전환('인식론적 단절coupure épistémologique'이라고 부르기는 망설여지는데)은 이 제한된 문학기호이론을 덴마크 언어학자 옐름슬레우Louis Hjelmslev의 '내포connotation'와 '메타언어metalanguage'의 구분[98]에서 파생된 한결 복잡한 이론으로 (배척까지는 아니지만) 대치한 데 있다고 볼 수 있겠다. 이 두 언어 현상 모두 별개의 두 기호체계가 관여되며 서로 모종의 관계를 맺는다. 그러나 메타언어는 상대 언어를 자신의 대상으로 삼고 그 상대 언어에 대해 기표로 기능하며, 이렇게 그 상대 언어는 그것의 기의가 된다. 따라서 바르트의 논평은, 미슐레나 라신의 것과 같은 또 다른 더 일차적인 언어의 구조를 추상해 내 그것을 다른 새로운 형태로 접할 수 있게 만든다는 점에서, 메타언어다(앞에서 살펴보았듯 여기서 신조어는 우리가 관여하고 있는 것이 일차적 언어나 대상언어보다는 메타언어라는 점을 상기시키는 기능을 한다). 반면 옐름슬레우가 부여한 제한된 기술적技術的

---

97   우베 욘존(1934-1984)은 실험적인 해체적 기법으로 독일분단 현실을 묘사한 독일의 소설가이며, 조르주 페레크(1936-1982)는 프랑스의 소설가로 사소한 일상을 치밀하게 묘사. — 옮긴이

98   내포는 단어의 일차적인 축자적 의미를 넘어선 이차적이고 함축적인 의미를 뜻하며, 메타언어는 다른 언어를 분석적으로 다루는 언어를 가리킨다. 옐름슬레우(1899-1965)는 기호학의 관점에서 이들 개념을 발전시켰는데, 가령 실제 의사소통에 사용되는 언어(대상 언어)와 이것의 분석과 서술에 사용되는 언어(메타 언어)의 구분이 그것이다. — 옮긴이

의미에서의 '내포' 현상에서는, 어떤 더 기본적인 기의에 대해 기표가 되는 것은 한 언어체계 전체이다. 따라서 일차적 언어체계는 사실상 두 개의 기의를 지닌다. 즉 텍스트가 이어지면서 우리가 계속 수신해 나가는 통상의 내용과, 형식 전체가 우리에게 보내는 제2의 종합적 메시지가 그것이다. 그러므로 플로베르의 문체에 대한 비판은 메타언어의 형태를 띨 것이지만, 플로베르 자신의 말들의 총체는 나름의 내포적 체계를 형성한다. 즉 《문학》을 의미하고 우리에게 거듭하여 "나는 장인적인 유형의 문학이며, 나는 문체 장인의 전문적인 작품이다"라고 말한다는 점에서, 내포적 체계를 형성하는 것이다.

메타언어 관념에 대해서는 나중에 다시 살펴보게 될 것이다. 지금으로서는, 제한된 문학기호이론을 더 일반적인 언어학이론들에 통합하는 것도 유용하겠지만 우리가 내포현상의 개별적인 현현들에 더 즉각적으로 접근할 수 있었던 것은 이들을 어떤 총체적인 메시지나 내용으로보다는 다름 아닌 개별적인 기호와 표식으로 볼 수 있을 때였다는 느낌을 금할 수 없다는 말로 충분하겠다. 정작 위의 전환의 가장 심각한 귀결은 다른 데에 있다. 즉 새 용어체계에서는 기호의 영도라는 가능성 자체가 배제되는데, 그러나 그 가능성에는 ―물론 유토피아적인 가능성이지만― 정치적 함의가 담지되어 있었다. 구조주의를 (이를테면 사르트르의 실존주의 및 '참여engagement'와 대조되는) 비정치적 현상이자 드골 치하 프랑스의 이데올로기적 반영으로 치부하는 것은 지나친 단순화이다. 우선 이는 평론지 『텔 켈』을 주축으로 조직된 구조주의의 전투적 좌파를 몰각하는 처사이다. 그렇지만 구조주의가 새롭게 제도권을 지향하고 프랑스 대학 체제에 동화되면서, 절대적 고립이라는 기존의 선택지가 사라지고 영도 개념의 근본적으로 정치적인 긴장이 사그라들며 구식의 과학적 객관성으로 화하는 경향이 있는 것 같기도 하다. 한때는 변별적인 결여였고 또 그렇게 느껴졌던 것이 이제 점차로 등록도 되지 않고 기능도 하지 않는 부재가 되어 가는 것이다.

3. 기표로부터 기의를 갈라내는 —기표 자체가 그것의 일종의 번역이 되는 모종의 더 심층적이고 독립적인 층을 상정하는— 기본적인 한 걸음은 우리가 기표를 일련의 이항대립으로 보는 개념으로부터 그 대립들, 이제 모순이라 간주되는 대립들을 해소하려는 시도로 보는 기표 개념으로 거의 부지불식간에 넘어갈 때 이루어진다. 이런 관점에서는 바르트의 이중적 대상들 또한 새롭게 바라볼 수 있지 않을까 하는 문제에는 굳이 답하지 않아도 되겠다. 사실 그러한 재정식화가 가동되는 모습을 지켜볼 수 있는 것은 일차적으로 레비스트로스의 작업에서다. 따라서 다시 한번 오이디푸스 신화 분석을 상기하면, 그 이야기의 구조를 이루었던 이항대립들(과대평가 대 과소평가, 가족 대 땅) 자체가 원시인에게는 더 기본적인 이율배반, 즉 어떻게 인간이 오로지 땅의 산물이지 않고 두 인간의 산물일 수 있는가 하는 물음의 표현임을 알 수 있다. 바로 이 지점에서 레비스트로스는 복수의 변수를 갖는 저 유명한 방정식을 내놓는데, 이 형식을 통해 주어진 신화적 자료는 문제적인 출발점을 만족스러운 해법으로 탈바꿈해 낸다.[99]

---

99   *Anthropologie structurale*, pp. 252-253 참조. 이 공식을 실증한 사례로는 Elli-Kaija Köngäs와 Pierre Maranda의 탁월한 논문 "Structural Models in Folklore"(*Midwest Folklore*, Vol. VII, No. 3, 1962, pp. 133-192)를 추천해야겠다. 또한 다음도 참조하라. Louis Marin, *Sémiotique*

그러나 순수 사고의 차원이나 상부구조의 차원에서는 이율배반으로 느껴지는 것도 구체적인 사회 전체의 관점에서 바라보면 모순으로 보일 수 있다. 레비스트로스의 오이디푸스 신화 해부가 가설인 이유는 바로 그가 그 신화의 사회적 맥락을 사상捨象했기 때문이다(그리고 우리는 레비스트로스가 기술과 경제조직보다는 혼인 양태와 종족 구조의 견지에서 하부구조를 기술하는 인류학자들의 방식을 뒷받침하기 위해 엥겔스의 권위를 끌어들인다는 점을 상기해 보아도 좋겠다).

레비스트로스가 카두베오Caduveo 인디언의 얼굴 문신과 같은 현상에 관심을 돌릴 때 바로 이런 일이 벌어진다. 그 분석 전체는 너무 풍부해서 여기서 다 기술할 수는 없고, 그가 대칭과 비대칭의 상호작용을 보여주는 이 얼굴 장식들의 문양을 "두 모순적인 이중성 형식들에 상응하는 복합적 상황으로, 이는 대상의 축과 그 대상이 표상하는 형상의 축 사이의 이차적 대립에 의해 실현되는 절충으로 귀결된다"[100]고 본다는 점만 말해 두자. 이 시각적 스타일이 나름의 방식에 따라 그리고 나름의 특히 회화적인 수단을 통해 극복할 수 있는 이 대립은 근본적으로 카두베오 사회에 내장되어 있으나 카두베오족이 극복해 내지 못한 사회조직의 삼원적 형태와 이원적 형태 사이의 긴장을 반영한다. "그들은 이 모순

---

de la Passion (Paris: Bibliothèque des Sciences religieuses, 1971), pp. 107-110; Jameson, "Max Weber: A Psychostructural Analysis", *New Writings in Humanist Sociology*, ed., Stanford M. Lyman and Richard H. Brown (Princeton, 근간). 마지막 책은 본서가 나온 후 1975년에 출간되었다. 또한 여기서 말하는 방정식 내지 공식이란, 이항대립쌍 사이의 관계를 나타내는 레비스트로스의 이른바 신화 구조의 표준 공식, $fx(a):fy(b) \cong fx(b):fa-1(y)$를 가리킨다. ― 옮긴이

100   *Tristes tropiques*, p. 199.

을 의식해 내고 살아 낼 수 없었기 때문에 이를 꿈꾸기 시작했다."[101] 이처럼 신화적 서사와 함께 예술도 한 문화가 구체적으로 해결할 수 없는 것을 형식의 차원에서 풀어내는 것이라고 볼 수 있다. 혹은 지금 우리의 용어로 말하자면, 이런 관점에서 볼 때 예술이란 본질적으로 이율배반 내지 모순으로 느껴지는 기의의, 기표 차원에서의 분절화, 하나의 기호 체계라고 말할 수 있겠다.

이런 관점은 우리를 '대립'과 '모순'의 관계에 대해 생각해 보도록 이끌게 마련이다. 그리고 이 관점은 그런 모순들을 자신으로부터 더 의식적인 차원의 담론을 생성해 내는 것으로 이해할 수 있게끔 하는 메커니즘의 기술記述에서 완성될 것이다. 그레마스의 '의미작용의 기본 구조' 연구가 목표로 하는 것도 바로 이런 기술이다. 레비스트로스의 '요리의 삼각형'과 대비하여 '의미의 사각형'이라 칭할 수 있는 이것은 출발점 S가 무엇이든 그것으로부터 의미 가능태의 총체, 나아가 하나의 완전한 의미 체계가 도출되는 가능한 방식을 도표화하기 위한 것이다.

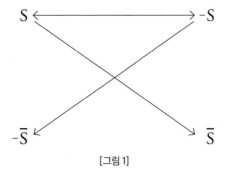

[그림 1]

---

101   *Ibid.*, p. 203.

그레마스가 제시한 간편한 예[102]를 사용하여 S를 주어진 사회의 혼인규칙으로 본다면, 의미의 사각형을 통해 우리는 해당 사회의 성적인 관습 내지 가능성들의 완전한 표나 목록을 생성해 낼 수 있다. 고로 -S는 비정상으로 간주되거나 금지되는 그런 성관계(예컨대 근친상간)를 나타내는 상징으로 읽을 수 있고, 한편 단순부정인 S̄는 혼인관계가 아닌, 즉 현행 혼인제도에서 정해지거나 합법화되지 않은 그런 관계를 나타내니, 가령 여성 쪽의 간통을 들 수 있겠다. 그렇다면 네 번째 항목인 -S̄는 비정상적이며 금지된 관계의 단순부정, 바꿔 말해 비정상적이지도 명백히 금지되지도 않은 그런 성관계, 예컨대 남성의 간통 같은 것으로 볼 수 있겠다.

이처럼 그레마스의 사각형은 근본적으로 모순the contradictory과 반대 the contrary라는 전통적인 논리학 개념들의 절합이다. S̄가 단순한 비非S 라 한다면, -S는 보다 강하게 적극적인 반反S로 보아야 하겠다. 이런 의미에서 분명 우리의 출발점(S의 내용에 대한 선택)은 사실상 이항대립이다. 자체 내에 자신의 반S, 즉 변증법적 반反의 개념을 포함할 수밖에 없기 때문이다. 달리 말해 혼인법의 성문화는 그 구조에서부터 금지된 것의 개념을 함축한다. 고로 그레마스의 메커니즘의 첫 번째 장점은 그것이 우리에게 지우는 책무, 즉 외견상 정태적이고 단독적인 개념이나 항목을, 그것에 구조적으로 전제되며 그 이해 가능성의 토대가 되는 이항대립 속에 절합해 내야 하는 책무에 있다.

---

102 "Les Jeux des contraintes sémiotiques"(François Rastier와 공저), *Du Sens*, pp. 135-155, 특히 pp. 141-144. [영역본은 *Yale French Studies*, No. 41 (1968), pp. 86-105에 수록되었다.] 의미의 사각형에 대해서는 또한 다음을 참조하라. Vigo Brøndall, *Essais de linguistique générale* (Copenhagen, 1943), pp. 16-18 and 41-48; *Théorie des prépositions* (Copenhagen, 1950), pp. 38-39; Robert Blanché, *Les Structures intellectuelles* (Paris, 1966).

그렇다면 이 메커니즘에 함축된 그다음 작업은 바로 주어진 항의 반(-S)과 단순부정(S̄)의 차이에 대한 무의식적 성찰이라고 볼 수도 있겠다. 이런 의미에서 이 메커니즘을 '절합'한다 함은 항들 사이의 간극을 가늠하기 위해 한 항씩 연이어 시도해 봄을 뜻할 것이다. 따라서 이런 절합은 정신이 일련의 상상적 가능태들과 연달아 직면하는 통상적 의미의 서사형식에 완전히 부합한다. 그러나 그것은 또한 간극을 메우는 (해소될 수 없는 모순을 '해소'하는) 어떤 매개적 개념을 만들어 내는 형태를 띨 수도 있다. 혹은 마지막으로, 이 메커니즘은 일종의 정태적인 가치체계로 기능할 수도 있으니, 이 가치체계에서 바깥으로부터 들어온 원자료 (즉, 주어진 플롯의 필수품)는 즉각 사각형 구조에서의 위치를 부여받아 체계 속의 상징적인 의미작용을 지닌 요소로 변형된다. 그레마스가 베르나노스에서 작동하고 있다고 보여 주는 것도 기본적으로 바로 이것인데, 그는 베르나노스의 의미체계가 삶과 죽음 사이의 기본적인 상징적 갈등의 절합임을 보여 준다. 그렇지만 이 추상적 구조를 베르나노스 작품들의 구체적인 내용으로 대치하면, 다음과 같은 관계 패턴이 발견된다.[103]

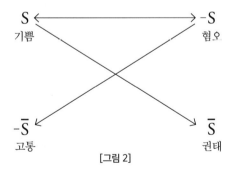

[그림 2]

---

103   *Sémantique structurale*, p. 256.

그러나 베르나노스의 소설들에 나오는 등장인물과 사건들이 이런저런 방식으로 이 항들 사이의 간극을 메우려는 시도로 간주될 수 있는 한, 우리는 다수의 복합적 편성 및 가능한 매개들을 거론할 수 있을 것이다. 논리적으로 이 다수의 편성과 매개는 사각형의 네 항 사이에 성립할 수 있는 모든 이항관계의 형태를 띠지만, 우리는 특히 '중립neuter'의 개념을 강조할 수 있겠는데, 중립이란 첫 대립의 일종의 중화, 첫 대립의 두 부정의 조합, 논리적으로는 첫 대립보다 뒤에 오지만 그것의 영도 내지 휴지休止상태로 모습을 드러내는 조합이다. 베르나노스의 경우 이것은 분명 모종의 원초적 무감각 내지 무관심의 형태로 나타날 것이다. 사각형에서 또 다른 면인 일차적인 좌측면에 관해 말하자면, 문학과 신화에는 트릭스터trickster와 같은 매개적 인물상이 수없이 등장하는데,[104] 이들의 기능은 근본적으로 부정과 긍정을 통합하고 자신의 복합적인 개인적 성격이나 민활한 행동을 통해 대립을 해결 내지 해소하는 데 있다. 상상적 비전은 따라서 그 자체로 일종의 논리적 증거 내지 입증이다. 듣는 사람이 그런 매개적 인물을 눈에 떠올릴 수 있다면, 자신의 추상적인 딜레마의 구체적인 해법의 가능성을 이미 은연중 인정한 셈이다.

그러나 실제로는 주어진 개념을 가능한 네 자리 중 셋으로밖에 절합할 수 없는 경우도 자주 있다. 마지막 자리인 -S는 정신에게는 영(0)이

---

104   *Anthropologie structurale*, pp. 247-251 참조. *Sémiotique de la Passion*에서 루이 마랭 (Louis Marin)의 유다 연구는 그런 매개의 메커니즘과 특히 그런 교환에서 중화와 중립이 하는 역할에 대한 주목할 만한 분석이다. 따라서 수난 서사에는 예수(인간, 이름, 기표)가 신(기의)으로 대치되는 일이 수반된다. "배신자는 … 기표의 중화를 통해 이런 교환을 일으킨다"(op. cit., p. 140). 여기서 트릭스터는 신화에 등장하는, 신과 자연계의 질서를 깨는 장난스럽고 양면적인 인물을 가리킨다. ─ 옮긴이

나 수수께끼로 남는다. 따라서 위에서 언급했던 레비스트로스의 유명한 요리의 삼각형[105]도 우리의 '기본 구조'의 네 기본항 중 셋으로 쉽게 재구성할 수 있다.

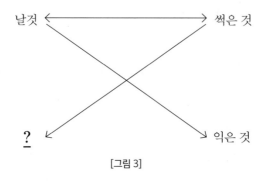

[그림 3]

그러므로 이 지점에서 이 모델의 발전은 두 다른 방향을 취할 수 있다. 즉 추상적인 용어들을 구체적인 내용(훈제고기, 삶은 고기, 구운 고기)으로 대치하는 식으로 발전할 수도 있는데, 이때 내용은 기본 체계에 의해 특정한 가치를 부여받는다. 혹은 누락된 항(싱싱한 것)을 찾는 형태를 취할 수도 있는데, 이제 우리는 이 항이 바로 변증법적 철학에서 익히 보던 '부정의 부정'임을 알아볼 수 있다. 우리가 너무나 자주 앞에서 본바 불완전한 (네 항 중 셋만 주어진) 상태의 체계와 만나게 되는 것도, 실로 부정의 부정이 그렇게 결정적인 비약이요 그렇게 새로운 의미의 생산 내지 생성이기 때문이다. 이런 상황에서는 부정의 부정이야말로 이 메커니즘이 이뤄 내야 할 일차적인 과업이 된다.

---

105   *L'Origine des manières de table*, pp. 400–411.

문학비평 분야에서 예를 들자면, 디킨스의 『어려운 시절Hard Times』을 고를 수 있는데, 비교적 짧고 익숙한 작품이어서만은 아니고, 무엇보다도 디킨스의 유일한 교훈적 소설 혹은 '테제' 소설인 이 작품은 작가가 이미 이항대립의 틀로 정식화해 놓은 관념 내용을 수반하기 때문이다. 『어려운 시절』에서 우리는 두 적대적인 지적 체계에 해당하는 것들의 대치를 목격한다. 즉 그래드그라인드 씨Mr. Gradgrind의 공리주의("사실! 사실!")와 시시 주프Sissy Jupe와 서커스단이 상징하는 그 반사실anti-facts의 세계, 달리 말해 상상력이 대치하고 있다. 이 소설은 일차적으로 교육자에 대한 교육, 즉 그래드그라인드 씨가 그의 비인간적인 체계로부터 정반대되는 체계로 개종하는 과정을 그린다. 따라서 이 작품은 그래드그라인드 씨에게 주어지는 일련의 교훈인데, 우리는 이 교훈들을 두 그룹으로 분류하고 각각을 두 종류의 물음에 대한 상징적 해답으로 볼 수 있다. 마치 이제 $\bar{S}$항과 $-\bar{S}$항을 생성해 내고자 하는 이 소설의 플롯이 다음의 수수께끼들에 대한 해답을 시각화하는 일련의 시도일 따름인 양 말이다. 상상력을 부정 내지 부인할 때 어떻게 될 것인가? 거꾸로 사실을 부인한다면 또 어떻게 될 것인가? 그래드그라인드 씨가 가진 체계의 소산들은 점차 부정의 부정, 상상력의 부정이 취할 수 있는 다양한 형태를 보여 주니, 아들인 톰Tom(도둑질), 딸 루이자Louisa(간통 혹은 최소한 간통의 기도企圖), 모범적인 제자 블리처Blitzer(밀고, 그리고 전반적으로 정신의 죽음)가 그렇다. 그리하여 부재하는 네 번째 항이 무대 중앙에 등장하게 된다. 이 작품의 플롯은 오로지 이 부재항에 상상적 존재태를 부여하려는 시도, 그것이 서사적 소재로 적절히 구현될 때까지 그릇된 해답들과 용납할 수 없는 가설들을 헤쳐 나가려는 시도일 뿐이다.

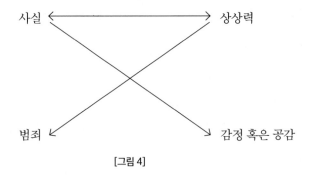

[그림 4]

이러한 발견(그래드그라인드 씨의 교육, 루이자의 뒤늦은 가족애의 경험)과 함께 의미의 사각형은 완결되고 소설은 끝이 난다.

4장

그렇다면 우리는 운동은 같으면서 또 같지 않다는 말을 인정해야지 반대해서는 안 되는데, 우리가 '같다'와 '같지 않다'는 말을 같은 의미로 사용하지 않기 때문이다. 그보다는 운동을 그 자체에 관해 '같다'고 말하니, 이때는 운동이 같음에 동참하기 때문이다. 그리고 '같지 않다'라고도 말하는데, 다른 것과 교섭함에 있어서는 같음으로부터 떨어져 나와 같음이 아니라 다름이 되고, 따라서 '같지 않다'라고 말해도 맞기 때문이다.

플라톤, 『소피스트』

앞의 절들에서 우리는 방법론적 혹은 개념적으로 유의미한 어떤 방식으로도 기의signifié를 기표signifiant로부터 분리하는 것이 결국 불가능하다는 깨우침을 얻었다. 이런 깨달음과 더불어 구조주의의 세 번째 계기가 탄생한다. 이 계기는 관심을 기호 전체 자체로, 아니 더 정확하게는 그것을 만들어 내며 기표와 기의는 사실 그 계기들일 뿐인 과정, 즉 의미작용signification의 과정으로 이전한다. 이제 실제로 기표와 기의를 개념상 계속 분리시켜 두기가 힘들다는 난점이 오히려 방법론적 이점이 된다. 의미작용 그 자체가 하나의 출현으로서 발견되는 것은 바로 저 분리의 순간, 심지어 우리가 뻔히 지켜보는 가운데도 문득 사라져 버리는 둘 사이의 저 덧없는 공백이기 때문이다. 그렇지만 이제는 탐구대상이 외재적으로 연구할 정태적인 것이 아니라, 오히려 발전시켜 나가야 할 하나의 지각 형식, 같음과 다름의 상호작용에 대한 인식인 만큼, 의미작용에 대한 강조는 불가사의한 신비의 형태, 다시 말해 의미의 언어로의 육화肉化라는 신비의 형태를 띠며, 그리하여 그것의 연구는 일종의 명상이 된다. 이것이 의미작용을 논하는 필자들의 은자隱者적인 면모를 설명해 준다. 이 비교秘敎적인 것에 대한 감각은, 바르트적 의미에서, 다름 아닌 하나의 기호로 이해할 수 있겠다. 즉 제식과 신비의 현존을 나타내고 시간적으로 펼쳐지는 제식 언어를 통해 대상 자체의 성스러움을 강조하는 방식으로 볼 수 있다. 라캉의 문체가 말라르메의 문체를 연상시키고 데리다의 문체가 하이데거의 문체를 연상시키는 것은 결코 우연이 아니니, 양자 모두 텍스트가 갖는 입문initiation으로서의 근본적 성격을 각자 자기 시대의 움직임 속에서 표현해 낸 것이다.

1. 구두 세미나로 구현되고 치료 과정을 그 대상으로 삼는 라캉의 입론은 내놓고 입문적이며, 여기서도 그 전반적인 방향에 대한 느낌 이상을 전달하기는 힘들 것이다. 그것은 우리가 이미 시사했다시피 프로이트의 위상학位相學을 언어학 용어로 옮겨 놓는 작업으로, 그 결과 궁극적으로는 프로이트가 다룬 일견 경험적이고 실존적이기까지 한 모든 현상(욕망, 불안, 오이디푸스 콤플렉스, 죽음 소망)이 언어학적 모델의 관점에서 재정식화될 수 있게 될 것이다.

의미작용 및 그 출현에 관해 정신분석이 갖는 특권적 위치는 그 연구 대상이 —성적 욕망 그 자체와 같은— 사물 자체가 아니라 욕망이 생겨나는 과정, 혹은 생겨나지 못하는 상태라는 사실로 가늠할 수 있겠다. 따라서 정신분석적 이해는 그 본질상 이미 동일성과 차이에 대한, 존재와 부재에 대한, 특정 유형의 의미작용이 있으면서 아직 없기도 한 저 중간지대에 대한 고양된 인식이다.[106] 우리는 라캉의 경우 유아(라틴어 infans: 말 없는)의 언어 습득은 상징계 진입의 표시임을 상기하게 된다. 이 발생이라는 사실 덕분에 라캉은 레비스트로스가 자연을 문화와 대립시킨 것과 아주 유사하게 욕구need를 욕망desire과 대립시킬 수 있게 되는데, 둘 다 어떤 의미에서는 조작적 개념operational concept일 뿐이기 때문이다. 순수한 육체적 욕구는 자연 상태가 그렇듯이 존재태를 가지지 않으며, 상징계의 영역을 통과하면서 즉각 욕망으로 변형되고, 거기서 사

---

106 이것이 어린 한스(Hans)의 외침["없다(Fort)! 있다(Da)!"]의 예시적 의미이다. Lacan, *The Language of the Self*, p. 163 및 그 외 여러 곳 참조. 프로이트의 어린 손자가 실패를 던졌다 당겼다 하면서 "없다!" "있다!"를 외치며 놀던 일에 대한 언급이다. 한편 '어린 한스'는 프로이트의 환자였다. ― 옮긴이

회적 성격을 지닌 가치를 부여받으며 특히 다양한 형태의 타자와 연관을 맺게 된다.

라캉의 관점을 복잡하게 만드는 것은 그에게 언어는 바로 주체가 출현하는 바탕이 되는 이드id 내지 무의식이자("그것이 있던 그곳에서 나는 생성하리라Wo es war, soll Ich werden"가 프로이트 자신의 고전적 공식이다) 동시에 주체가 출현해 진입하는 저 상징적 영역, 즉 주체가 최종적으로 자신의 자리와 기능을 결정짓는 틀이 되는 저 좌표 묶음이라는 점이다. 따라서 오이디푸스 콤플렉스는 궁극적으로 라캉이 '아버지의 이름Name-of-the-Father'이라 부르는 것에 의지함을 통해 해소되는데, 이 표현으로 라캉이 말하려 하는 것은, 주체가 스스로 자신의 아버지가 되고 싶은 것(본질적으로 상상적 야망)이 아니라 다만 부성 자체를 하나의 특정한 역할로 정의하고 구획 짓는 상징적 영역에서 자신의 기능 내지 '이름'을 맡고 싶은 것임을 발견한다는 것이다. 상상계the Imaginary와 상징계the Symbolic의 대립은 주체가 자신의 상像에 에너지를 투여하는 것과 언어적 질서에 대한 의식의 부차적 지위를 궁극적으로 수락하는 것의 구별이라 이해할 수 있겠다.

언어와 무의식의 동일시에 접근하는 가장 좋은 통로는 아마도 라캉의 유명한 강령적 슬로건의 참조일 것이다. "무의식, 그것은 타자의 담론이다L'inconsistent, c'est le discours de l'autre." 내가 보기에 이것은 하나의 관념이라기보다는 하나의 문장이니, 즉 단일한 개념을 표현하는 역할을 하기보다 명상 문구의 자리를 그려 내며 스스로를 주해의 대상으로 제시한다.[107] 무의식을 타자의 담론으로 간주해야 한다고 하는 순간, 우리 앞에 한 묶음의 용어가 던져지고, 그것들을 모든 가능한 순열조합으로 재결합하는 과제는 우리의 몫이 되는 셈이다. 아주 범박하게 말하자면, 언어 상황에는, 타자에 대한 일체의 경험적 체험에 선행되는 타자성이라는 추상적 범주만도 아니요, 구체적이고 경험적인 타인만도 아닌, 이 두 요소와 아울러 제3의 요소가 연루되니, 이는 나 자신의 또 다른 자아 alter-ego 혹은 내가 갖고 있는 나 자신의 상이다(이는 궁극적으로 유아기 중 거울 단계에서 유래된 것으로, 이 단계에서 아이는 자기한테 외적 이미지가 있다는 것을 처음으로 배우게 된다). 우리가 타인의 언어 경험 역시 이 다양한 차원들로 분절된다는 점을 가만히 생각하다 보면, 발화행위란 가장 정교한 (상상적) 투사와 교차동일시cross-identification를 수반하는 행위이며, 그 속에서 바로 타자성이 우리가 통상 무의식이라고 부르는 것에 특권적 자리를 열어 준다는 것을 점차 깨닫게 된다.

그러나 라캉 입론의 형식[108]이 갖는 함의는 이것들이 추상적인 앎의 대상이기보다는 실제로 살아 내야 하는 것들이라는 점이다. 사실 꿈이나 재담의 특권적 지위는 우리가 그것들을 이해할 수 있는 것은 그것들이 이루는 출현의 과정을 다시 거들어 줄 때뿐이라는 바로 그 사실에서 비롯한다. 마찬가지로, 가령 라캉의 세미나들 ―숫자들이나 최초의 통일된 단위들에서 하나의 언어체계가 생성되는 것을 입증하는 데 할애된 세미나 같은[109]― 의 내용을 되새겨 보면, 이 체계에서 의식이나 코기토에 주어지는 공식적 가치가 무엇이든, 라캉식 훈련에는 본질적으로 《동

---

107 이 문장의 소유격이 갖는 애매성에 대해서는 가령 Lacan, *Écrits*, pp. 814-815 참조.

108 라캉이 저서 형태가 아니라 대화가 중심인 세미나 형식으로 논의를 펴 나간 점을 가리킨다. ― 옮긴이

109 *Ibid.*, pp. 46-53.

일성Identity》과 《차이Difference》의, 혹은 우리가 의미작용의 출현이라 불러 온 것의 직관적 감각인 전의식前意識, pre-conscious을 자극하고 명료화하는 훈련이 수반된다는 인상을 피하기 어렵다.

그러나 지금까지 우리는 이 가르침의 상대적으로 철학적인 혹은 인식론적인 차원만을 다루어 왔다. 이제 신경증과 욕망의 병인病因과 같은 좀 더 프로이트적인 현상이라 여겨지는 것으로 눈을 돌려, 좀 무모할지는 몰라도 라캉의 체계를 다음과 같이 간략히 정리해 보자. 어머니의 경험은 최초의 충만함의 경험이며, 유아는 거기서 느닷없이 절연된다. 따라서 어머니로부터의 분리는 일종의 원초적 결핍 혹은 벌어짐béance으로 귀결되며, (여아한테든 남아한테든) 통상적으로 거세로 느껴지는 것은 바로 이 외상적外傷的 경험이다. 언어가 대타자大他者, the Other에의 일종의 벌어짐 내지 열림인 것과 마찬가지로(언어부터가 결코 충만함이 아니며, 항상 그 구조상 일종의 형성된 불완전함, 대타자의 참여를 기다리는 불완전함이다), 남근the phallus도 음경 자체로 보기보다 상징계 영역의 일부로 볼 수 있음을 유념하라. 따라서 남근은 언어적 범주이자 잃어버린 충만함의 상징이며, 또한 성욕은 그 충만함을 다시 획득하려는, 남근을 다시 소유하려는 시도인 한, 이 상실의 추인이기도 하다. 이는 곧 라캉에게 신경증이란 본질적으로 거세를 받아들이지 못하는, 다시 말해 삶 자체의 중심에 자리한 이 원초적 결여를 받아들이지 못하는 실패라는 말이다. 즉 저 최초의 본질적 충만함에 대한 불가능한 헛된 향수요, 어떤 형태로든 남근을 정말로 다시 소유할 수 있다는 믿음이다. 반면 진정한 욕망은 불완전함에 대한, 시간에 대한 그리고 욕망의 시간 속 반복에 대한 동의이고, 한편 욕망과 관련된 장애들은 궁극적 만족이라는 망상과 허구를 되살리려는 시도에서 기인한다. 따라서 라캉의 금욕주의는 빌헬름 라이히Wilhelm Reich 같은 논자의 성적 낙관론의 반명제인데, 후자의 오르가슴론[110]은 구조주의자라면 분명 (데리다가 성토한 저 총체적 현전의 신화와 유사한) 총체적 만족의 신화로 여길 것에 해당한다. 신경증이란 궁극적 확실성을 얻으려는 시도라는 이 신경증 개념과 서구의 철학적 전통의 모종의 궁극적·초월적 기의 요구에 대한 데리다의 성토가 가진 유사성에 대해서는 곧 살펴보게 될 것이다. 지금으로서는 라캉의 거세에서 일종의 심적인 것의 '영도'를 ―필히 그것을 중심으로 의미체계 내지 언어체계 전체가 구성되게 마련인 저 본질적인 충전된 부재를― 본다고 말해도 과한 말장난은 아닐 듯싶다.

2. 구조주의에서 데리다가 차지하는 특별한 위치는, 앞서 제기된 일차적 문제, 즉 기표에 관해 기의가 갖는 궁극적 위상의 문제 혹은 더 일반적인 말로는 사고와 언어 사이의 관계라는 문제를 거부하는 데 기반한다. 그렇지만 데리다에게 이 문제는 비록 거짓 문제라 해도 서구철학 전체에 깊이 자리 잡은 심각한 장애를 말해 주는 징후라는 점에서 유용하다. 그의 작업은 바로 이 대목에서 하이데거의 역사비판을 가장 충실히 따른다. 그의 생각을 담아내는 용어들이 하이데거가 자신의 생각을 개진한 말들 ―존재물음Seinsfrage의 혹은 존재에 대한 명상의 신비의 상실― 과는 다르지만 말이다. 그는 또한 니체를 끌어들이기도 하는데, 초

110　오스트리아의 정신과 의사인 라이히(1895-1957)는 오르가슴은 인간 유기체의 자연스럽고 건강한 성적 기능이며 그것의 부재나 억압이 신경적 징후의 요인이라고 본다. ― 옮긴이

월성transcendence 및 서구형이상학에 대한 니체의 비판은 데리다 본인의 입장과 유사성이 없지 않다. 사고와 언어의 관계라는 문제부터가 '현전'의 형이상학을 노정하며, 일의적一意的인 실체들이 존재한다는 환상, 우리가 대상과 단번에 완전히 대면하는 순수한 현재가 존재한다는 환상을 함축한다. 의미라는 것이 존재하며 그래서 그것이 원래 언어적이냐 아니냐를 '결정'할 수 있을 정도라는 환상, 뭔가 실질적으로 혹은 영구적으로 획득 가능한 앎이 존재한다는 환상 말이다. 근본적으로 이 모든 개념은 애초의 형이상학, 즉 절대적 현전의 형이상학의 실체화로서, 주체로 하여금 자신의 단편적인 경험이야 어떻든 어딘가 절대적인 충만함이 존재한다고 믿게끔 부추긴다(그런 점에서 사르트르가 말하는 즉자en-soi라는 착시와 다르지 않다). 서구사상의 '울타리' 내지 개념적 천장을 이루는 것은 바로 이 현전에의 믿음인데, 데리다 본인의 딜레마는 바로 자신 역시 그 언어와 제도들과 떼어 낼 수 없이 얽혀 있는 저 전통의 일부이며, 따라서 애당초 현전의 환상을 불식하려는 말이었지만 정작 사용되는 순간 그런 환상을 굳히고 영구화하는 도구가 되어 버리는 그런 말들과 용어 체계로 현전의 형이상학을 부정해야 하는 (문학의 불가능성에 대한 바르트의 설명과 유사한) 불가능한 상황에 처해 있다는 사실에 있다.

데리다가 언어를 향한 일종의 폭력에 의존하는 것도 이 때문인데, 이를 통해 데리다는 (하이데거처럼, 그리고 둘 다 플라톤이 보여 준 어원학적 논증의 본보기를 따르는데) 그의 용어들이 명사와 실체라는 환상의 질서로 되돌아가지 못하게 자신이 구사하는 낱말들 속에 특별한 자리를 열어 놓으려 한다. 차이差異, difference나 차연差延, differance이라는 관념도 마찬가지인데, 이를 통해 데리다는 영어에서는 'differ다르다'와 'defer지연하다'로 구별될 것들의 심층적 동일성을 강조하고자 한다. 차이(앞에서 보았듯 언어적 구조 자체의 바로 토대가 되며 어떤 의미에서는 동일성의 느낌과도 하나인)는 그 근본적 시간성에서, 순전한 과정인 그 구조에서, 차연 혹은 지연이다. 이는 절대로 정지시켜 정태적 현전으로 포착해 낼 수 없으며, 우리가 그것을 의식하게 되는 동안에도 시간의 흐름과 함께 우리가 닿을 수 없는 저 너머로 미끄러져 가니, 결국 그것의 현전은 그 순간 하나의 부재이기도 하다.

이 차연이 언어에서 취하는 형태를 데리다는 '흔적trace'이라고 부른다. 바로 이 흔적 개념을 통해 데리다는 우리가 위에서 잠시 언급했던 단어 대 의미라는 거짓 문제를 파기한다. 이미 존재하는 문장이나 단어 이전으로, 이미 언어의 형태를 취한 사고 이전으로 되돌아가려는 것은 '기원의 신화'의 위엄에 승복하는 것이며, 저 살아 있는 통합이 아직 일어나지 않은, 마치 세계창조 이전의 무슨 곳간에서처럼 한편으로 순수 음, 다른 한편으로 순수 의미 혹은 관념 같은 것이 아직 존재하던 과거로 우리 자신을 인위적으로 다시 위치시키려는 것이기 때문이다. 모든 언어가 흔적이라고 말하는 것은 결국 의미작용의 역설을 강조하는 것이다. 즉 언어라는 것은 애당초 그것을 의식할 수 있으려면 이미 일어났어야 한다. 그것은 설령 방금 일어났다고 해도 항상 과거에 속한 사건이다. 여기서 우리는 실존주의자들도 그들 나름으로 좋아했던 헤겔의 문장 하나를 상기할 수 있을 것이다. "본질이란 이미 일어난 것이다Wesen ist, was gewesen ist." 헤겔은 이 공식을 통해 지식의 정태적 범주들을 운동 중인 심히 역사적이고 시간적인 현상으로 번역하는데, 이를 지금 우리의 문맥에서는 "의미란 바로 그 구조상 언제나 하나의 흔적, 이미-일어난-것이다"라고 옮겨도 좋겠다.

이 발상의 귀결은 결국 기호란 어쨌든 항상 불순하다는 것이다. 우리가 기호 앞에서 느끼는 불확실성, 때로는 투명성으로, 때로는 장벽으로 주어지는 기호의 양의적 성격, 우리가 마음 속으로 순수 음과 순수 의미를 오갈 수 있는 이 양의성, 이 모두는 해당 현상에 대한 우리의 불완전한 지식의 소산이라기보다 언어의 구조 자체에 기반한다. 기호는 부득불 흔적일 수밖에 없다고 말하는 것은, 어떤 기호든 물질적인 면에 초점을 둘 수도 있고 개념적인 면에 초점을 둘 수 있음을, 기호는 물질이기도 하고 아니기도 하며 그 안에 일종의 필연적 외재성을 담고 있음을 인정하는 것이다. 이런 의미에서 현전의 신화는 순수 발화의 신화라든가 문어보다 구어가 우선한다는 신화와 같다. 일련의 분석(플라톤, 루소, 소쉬르, 후설)에서 데리다는 입말에 부여되는 본능적 특권이 궁극적으로 의미의 절대적 투명성, 바꿔 말해 절대적 현전의 환상으로 소급될 수 있다는 것을 보여 준다. 따라서 그의 체계는 맥루한주의MacLuhanism가 중시한 모든 것을 뒤집는 셈이다.[111] 그렇지만 이 운동의 위대한 성취 —가령 월터 J. 옹Walter J. Ong의 『말의 현전Presence of the Word』— 는 글쓰기의 진화와 성심리性心理 발달 단계의 동일시에 이르기까지 데리다의 이야기를 확인해 주며, 데리다와 아울러, 동일한 차원의 문화적 현실에 대해 긍정적·부정적으로 말하되 깊은 동질성을 발견하는 두 대립적 입장으로 읽어 볼 수도 있다.

---

[111] 캐나다 출신의 철학자이자 미디어 이론가인 맥루한(Marshall MacLuhan, 1911-1980)은 정보전달 매체의 위력을 강조하면서 그것이 인간의 감각과 인식의 연장이라고 본다. 맥루한주의는 의사소통의 가능성에 역점을 두는 만큼 의미의 불확정성을 말하는 데리다적인 인식에 반한다. — 옮긴이

구어口語의 자기주장에 대한 이 같은 논박으로 미루어 본다면, 데리다에게 모든 언어의, 나아가 문자 이전 문화 내지 구술 문화의 본질적 구조는 근본적으로 스크립트(글)의 구조다. 그는 이를 원原-글쓰기archi-écriture라 부르는데, 모든 언어에 담겨 있고 이후의 모든 경험적인 표기 체계 성립의 토대를 이루는 이 근본적 외재성 내지 자기 자신으로부터의 거리를 강조하기 위해서다. 한편으로 이는 텍스트와 그 의미 사이에는 항상 틈이 있으며, 논평이나 해석은 텍스트 자체의 존재론적 결여로부터 생겨난다는 것을 의미한다. 그러나 이는 또한 텍스트가 어떤 궁극적 의미도 가질 수 없으며, 또한 해석의 과정, 즉 기의의 연쇄적인 층들을 펼쳐 나가고 그 층 하나하나가 다시 새로운 기표나 혹은 독자적인 의미작용 체계로 변형되는 그 과정이 실은 무한한 과정임을 뜻한다.

평론지 『텔 켈』(1960년 창간)을 주축으로 하는 그룹과 아울러 데리다의 형이상학 비판이 그 정치적 내용을 획득하는 것도 바로 이 점에서다. 데리다의 비판은 하이데거의 비판과 뚜렷한 유사성을 지니며 실제로 거기서 강한 영향을 받았다. 권위주의와 신神중심주의를 모종의 《절대적 기의》에 대한 헌신과 동일시한다는 점에서, 『텔 켈』 그룹을 (마르크스의 등장을 가능케 한 풍토의 주역이었던 헤겔 좌파에 빗대어) 하이데거 좌파라고 부르고 싶은 생각도 사실 든다. 그렇지만 공산당과 밀접한 관계를 맺고 있던 이 필자들은 30년대 초 초현실주의운동 이래로 그 누구에게도 뒤지지 않는 급진적이고 독창적인 정치적 구상을 구현한다고 해도 과언이 아니다.

스크립트라는 관념의 설명력에 대한 데리다의 원래 구상은 마르크스주의에 자리를 열어 놓았다고 해도 무방할 것이기 때문이다. 또 거기에 프로이트주의도 이미 포함되어 있음은 프로이트주의 자체에 언어와 스크립트에 대한 성찰이 포함되었던 만큼 분명하다고 할 것이다. 의식이 무의식에 대해 갖는 관계의 모습을 담기 위해 프로이트가 끌어들였던 '신기한 필기판Mystic Writing Pad'[112]만 떠올려 봐도 정신분석 모델이 얼마나 글쓰기의 비유로 가득한지 알 수 있다. 철학 텍스트건 문학 텍스트건 이러한 텍스트 투시법, 어휘나 구문에서 나타나는 필적학적 비유의 존재에 대한 이런 미세한 탐지는 데리다의 실제 체계가 아니라 그의 방법의 특징을 이룬다고 할 수 있다. 이는 하나의 원리로, 그러한 비유적 내용이란 일견 사소한 것이라도 저자가 스크립트와 갖는 관계를, 달리 말해 서구 형이상학 전통의 개념틀 속에서 현전의 신화를 수행해 내는 저자의 작업을 나타내는 특권적인 징후라고 본다. 이 같은 분석의 가능성을 보여 주는 한 예로, 영적으로 거듭난 지드André Gide의 '배덕자'가 "신약 복음서가 폐기하려 한 '옛 아담old Adam'[113]"의 재발견을 가리켜 한 말들을 들 수 있겠다.

내 주위의 모든 것, 책들과 선생들, 가족, 심지어 나 자신마저도 억누르려 했던 옛 아담 말이다. 그리고 그가 지극히 쇠약해지고 수많은 덧칠(surcharges)에 가려 구별해 내기도 어려웠지만, 그러면 그럴수록 그를 다

---

112   Sigmund Freud, "A Note on the 'Mystic Writing-Pad'", *General Psychological Theory* (New York, 1963), pp. 207-212. '신기한 필기판'이란 밀랍판 위에 종이를 붙여 놓은 교육용 장난감으로 종이에 글자를 쓰면 글자가 나타났다가 종이를 들어 올리면 글자는 사라지고 흔적만 남는다. ─ 옮긴이

113   '옛 아담'은 구약에 등장하는 아담을 가리키며, 통상적으로 원죄를 짊어진 인간을 상징한다. ─ 옮긴이

시 찾아내는 일이 더욱 필요하고 값진 일로 여겨졌다. 그 후로 나는 교육이 그의 위에다 그려 넣은(dessiné) 저 이차적인 타성적 존재를 경멸했다. 나는 그 여러 겹으로 덮어쓴 압흔壓痕들을 떨궈 내야 했다.

그리고 나는 스스로를 거듭 쓴 양피지 사본에 빗댔다. 나는 같은 종이에 적힌 더 최근의 글귀들 밑에서 예전의 훨씬 더 귀중한 텍스트를 발견하는 학자의 즐거움을 알았다. 저 숨겨진 비밀의 텍스트는 무엇이었는가? 그리고 그것을 읽어 내기 위해서는 더 최근의 것들을 지워야 하지 않겠는가?[114]

『배덕자』는 따라서 텍스트 판독判讀의 이야기가 된다. 그 표상 같은 풍경들, 즉 오아시스들과 비옥한 노르망디 농장은 다양한 형태의 가시적인 스크립트로, 봄이라든가 연례적인 강우의 모습을 한 자연과 토양을 경작하는 방법들에 들어 있는 문화가 결합하여 인간 자신의 글씨를 써낸다. 이런 분석의 여타 차원들도 이와 크게 다르지 않다. 이 책은 한편으로는 사유 재산과 소유권의 이율배반에 대한 매우 의도적인 성찰이면서, 다른 한편으로는 동성애의 주제가 다름 아닌 양피지 이미지로 동기부여된다고 할 수 있는데, 그런 만큼 스크립트의 맨 밑층 —"최악에의 일종의 완강한 고집"[115]— 은 애당초 위층들과 구별되기 위해서라도 그것들과 반드시 달라야만 하는 형국이다. 언젠가 사르트르가 말했듯, 악은 실패에 맛들이기이고, 지드 작품에서(I주인공이자 화자인 —옮긴이I 미셸

---

114   André Gide, *L'Immoraliste* (Paris, 1929), pp. 61–62.
115   *Ibid.*, p. 171.

Michel이 밀렵꾼들이 자기 것을 훔쳐가게 도와주고 마는 상황을 생각해 보라) 악은 본디의 절대적인 현전의 신화에 대한 충성에 내리는 징벌이다.

이런 방법(실로 지드의 우화의 구조에 충실한 방법)이 본질적으로 우의적인 성격을 띤다는 점은 지적해 두어야겠다. 데리다 자신의 분석들을 읽는 독자는 매우 빈번하게 프로이트적 해석의 가장 오래된 형태, 이른바 남근 상징으로 되돌아간다는 강한 인상을 피할 수 없을 것이다. 가령 프로이트 자신이 초기에 쓴 「과학적 심리학을 위한 기획Project for a Scientific Psychology」에 대한 연구에서[116] 데리다는 'Bahnung('마손摩損' 혹은 '관통', 영역본 표준판[117]에서는 'facilitation촉진'으로 대단히 미흡하게 번역되었다)'이라는 단어, 즉 마음의 다양한 부분들 사이의 경제적 관계를 강조하기 위한 이 용어를 텍스트의 기입記入, inscription과 성기의 삽입이라는 이중적인 이미지로 해석한다.[118] 이렇게 ("펜으로부터 액체를 백지 위에 방출함으로 이루어지는"[119] 글쓰기의 성적 상징성을 잘 알았던) 프로이트는 그의 의도와 거꾸로 활용된다. 그렇지만 글쓰기와 성의 이러한 상징적 연관성을 가장 철저하게 보여주는 예는 데리다의 『그라마톨로지』에 나오는데, 글(스크립트)은 말(입말)의 '보충supplément'일 뿐이라는 루소의 기술이 이 책에서는 글쓰기와 자위행위(이 또한 루소는 자연의 대체물 내지 대치라는 뜻에서 '보충'이라고 기술한다)의

---

116   Jacques Derrida, "Freud et la scène de l'écriture", *L'Écriture et la différence* (Paris, 1967), pp. 293–340.

117   1953–1974년 런던 Hogarth Press에서 24권으로 나온 *The Standard Edition of the Complete Psychological Works of Sigmund Freud*를 말하며, 이 번역본에는 편집진의 비평적 각주가 달려 있다. — 옮긴이

118   원래 프로이트 심리학에서 Bahnung은 반복 경험이 정신에 새겨져 지속적으로 심리적 영향을 주는 현상을 지칭한다. — 옮긴이

119   Derrida, *L'Écriture et la différence*, p. 338에서 재인용.

무의식적 동일시를 은폐하고 있다고 분석된다.

이런 분석이 우의적이라고 말한다고 해서 곧 그것이 틀렸다고 주장하는 것은 아니다. 사실 루소 분석은 이런 면에서 매우 설득력이 있고, 한편으로는 루소의 심리에 대한 별도의 연구에서, 다른 한편으로는 본질적으로 자극적 혹은 포르노적 재현이라는 18세기 문학의 좀 더 일반적인 지위에서 그 확증을 볼 수 있다. 모종의 관념연상 과정에 따라, 주어진 특정 용어(루소의 '보충', 플라톤의 파르마콘pharmakon[120])는 온갖 종류의 본질적 내용의 상징적 투여를 유도하고 따라서 작품 전체를 탐구함에 있어 일종의 징후 구실을 할 수도 있는데, 그렇지만 이를 근거로 데리다의 방법을 옹호한다면 그것은 ―역시 틀린 말은 아니지만― 실책일 것이다. 오히려 핵심어는 그것이 하나의 기호인 한 그 속에 기표와 기의 사이의 근원적 틈 ―혹은 차이나 차연― 을 내포하고, 따라서 우리는 그것의 '궁극적' 의미, 즉 순수한 현전 내지 자기동일성일 수 있는 그 의미에는 결코 도달할 수 없다. 따라서 기호의 구조부터가 우의적이니, 한 기의 '차원'에서 다른 기의 '차원'으로 이동하고 거기서 또다시 밀려나며 무한 퇴행을 하는 영속적 운동이라는 점에서 그러하다.

『텔 켈』 그룹이 데리다의 근본 개념을 무단으로 전용한 것이 아니라 완성시켰다고 말할 수 있는 것도 바로 이런 맥락에서다. 사실 그들의 집단적 노력의 기념비라 할 장 조제프 구Jean-Joseph Goux의 「화폐론」은 해석의 네 차원으로 구성된 교부적·중세적 체계[121]의 전일적 구도로의 복

---

120 루소는 언어가 가지는 보충적 성격을 말했고, 플라톤의 파르마콘도 약과 질병이라는 의미를 동시에 지니는 말로 언어가 치료제이자 독약이 될 수도 있는 이중성을 말함. ― 옮긴이

121 중세의 성경해석 방법론으로, 역사적 혹은 문자적 의미, 교훈적 의미, 풍유적 의미, 영적 의미의

귀에 가장 비슷하다고 할 만하다. 여기서 구Goux는 경제, 정신분석, 정치, 언어 중 어느 차원의 것이든 가치체계 일반이 갖는 기본적 동일성을, 그리고 어떻게 "(가치들의) 위계가 수립되는지" 논증하는 것을 목표로 한다.

> 즉 질서와 종속의 원리가 수립되고, 이에 따라 대다수의 (복합적이고 다형적인) '기호'들(생산물, 행위와 몸짓, 주체, 객체)이 그중 몇 가지 기호의 성스러운 권위하에 정렬된다. 특정한 응축 지점들에서 가치가 축적되고 자본화되고 집결되는 듯 보이며, 주어진 요소들에 얼마간 특권적 대표성을, 나아가 그것들을 요소로 하는 저 다변화된 집합 안에서 독점적 대표권을 부여하는 듯하다. 이어서 그 수수께끼 같은 기원이 지워진 이 승급으로 말미암아 이 요소들은 가치의 기준과 척도로서 초월적 역할을 하고 그런 가운데 이들이 지닌 독점권은 절대적인 (독자적이고 무한정한) 것이 된다.[122]

가치에 대한 다양한 국지적 연구 —마르크스의 화폐 및 상품 분석, 프로이트의 리비도libido 분석, 니체의 윤리학 분석, 데리다의 언어 분석—의 풍부한 유추적 내용 자체가 이 여러 차원들을 관장하는 범주들 —금, 남근, 아버지나 군주나 신, 그리고 충만한 언어parole pleine 혹은 입말의 신화— 의 숨은 상호관련성을 나타내는 기호이다. 이 절대적 기준들의

사중적 의미를 읽어 낸다. ― 옮긴이

122 Jean-Joseph Goux, "Numismatiques", 2 Parts (*Tel Quel*, No. 35, Fall, 1968, pp. 64-89; No. 36, Winter, 1968, pp. 54-74), Part Ⅰ, p. 65.

생성에 대한 패러다임은 마르크스의 교환 기제의 네 단계 설명이다. 단순(라캉의 거울 단계와 등가인, 일대일 관계의 계기), 확대(일종의 다형성多形性 가치체계), 보편화(공동 가치라는 추상 개념이 출현하는 단계) 그리고 마지막으로 화폐적 혹은 절대적 단계(금이 상품회로에서 벗어나 절대적 기준이 되는데, 이는 아버지가 살해되어 '아버지의 이름'으로 변형되는 것과 마찬가지며, 라캉의 정신분석에서 상징적 거세가 성을 생식기 단계에 고착시키는 것과 마찬가지다). 이 과정의 다른 하나의 기본적 계기는 ―그리고 이 논증에 정치적·혁명적 내용을 부여하는 것도 바로 이것인데― 진화 과정 자체의 말소 내지 엄폐로, 이를 통해 부르주아 계급은 진짜 노동이라는 가치의 원천을 은폐하고, 성적 진화의 다른 계기들을 도착증의 연옥으로 추방하며, 아버지 살해의 모든 흔적을 없애고, 글(스크립트) 같은 언어 구현물을 모두 입말의 단순한 '보충물'로 동화시킨다.

데리다에 함축되어 있었고 『텔 켈』 그룹에서 공언된 정치적 윤리는 따라서 "지워진 기원의 실체화된 결과에 맞선 투쟁"으로 모습을 드러낸다.[123] 그리고 이를 이렇게 표현하는 것은 마르크스주의 틀에서 이 입장이 갖는 가치뿐만 아니라 그 한계를 이해하는 것이다. 다른 곳에서[124] 나는 경제적 상동성의 속류 마르크스주의적 활용 ―마르크스주의적인 경제용어로의 본질적으로 우의적인 번역― 과 사고의 기반을 계급투쟁의 구체적 상황 속에 재정립하려는 좀 더 진정으로 혁명적인 몸짓을 구별한 바 있다. 이런 맥락에서 근본적으로 『텔 켈』의 정치학은 모든 수준의

---

123   "Numismatiques", Part II (Tel Quel, No. 36), p. 74.

124   Jameson, Marxism and Form, pp. 375-381 참조.

초월적 기표 관념, 즉 궁극적인 실체화된 차원의 의미 내지 절대적 현존의 관념에 맞서 싸우는 전투적 무신론이라고 정의할 수도 있겠다. 이는 사르트르의 『존재와 무*Being and Nothingness*』의 사업의 연장으로 볼 수도 있는데, 다만, 이제 『텔 켈』은 사르트르와 달리 존재라는 용어와 범주 자체를 거부하고, 사르트르 저서의 윤리적 결론이었던 비존재의 비교적 정태적인 고수보다는, 시간 내지 과정에 대한 일종의 수락, 일종의 총체적인 텍스트 생산성에 대한 혹은 현실 자체의 자취인 흔적trace의 생산의 수락을 내다본다. 줄리아 크리스테바Julia Kristeva는 문학 영역에서 이 발상들을 가장 체계적으로 표현해 내며, 기존의 여러 형이상학적인 문학 형식 개념을 자기생성적 메커니즘, 영속적인 텍스트 생산 과정으로서의 텍스트 개념으로 대체하자고 제안한 바 있다.

그렇다면 이런 생산성의 억압은 앞에서 기술한 무한 퇴행의 과정에 대한, 의미가 기표에서 기의로 끝없이 이양移讓됨에 대한 공포에서 기인할 것이다. 부르주아지나 신경증 환자(사르트르의 '더러운 놈들salauds'[125])는 이 차연의 순수한 시간성을 살아 낼 수가 없고, 어떤 차원의 것이든, 신이든, 정치적 권위든, 사나이다움machismo이든, 문학작품이든 혹은 그저 의미 자체든, 초월적 기의에 대한 믿음이라는 위안이 되는 신조에 결국 의존할 수밖에 없다. 그리하여 라캉과 데리다의 산발적인 암시가 『텔 켈』그룹에 이르러 합쳐지며, 비록 궁극적으로 혁명적이지는 않을지 몰라도 적어도 부르주아 전통 속에서는 폭발적인 비판적 힘을 발휘하게

---

125 『구토』에서 화자가 부빌(Bouville)시의 존경받는 중산층 인사들을 일컬어 이렇게 부르면서, 이들이 타고난 신분에 맞는 충실한 삶을 전부로 알고 살았으나 실은 힘든 자유와 책임에서 도망쳤다고 비판한다. — 옮긴이

된다.

동시에 놓치지 말아야 할 것은 그 토대가 되는 체계가 궁극적으로 자기모순적이라는 점이다. 바로 일체의 궁극적 혹은 초월적 기의, 현실의 궁극적 혹은 근본적 내용을 지시할 일체의 개념을 거부하는 그 과정에서 데리다는 새로운 개념, 즉 스크립트 개념을 만들어 내기에 이른다. 문학적으로 보자면, 구Goux의 정식화의 다성성多聲性은 물론이고, 데리다 자신의 분석의 힘 또한 내용의 독특하고 특권적인 유형으로 스크립트를 갈라내고 높은 가치를 부여한 데서 비롯된다고 말할 수 있겠다. 이렇게 스크립트는 해석 내지 설명의 기본 약호가 되는데, 이 약호는 내용의 다른 유형들(경제적, 성적, 정치적 유형들)에 대해 우선성을 지니며 해석행위의 위계질서에서 자기 밑에 위치시키는 것 같다. 데리다의 논법의 매우 전형적인 사례인 다음과 같은 구절이 갖는 힘을 달리는 설명할 수가 없다.

> 스크립트, 문자, 감각으로 느낄 수 있는 기입sensible inscription[126]은 서구의 전통에서는 언제나 정신의, 숨결의, 《말씀Word》의, 《로고스》의 바깥에 있는 육체와 물질로 간주되어 왔다. 그리고 영혼과 육체의 문제는 틀림없이 스크립트의 문제에서 파생되는데 또한 —역으로— 후자에 전자가 자신의 은유를 빌려주는 것처럼 보인다.[127]

이 역전은 단순한 선택지를 제공하는 그만큼 정직하지 못하다. 만약 정

---

126   여기서는 언어의 물질적/육체적인 차원을 지칭하는 이 개념은 '흔적'과 함께 데리다의 글/말, 정신/육체 이분법 해체에서 중요한 위치를 차지한다. — 옮긴이

127   Jacques Derrida, *De la grammatologie* (Paris, 1967), p.52. 강조는 제임슨.

신-육체 문제가 특권적이라면, 흔적과 차연의 관념 전체가 삶이 구현되거나 물질적으로 육화되는 데 기본적으로 필요한 여러 현현 가운데 하나(이번에는 언어학적 차원의 현현)일 뿐이라고 여기게 될 것이 너무나 분명하기 때문이다. 우리는 여기서 동일한 것을 표현하는 두 방식, 두 가지의 유추적 약호 내지 설명체계 ―언어와 삶 내지 유기체― 중에서 선택하게끔 요구되는데, 바로 이 단계에서 선택은 수상쩍게도 형이상학적 선택과 닮아 보이고, 데리다의 흔적 관념은 애당초 그것으로 불식시키고자 했던 그 유형의 존재론의 또 다른 형태와 수상쩍게도 닮아 보인다.

그렇다고 그의 체계가 마르크스주의와 아예 화해 불가능하다는 식으로 말하고 싶지는 않다. 사실, 현재 내지 의식의 역설적 구조, 언제나 이미 자리 잡은 채 상황 속에 있으며 언제나 시간과 존재 면에서 스스로에 어떻든 선행함을 강조한다는 점에서, 데리다의 사고는 '언제나 이미 주어짐toujour-déjà-donné'이라는 알튀세르의 발상에 재합류한다.

> 기원의 철학의 이데올로기적 신화 및 그 유기적 개념들 대신, 마르크스주의는 모든 구체적 '대상'의 복합적 구조, 대상 자체의 발전과 대상에 대한 지식을 생산하는 이론적 실천의 발전 양자를 지배하는 구조가 주어져 있다는 소여성所與性의 인정을 그 지도원리로 삼는다. 따라서 우리가 관여해야 하는 것은 이제 더 이상 어떤 원초적 본질이 아니라, 아무리 과거의 앎으로 소급해 올라가도 '언제나 이미 주어져 있는 것'이다.[128]

---

128   Althusser, *Pour Marx*, pp. 203-204.

이런 맥락에서 '흔적'은 "인간의 의식이 인간의 존재를 결정하는 것이 아니라 반대로 인간의 사회적 존재가 인간의 의식을 결정한다"[129]라는, 언제나 논란거리인 마르크스의 발견을 전달하는 놀라운 상징적 방법이 된다. 이런 식의 결정은 '이미 주어짐'에서도 나타나니, '이미 주어짐'은 주어진 소여로서 우리가 의식을 아무리 폭넓게 잡더라도 의식을 항상 넘어서며, 마찬가지로 그 시각적 재현은 스크립트로서의 언어의 지질 퇴적물들에서 발견된다. 이 차원은 기의의 궁극적 기반이라고 해도 무방하니, 즉 그 자체로는 하나의 개념이나 기표가 되는 법이 없고 따라서 위에서 묘사한 종류의 무의식적인 신학적 고착의 대상이 되는 법이 절대 없으면서도 기표의 무한한 퇴행과 도망의 맨 밑바닥 한계를 형성하는 저 하부구조 내지 '사회적 존재'의 차원이다. 그러나 만일 이렇다면, 데리다가 기각한 실체hypostasis는 한 단일한 유형의 기호나 개념적 범주에 대한 고착에 해당한다는 점에서 초월적 기표로 보는 것이 더 적절하겠다. 그런데 우리가 방금 언급한 기의의 궁극적 차원은 언제나 개인적 의식을 넘어서고 오히려 개인적 의식이 생겨나는 궁극적 토대이니만큼 이런 방식으로 실체화될 수가 없다(속류 마르크스주의의 경제주의는 그렇게 만들려는 시도이다).

하지만 이 딜레마는 사실 서문에서도 이미 상기한 바 있는 구조주의의 출발점의 반영일 뿐이다. 실재를 언어체계의 틀로 말하려는 선택, 철학의 문제를 새로운 언어학적 용어로 다시 표현하려는 선택은 자의적이고

---

129 Marx and Engels, *Basic Writings on Politics and Philosophy*, ed., L. S. Feuer (New York, 1959), p. 43.

절대적인 결정, 언어 자체를 특권적인 설명양식으로 만드는 결정일 수밖에 없다. 동년배나 선학들 사이에서 언어 모델 사용이 늘고 있다는 점에 호소하는 것은 유행의 변화까지는 아닐지라도 최소한 시대정신Zeitgeist에 기대는 짓이다. 그러니 모든 것이 언어라는 관념은 논박이 불가능한 만큼이나 방어도 불가능한 관념임을 인정하는 편이 더 정직해 보인다.

이를 너무 잘 알고 있던 데리다는 구조주의도 현전의 신화의 주문呪文에 시달리고 있다는 최종 결론에 도달한다.

> 기호 개념으로 말미암아 현전의 형이상학의 토대는 이미 흔들렸다. 그러나 우리가 초월적·특권적 기의란 없고, 그 점에서 의미작용의 장場이나 작동은 한계를 모른다는 것을 … 보여 주려 하는 순간, 기호라는 말과 개념부터 거부해야 한다. 그러나 이것이야말로 할 수가 없는 일이다. 의미작용에서 '기호'는 항상 그 의미상 기의의 표시로, 기의를 되가리키는 기표로, 자신의 기의와 다른 기표로 이해되고 규정되어 왔다. 이제 우리가 기표와 기의 사이의 발본적인 차이를 지워 버린다면, 바로 기표라는 말 자체를 본질적으로 형이상학적인 개념을 수반하는 것으로 폐기해야만 한다. 레비스트로스가 『날것과 익힌 것Le Cru et le cuit』의 서문에서 "즉각적으로 기호의 차원에 자리 잡음으로써 감각되는 것과 인지되는 것의 대립을 넘어서려 했다"고 말할 때, 그런 몸짓이 필요성과 효력과 정당성을 지닌다고 해서 기호의 개념 자체로는 감각되는 것과 인지되는 것 사이의 이 대립을 넘어설 수는 없다는 사실을 간과해도 되는 것은 아니다. 기호 개념은 그 전 역사에 걸쳐 완전히 전적으로 바로 저 대립에 의해 결정된다. 그 활력 또한 바로 저 대립 및 저

대립이 수립하는 체계에서 생겨난다. 그렇지만 우리에게는 기호 개념이 없어서는 안 된다. 그것에 수반되는 형이상학에의 연루를 포기하는 순간, 거기에 가하고 있는 비판 작업 자체를 동시에 포기하고, 기표를 자신 속에 흡수했거나 (결국 마찬가지지만) 완전히 외재화한 그런 기의의 내적 동일성 속에서 차이를 지워 없애는 위험을 무릅쓸 수밖에 없게 된다.[130]

이렇게 데리다의 사고는 형이상학을 비판하되 그것을 넘어섰다는 안이한 환상을 스스로 거부한다. 오로지 부정의 부정 덕분일지 몰라도, 기존의 모델들을 떠나 그러한 비판에서 그 존재를 전제했던 어떤 미답지대로 들어섰다는 환상을 거부하는 것이다. 대신 그의 철학적 언어는 자신을 가둔 개념적 감옥의 벽을 더듬더듬 따라가면서 안에서부터 그것을 그려 낸다. 마치 그것이 가능한 세계 가운데 하나일 뿐인 듯이, 그럼에도 불구하고 다른 세계는 생각도 할 수 없다는 듯이.

5장

1. 구조주의의, 혹은 구조주의에 대한 구조주의적 비판의, 이 마지막 계기는 우리에게 정태적인 기호 개념 내부에서 시간성이라는 사실과 경

---

130   *L'Écriture et la différence*, pp. 412-413.

험이 갖는 파괴적인 효과를 보여 주었으니, 시간성이 조금씩 기존 체계의 껍질을 비집고 움터 나오는 것이 육안으로도 보인다. 구조주의 나름의 역사의 재발명을 말하고 싶어지는 대목인데, 사실 내게 '차연'이라는 말은 가장 미세한 변별적 사건을 밝혀내 이름을 붙이려는, 시간의 신비를 그 가장 작은 씨앗들 속에서 탐지해 내려는 시도로 보인다. 데리다도 이를 십분 의식하고 있는데, 그가 여기 연루된 기본적 과정을 묘사하면서 '역사적'이라는 말을 쓰기를 주저한다면, 이는 그가 보기에 헤겔은 형이상학자이고 '역사'는 (직선적 연쇄, 관념론적 연속성, 일련의 '현전' 등의 환상으로서) 여전히 서구전통의 형이상학적 장치의 일부이기 때문이다. "만약 '역사'라는 말 자체에 차이의 궁극적 억압에 대한 동기부여가 포함되지만 않았다면, 애당초 완전히 그 성격상 '역사적'일 수 있는 것은 오로지 차이들뿐이라고 말할 수도 있을 것이다."[131]

이 재발명은 우리의 타성적인 시간개념들의 완전한 재구성 및, 특히 데리다의 용어체계에서 예견되듯, 현전 관념에 대한 철저한 비판과 밀접하게 연관된다. 어떤 면에서 ─어떤 면인지는 앞으로 밝혀낼 일이지만─ 진정한 역사성이란 절대적 현전의 환상을 없애고 현재를 시간의 다른 두 끝에서 나온 물줄기들에 다시 열어 놓을 수 있다는 조건에서만 가능하다. 예술작품이 이 맥락에서 특권적인 연구대상이 되는 연유도 다시금 바로 여기에 있다. "작품의 이러한 역사성은 작품의 과거에, 바로 저자의 의도 속에서 작품이 스스로에 선행하게 되는 저 잠이나 철야 작업에만이 아니라, 작품이 결코 현재 속에 존재할 수 없다는, 즉 어떤

---

131   Jacques Derrida, "La Différance", *Tel Quel: Théorie d'ensemble*, p. 50.

한 절대적 동시성이나 순간성 속에서도 결코 재개될 수 없다는 점에 있다."[132] 따라서 새롭고 지극히 역사적인 시간 의식은 소쉬르적 《동일성》과 《차이》의 작동이 취하는 궁극적 형태라고 할 수 있다. 즉 순간 자체 속의 존재와 부재, 바로 우리 눈앞에서 일어나는 정지상태로부터의 시간의 생성이다.

이로써 구조주의는 그 최말단 경계에 도달하는데, 이 시간성이 구조주의적 관점에서 가시화된 것은 오로지, 그것이 기호 자체 안에 잠재된 시간성이지 대상의 시간성이 아니기 때문, 즉 한편으로는 실제 겪은 삶의 시간성도 아니고 다른 한편 역사의 시간성도 아니기 때문이라는 점은 지적해 둘 만하다.

이 구분은 역사에 대한 구조주의적 입장을 가장 온전하게 개진해 낸, 알튀세르의 진술에서도 유지되는데, 이미 지적했듯 알튀세르가 보기에 개념 세계는 실재로부터 완전히 분리되어야 한다. 따라서 역사 개념의 문제는 근본적으로 모델의 문제이지 현실의 문제가 아니다. "우리는 우리 모두를 여전히 지배하는, 저 편견의 믿어지지 않을 만큼 엄청난 힘에 대해서 어떤 환상도 가져서는 안 된다. 저 편견은 현금現今의 역사성의 정수이며, 지식대상에 그 지식의 실제 대상이 가진 '속성'을 부여함으로써 지식대상을 실제 대상과 혼동하게 만든다. 설탕에 대한 지식이 달지 않은 것처럼 역사에 대한 지식도 역사적이지 않다."[133]

---

132   *L'Écriture et la différence*, p. 26.
133   *Lire le Capital*, Vol. Ⅰ, p. 132.

방식은 다소 다르지만,[134] 그레마스가 이해란 통시적 사건을 대상으로 할 때조차 본질적으로 공시적 과정임을 상기시키면서 강조했던 것도 바로 이것이다. 이는 애당초 개념적으로 역사를 '포착'하는 것이 가능하다면, 그 포착은 진정한 통시성을 공시적 틀로 번역하는 형식을 취했을 것이라는 이야기가 된다. 따라서 실제의 통시성, 실제 역사는 직접적으로는 접근 불가능한 일종의 물자체로서 정신의 외부에 놓인다. 시간은 불가지물不可知物이 되는 것이다.

알튀세르의 입장도 비슷한데, 다만 용어에서는 아마도 더 일관될 것이다. 즉 그는 통시성이나 공시성이나 모두 개념적 범주이며 불가지물인 것은 바로 '삶으로 겪은' 역사(개인의 경험)와 '객관적' 역사(집단적 운명의 개진)임을 지적한다. 따라서 사고의 양식으로서 통시성이란 그가 보기에 "시간의 시간, 삶의 시간이나 시계의 시간 특유의 연속성에서는 읽어 낼 수 없고 생산 자체의 독특한 구조들로부터 구성해 내야 하는 복합적인 시간,"[135] 다시 말해 일련의 허구적 혹은 가설적인 변화 모델이다. 이는 공시성도 마찬가지인데, 알튀세르에게 공시성이란 당대적인 것의 풍성함으로부터, 현상의 다양한 층위가 상호 위계적으로 정돈되는 복합적인 '지배구조structure à dominante'를 추상해 낸 것이다.

이렇게 알튀세르의 입장은 경험론적 혹은 실재론적 역사개념과 헤겔적 혹은 관념론적 역사개념 모두에 대한 공격이 되는데, 그는 이 둘을 두 변증법적 대립항으로서 서로에게 동화시킨다.

---

134 Greimas, "Structure et histoire", Greimas, *Du Sens*, pp. 103–115 참조.
135 *Lire le Capital*, Vol. Ⅰ, pp. 125–126.

여기서 우리는 가시적인 경험적 역사와 정반대 대척점에 있는데, 경험적 역사에서 모든 역사의 시간은 단순한 연속성의 시간이고, 이른바 '내용'은 그 속에서 일어나는 사건들의 빈 형상일 뿐으로, 역사가는 이 연속성을 '시대'로 구분하기 위해 다양한 편집기술을 가지고 이 사건들에 질서를 부여하려 든다. 통상적인 역사의 밋밋한 신비를 만들어 내는 이 연속과 불연속의 범주들 대신에, 우리는 각 역사 유형마다 특정한, 한없이 더 복잡한 범주들을 다뤄야 하니, 여기에서는 새로운 논리형식들이 끼어들고, '운동과 시간의 논리'의 범주들을 승화시킨 데 불과한 헤겔의 도식들은 분명 매우 근사치적인 가치밖에 갖지 못하며, 그것도 각 도식의 근사 정도에 따라 근사치로만 (뭔가를 지시하는 것으로만) 사용한다는 조건에서다. 만일 우리가 이 헤겔 범주들을 적합한 범주로 받아들인다면, 이것들을 사용한다는 것은 이론적으로 지극히 부적절하고 실천적으로도 무의미하거나 파국적인 일이 될 것이다.[136]

2. 이제 우리는 지위의 전도, 그 자체가 지극히 변증법적인 성격을 띠는 전도에 도달했다고도 할 수 있겠다. 이 지점에서 역사는 자신의 역사적 성격을 깊이 확신한 나머지 역사의 자격으로 역사를 넘어서서 돌연 비역사적인 유형의 지식의 대상이 되는 것 같기 때문이다. 이는 이미 레비스트로스의 작업에서도 상대적으로 외재적인 방식으로 일어났던 바, 그의 경우 역사를 근대사회 혹은 서구의 ('뜨거운') 사회와 동일시하는

---

136   *Ibid.*, p. 129.

것은 결과적으로 원시 사회 혹은 차가운 사회와 비역사의 동일시 및 양자를 포괄할 수 있는 더 넓은 제3의 항(구조)을 설정할 필요성을 수반한다. 이것은 역사적 사유로서의 역사를 사회 자체 안에서 일어나는 역사적 변화의 역동적인 내장된 원리로서의 역사와 혼동하거나 최소한 동일시하는 것이다. 그 결과, 한편으로 레비스트로스에게 역사의 출현(말하자면 서구)은 그야말로 우연한 것, 결코 일어날 필요가 없었던 것이 되고,[137] 다른 한편 실제적인 변화는 인간 행동보다 대상과 상관되고 역사는 사물의 역사가 된다. 즉 신화적 사유와 논리적 사유의 "차이는 연루된 지적 작업의 질보다 그 작업이 가해지는 사물의 성격과 더 상관된다. 이를 전문 기술자들은 각자의 영역에서 오래전부터 알고 있었다. 즉 쇠도끼는 돌도끼보다 '더 잘 만들어진' 것이어서 돌도끼보다 나은 게 아니다. 둘 다 똑같이 잘 만들어졌으되 다만 쇠가 돌과 같지 않을 뿐이다."[138] 루소에 대한 레비스트로스의 동일시는 따라서 그들의 기본적인 철학적 입장이 놀랄 만큼 동일하다는 표시다.

그러나 '역사'가 똑같이 특권적인 많은 다른 정신형식 가운데 하나에 불과해지는 이 과정을 가장 징후적으로 보여 주는 것은 바로 미셸 푸코Michel Foucault의 연구다. 그의 저서 『말과 사물Les Mots et les choses』은

---

137 "만약 아메리카 대륙이라는 신세계의 가장 후진적인 문화들에서 생겨난 신화들이 우리를 (우리 문화에서는 우선 철학, 이어서 과학으로 상승했다는 표시인) 인간의식의 저 결정적인 수준에 곧장 올려놓는 반면 다른 원시문화에서는 그런 일이 전혀 일어나지 않았다면, 이러한 괴리로부터 내려야 할 결론이란, 이 변환이 어떤 면에서도 필요하지 않았으며, 한데 서로 얽혀 있는 여러 사고 상태가 자발적으로든 어떤 불가피한 인과관계로든 서로 순차적으로 이어지지는 않는다는 것이다." Claude Lévi-Strauss, *Du miel dans les cendres*, p. 408.

138 Lévi-Strauss, *Anthropologie structurale*, p. 255.

모델의 역사, 앞에서 보았듯 구조주의 입장에서 기약되었다고 보이는 그런 종류의 역사를 구축하려는 명시적인 시도라는 점에서 한층 흥미롭다.

푸코의 분석에서 데리다의 분석의 '현전의 형이상학' 개념과 동일한 자리를 차지하는 비평개념은 재현representation의 개념, 달리 말해 관념이 대상과 혹은 말이 사물과 갖는, 전자가 어떤 식으로든 후자의 모방이 되는 관계에 대한 개념이다. 푸코의 목적은 "고전기[이는 물론 17-18세기를 뜻한다 ―제임슨]에 내내 존재했던 재현의 이론들과 언어, 자연 질서, 부와 가치의 이론들 사이의 정합성"을 입증하는 데 있다.

> 바로 이 배치가 19세기 초에 완전히 바뀐다. 모든 가능한 질서의 일반적 토대로서 재현 이론이 사라지고, 다음으로 사물의 자생적 배치도이자 최초의 도상적 정렬로서의, 재현과 사물 사이의 불가결한 연계로서의 언어가 지워진다. 깊은 역사성이 사물의 핵심까지 꿰뚫고 들어가고, 사물들을 갈라내 각각의 정합성에 따라 규정하며, 그것들에 시간의 연속성에서 시사된 형태의 질서를 부과한다. 교환과 통화通貨의 분석은 생산의 연구로 대체되고 유기체 분석이 분류학적 특성의 검토보다 우선하며, 그리고 무엇보다도 언어가 그 특권적 지위를 상실하면서 이제 그것의 과거의 밀도에 부합하는, 역사의 또 하나의 형상에 불과해진다. 그러나 사물들이 그 이해 가능성의 원리를 오로지 자신의 발전에서 찾고 재현의 공간을 떠나, 점차 자신에 집중하게 되면서, 이제 서구 지식의 역사 최초로 인간이 출현한다. … 이로부터 새로운 인본주의들의 온갖 미망, 인간에 대한 반은 실증주의적이고 반

은 철학적인 일반적 성찰로 이해되는 '인류학'의 온갖 손쉬운 해법이 태어난다. 그렇지만 인간이란 최근의 발명품, 나온 지 이백 년도 안 되는 형상이자, 우리 지식에 접힌 한 간단한 주름일 뿐이라는 것, 인간이란 지식이 새 형식을 찾으면 사라질 존재라는 것을 생각하면, 마음이 놓이고 심심한 위로가 된다.[139]

이 새 역사 이론을 요약하는 방편으로 이 이론에서 분석의 실마리로 삼는 언어에 부여하는 운명을 추적해 볼 수 있겠다. 즉 (세계를 본질적으로 신의 책, 스크립트, 텍스트, 상형문자로 보는) 르네상스로부터 (문법과 논리학의 동일시가 우세했던) 고전기를 거쳐 (본질적으로 역사적 혹은 발생론적인 언어학을 지닌) 현대에 이르는 추이 말이다. 이렇게 역사는 담론의 점진적 소멸을 특징으로 하며, 이제 구조주의의 출현과 더불어 구태의연한 사고형식들인 역사나 코기토보다 언어를 (혹은 상징계 일반을) 우위에 놓는 발상으로 막 돌아오려는 참인 듯 보인다.

이는 아주 익숙한 패러다임으로, 사실 푸코의 이 특정 저작(『말과 사물』—옮긴이)에 대한 관심은 아마도 예증으로 사용된 자료(언어학, 생물학, 경제학)의 생소함의 정도에 비례하는 것 같다. 푸코의 앞선 저작 『광기의 역사Folie et Déraison』는 덜 강령적이지만 그럼에도 불구하고 광기의 역사라는 기획을 제안하는 점에서 더 놀라운 작업이었다. 그러나 핵심 '계기moment'들은 동일했으니, 즉 중세, 고전기, 낭만기, 현대의 계기들이다. 중세에 광인들은 진짜 '바보들의 배ships of fools'를 타고 물길을 따라 여

---

139   Michel Foucault, *Les Mots et les choses* (Paris, 1966), pp. 14–15.

행하며 집시처럼 유럽을 자유롭게 돌아다녔는데, 여기서 '바보'는 신령한 특권들과 지혜를 가진 자로 여겨졌다(셰익스피어에서도 이는 여전했다).[140] 고전기에는 이성의 개념이 싹트기 시작하면서 그 어두운 이면을 낳았고, 처음으로 광인을 가두어 세상의 눈에 띄지 않게 한 최초의 수용시설이 데카르트의 코기토와 동시대에 생겨났다. 낭만기에 광인들은 샤랑통Charenton 정신병원[141]에서 19세기 박애주의의 수혜자가 되고, 광증은 범죄가 아니라 질병으로 간주되게 된다. 마지막으로 우리 시대에 이르면, 니체나 횔덜린Hölderlin이나 앙토냉 아르토Antonin Artaud[142] 같은 위대한 광인들은 어쩐지 절대적 경험을 구현하는, 인성과 정신과 나아가 실재 자체의 한계의 비밀을 알고 있다고 여겨진다.

이 두 저작에서 뚜렷이 불거지는 방법론적 문제는 기술된 계기들의 내용보다는 한 계기에서 다른 계기로 넘어가는 전환과 관련된다. 푸코가 한 계기와 다음 계기 사이의 근원적 불연속성을 기술하면서 사용하는 이미지군(지진, 대융기, 지진계에 탐지되는 균열)부터가 그 딜레마의 해법이라기보다는 승인에 해당된다.

아직은 문제를 제기할 때가 아닌 것 같다. 아마도 우리는 사유의 고고학이 더 견고히 수립되고, 자신이 직접 확정적으로 설명할 수 있는 것

---

140 '바보들의 배'는 전문성 없는 정치체제를 빗대는 비유인데 여기서는 실제 배를 가리키는 축자적 의미로 썼고, 셰익스피어의 극에서 'Fool'은 왕에게 고용된 어릿광대이다. — 옮긴이

141 샤랑통 정신병원은 1645년에 설립된, 가톨릭 교단이 운영하는 시설로, 특히 19세기 초 박애주의적인 환자 대우로 널리 알려졌다. — 옮긴이

142 세 사람 모두 심각한 정신병적 문제를 겪었고 정신병원에 입소한 적이 있다. 아르토(1896-1948)는 프랑스의 전위파 시인이자 극작가. — 옮긴이

이 무엇인지 더 철저하게 가늠하고, 자신이 다루는 독특한 체계들과 내적 연관들을 서술해 낼 때까지 기다려야 할 것이다. 그때에야 그것은 밖에서 사유의 주변을 맴돌며 사유를 향해 그것이 스스로에서 벗어나는 경로를 질문하는 작업에 돌입할 수 있을 것이다. 지금으로서는 이 불연속성들을 각자가 드러내는, 명백하든 모호하든, 경험적 모습 그대로 받아들이는 것으로 만족하자.[143]

그러나 모델 이론이라면 모델의 형식은 그것이 이용할 수 있는 경험적 자료의 양에 의해서 절대로 변경되지 않는다는 점을 누구보다 잘 이해해야 마땅하다.

실상은, 동일성과 차이의 입론은 순수한 차이를 기재하는 것 말고는 할 수 있는 게 없다는 사실이 여기서 여하튼 표면으로 떠오른 것이고, 우리는 하나의 내적으로 일관된 공시적 순간이 또 다른 공시적 순간으로 바뀌는 근원적이며 무의미한 전환이라는, 극단적 형태의 변이 개념을 마주하게 된다. 그러나 이제 푸코의 틀로 말미암아 우리는 왜 이렇게 되는지 알 만한 위치에 서게 된다. 바꿔 말해, 역사를 여러 이해 형식 가운데 하나로 격하시켜 놓고 그 형식들 사이의 연결고리를 역사적으로 이해하기를 기대할 수는 없는 노릇이다. 여기서 퐁주Francis Ponge의 나무 묘사가 떠오르는데, 나무들은 나무임에서 벗어나려 애쓰고 또 애쓰지만 결국 더 많은 잎사귀를 만들어 낼 뿐이다. "나무를 통해서는 나무에서 벗어나지 못한다."[144] 하나의 초월적 기의로서 《언어》가 할 수 있

---

143   *Ibid.*, pp. 64-65.

는 일이라곤 역사를 특정한 담론양식으로 이해하는 것뿐이며, 역사 자신은 상업 단계에서 후기산업 단계에 이르는 자본주의의 생애주기로 바라보는 일련의 형태 앞에서 《언어》는 놀라 벌린 입을 다물지 못한 채 바라볼 뿐이다.

6장

1. 앞서 구조주의는 그것을 철학적 형식주의로 볼 때 가장 잘 파악된다고 주장한 바 있다. 즉 현대철학 곳곳에서 나타나는, 확정적 내용으로부터, 그리고 기의의 다양한 독단으로부터 벗어나려는 저 전반적 움직임의 극점極點으로 보는 것이다. 그 기본 경향을 이렇게 이해할 때, 구조주의의 신전神殿에서 프로이트와 마르크스가 차지하는 애매한 위치도 설명된다. 이들은 둘 다 헤겔 이후 체계적 서구철학의 종언 뒤에 나왔고, 둘 다 바라보는 각도에 따라 새로운 방법으로도 새로운 유형의 내용으로도 볼 수 있다. 즉 한편으로는 사적 유물론과 정신분석적 해석학으로 다른 한편으로는 변증법적 유물론과 리비도 이론으로 이해될 수 있는 것이다. 앞에서 보았듯이 구조주의는 이 두 방법을 기표와 기의 사이의 틈에 대한 한 쌍의 해석으로 읽으면서 이들을 통합해 들이려고 하는

---

144 나무나 조약돌, 비누 등 소박한 대상을 소재로 삼아 '사물 시인'으로 불린 프랑스 시인 퐁주(1899-1988)의 산문시 「계절의 순환(Le cycle des saisons)」의 한 구절. — 옮긴이

한편, 두 체계의 구체적인 내용은 무시하거나 아니면 우의적으로 해석하는 편이었다.

형식주의 지향은 롤랑 바르트의 문학학literary science과 문학비평 literary criticism의 구별에서도 또 다른 방식으로 징후적으로 작동하고 있는데, 이는 과거 프레게Gottlob Frege와 카르나프Rudolf Carnap가 했던 주어진 언술enunciation의 뜻Sinn과 지시체Bedeutung의 구분[145]을 재가공한 격이다. 즉 언술의 변하지 않는 형식적 구성과 일련의 독자 세대에 의해 부여되는 의의나 달라지는 평가를 구별하는 것이다. 이때 작품은 하나의 방정식, 어떤 것이든 우리가 선택한 아무 내용이나 해석 코드로 자유롭게 변수들을 채워 넣으면 되는 방정식이 될 것이다.[146] 바르트 자신이 이 처방에 충실했음은 확실하다. 그의 비평적 실천은 여러 가지의 상이한 비평 코드를 보여 주니, 외상外傷, trauma으로 설명하다가, 『토템과 터부Totem and Taboo』의 프로이트주의나 라캉의 프로이트주의를 동원하기도 하고, 『텔 켈』의 스크립트 지향적 해석을 채택하기도 한다. 그러나 이 선택지들은 해석자의 기량을 말해 주기는 하지만, 방법 개념 자체의 어떤 기본적인 구조적 결함, 거의 우의적인 어떤 느슨함을 가리킨다. 이 방법에서 모든 특권적 내용의 거부는 어떤 종류든 개의치 말고 사용해도 된다는 허가에 해당하기 때문이다.

이와 동시에 구조주의는, 현대의 여타 강대한 형식주의들(실용주의, 현상학, 논리실증주의, 실존주의)과 마찬가지로, 내용 자체 앞에서 느끼는 이런

---

145 프레게와 카르나프의 구분으로, 여기서 '뜻'과 '지시체'는 각각 내포와 외연에 해당된다. — 옮긴이

146 *Critique et vérité*, 특히 p.56 및 "Histoire ou littérature", *Sur Racine*, pp. 145-167 참조.

반감을 자신이 부정하는 특정 유형의 내용의 성격에 따라 정식화하는 데 일조해 왔다. 구조주의의 경우 그것이 생각하는 오류의 특권적 형태는 자아 내지 주체에 대한 실체론적 관념이다. 구조주의는, 주체를 순전한 관계성으로, 언어체계나 상징계로 다시 용해시키려 해 온 한에서는, 이제 싹트고 있는 삶의 집단적 성격에 대한 왜곡된 형태의 인식이라고 볼 수도 있겠다. 인공두뇌공학적이라기보다는 우리의 개별적 존재들이 조직화되어 편입되는 대량생산의 상업망일 법한 것이 지닌, 이미 집단적인 구조의 일종의 흐릿한 반영이라고 말이다. 이런 의미에서 자아 및 그 자기주장에 대한 공격은 분명 반反관념론적 충동이지만, 그러나 그것은 새로운 형태의 객관적 과학이나 기호학이 필요하다는 어느 정도는 실증주의적인 주장과 겹쳐진다. 그런데 이 실증주의적인 요소들 ―두뇌 자체의 구조에서 이항대립의 근원을 찾아내려는 희망 등― 보다 더 많은 것을 시사하는, 이 체계의 다른 구조적 귀결들이 있으니, 이제 거기에 대해서 말할 순서다.

우선, 오래 미루어 두었던 레비스트로스의 오이디푸스 신화 분석에 대한 설명으로 돌아가 보자. 거기서 기본적인 네 가지 유형의 에피소드(근친상간, 가족살해, 불구, 괴물)를 두 쌍의 대립, 즉 친족관계와 관련된 것(과대평가, 과소평가)과 자연에 대한 인간의 관계를 다루는 것(인간은 자연에서 벗어남에서 성공했다 실패했다 한다)으로 묶는다는 점이 기억날 것이다. 게다가 다른 절[147]에서 우리는, 레비스트로스에게 신화란 본질적으로 현실의 모순을 상상적 양식 속에서 해소하는 수단임을 밝혔다. 고로 오이디푸스

---

147   3부 3장 3절을 가리킨다. ─ 옮긴이

신화는 한편으로 친족체계와 다른 한편 자연 사이의 모순에 대한 명상, 즉 유기체적 삶을 친족 규칙과 배열의 패턴에 완전히 포괄하고 흡수하지 못한 데 대한 개념적 당혹감의 반응이라고 보게 된다. 말하자면 이는 얼굴 문신을 통한 순수하게 동물적인 것의 일종의 예술적 승화 내지 장식으로 볼 수도 있을 것이다. 이 신화는

> 따라서 인간의 토착성에 대한 믿음을 내세우는 사회로서는 … 이 이론으로부터 우리 개개인이 남녀의 결합에서 태어난다는 사실의 인식으로 넘어갈 수가 없다는 불가능성의 표현이 될 터이다. 이 난점은 극복 불가능하다. 그러나 오이디푸스 신화는 애초의 질문 —우리는 하나에서 태어나는가 둘에서 태어나는가?— 으로부터 거기서 파생된 문제, 대략적으로 표현하자면 같은 것이 같은 것에서 태어나는가 다른 것에서 태어나는가 하는 문제로 이어지는 다리를 놓는 일종의 도구적 논리를 제공한다. 이런 식으로 한 가지 상호관계가 서서히 모습을 드러낸다. 즉 친족관계의 과대평가와 과소평가의 관계는 토착성에서 벗어나려는 시도와 그 불가능성의 관계와 같다.[148]

대단히 기발한 해석이다. 그러나 이 해석은 한 특정한 경험적인 신화학적 문제에 대한 국지적 해법을 한참 넘어서는 의미를 갖는다. 위에서 묘사된 대립은 본질적으로 《자연》과 《문화》의 대립이기 때문이다. 또한 오이디푸스 신화가 스스로의 기원에 대한 문화의 명상을 내포하고

---

148   *Anthropologie structurale*, p. 239.

있는 한, 신화 만들기가 문화의 그저 우연적인 일부가 아니라 구성적인 일부인 한, 여기서 해석된바 이 신화는 자신의 존재에 대한 언급을 또한 포함한다. 따라서 궁극적으로 레비스트로스에서 이 특정 신화의 해석은 (다른 모든 신화의 해석과 마찬가지로) "하나의 차원을 한 가지 혹은 몇 가지의 다른 차원들로 곱한 결과 빚어진 과장이자 언어 자체가 그렇듯 의미작용의 표시를 기능으로 하는 신화의 특징"을 드러낸다. "그리고 이 의미작용들 ─모두 서로를 표시하지만, 궁극적으로는 무언가와 연관되어야 하는─ 이 어떤 궁극적 기의를 지시하느냐고 묻는다면, 이 책[『날것과 익힌 것』 ─제임슨]이 줄 수 있는 유일한 해답은 신화란 자신이 속해 있는 세계를 수단으로 삼아 신화를 꾸며 내는 정신spirit을 표시한다는 것이다."[149]
따라서 이 지점에서, 바르트 작업의 토대를 이뤘던 이중기능성(기호는 무엇인가를 의미하면서 동시에 하나의 기호로서 자리한 자신의 존재를 가리킨다)은 이제 바로 형식 자체가 '내용'이라는 철저한 형식주의로 단순화된다. 즉 신화는 신화적 과정에 관한 것이니, 시poem가 시라는 것poetry에 관한 것이고 소설이 소설가에 관한 것인 것과 마찬가지다. 오로지 이런 방식을 통해서만 레비스트로스는 그의 구조적 신화 분석인바 이 순수한 관계방정식들에 그와 무관한 내용, 즉 수입된 외재적인 이질적 '의미meaning'군을 끌어들이는 형국에서 벗어날 수 있다. 이렇게 해서만 그는 해석하기를 피할 수 있는데, 그러나 그의 이런 방식은 궁극적으로 구조주의의 형식 (언어 모델)을 새 유형의 내용(궁극적 기의로서의 언어)으로 탈바꿈하는 결과

---

149 *Le Cru et le cuit*, p. 346. 강조는 제임슨. 이 책은 총 네 권으로 구성된 『신화학』 중 첫 번째 책이다. ─옮긴이

를 낳는다.

이것이 단순한 개인적 일탈이기보다 이 체계 전체가 빚어내는 필연적인 구조적 왜곡임은 문학비평에서 끌어온 다른 예에서 가늠해 볼 수 있을 것이다. 형식주의자들이 시작한 연구의 연장선으로 보이는 플롯 방정식을 활용하는 새로운 문학비평에서 가장 뚜렷하게 구조주의적인 대목이 무엇인지는 아직 다루지 않았다. 구조주의 비평의 가장 독특한 특징은 바로 형식을 내용으로 탈바꿈하는 데 있으며, 이 과정에서 구조주의 연구의 형식(이야기는 문장처럼, 언어적 발화처럼 조직되어 있다)은 내용에 관한 명제로 변한다. 즉 문학작품은 언어에 관한 것이며 발화speech의 과정 자체를 그 필수적인 소재로 한다는 명제가 되는 것이다. 그래서 일련의 놀라운 논문을 통해 토도로프는 『천일야화Thousand and One Nights』 같은 이야기 모음집의 주제 자체가 바로 이야기하기 행위라고 봐야 한다는 점, 인물들의 심리학(혹은 작품이 토대로 하는 심리학적 전제들)의 유일한 상수는 이야기를 하고 듣는 데 대한 집착에 있다는 점을 보여 준다. 즉 한 인물을 하나의 구성단위로 규정해 주는 것은 그에게 할 이야기가 있다는 사실이며, 그들의 궁극적 운명의 관점에서는 "서사가 곧 삶이고 서사의 부재가 곧 죽음이다."[150] 대체로 마찬가지로, 『오디세이아Odyssey』와 같은 원시적 서사시로 눈을 돌려, 발화 개념을 확대하여 서사뿐 아니라 탄원, 허장성세, 사이렌siren의 노래, 거짓말(키클롭스Cyclops 에피소드)까지 포함하면,[151] 이 시의 거의 모든 것이 점차 발화행위 자체의, 다시 말

---

150   Todorov, "Les Hommes-récits," *Grammaire du Décaméron*, p. 92.

151   사이렌은 노래로 뱃사람들을 현혹하여 배를 난파시키는 여성의 형상을 한 반인반수의 존재이며, 키클롭스 에피소드의 거짓말은 오디세우스가 이름을 묻는 외눈박이 괴물 키클롭스에게 '아무도

해 말이라는 사건의 전경화前景化처럼 여겨지게 된다. 예언은 이 점에서 특히 의미가 있는데, 그 까닭은 그것이 실제로 일어날 모든 일을 증폭시켜 되돌려주는 만큼, 우리로 하여금 사건에서 그것의 실존적 직접성이 아니라 이미-서술된-사건으로서 발화 자체에 대한 확인만을 보게끔 만들기 때문이다. "모든 일은 미리 말해지며, 말해진 모든 것은 일어난다."[152]

이제 『위험한 관계』 같은 더 복잡한 문학형식으로 눈을 돌리면,[153] 유사한 구조들이 존재하는 것을 알 수 있다. 이 서간체 소설을 살펴보면 온갖 종류의 암시로 가득한데, 이 암시들은 대부분 지시적인 것에서 축자적인 것으로 미세하게 변화하는 형태를 취하고 있으며, 편지의 필자는 우리의 관심을 자신의 편지 쓰는 행위나 자기에게 편지를 보낸 사람의 말로, 즉 쓰기라는 사실 자체로 이끈다. 쓰기와 읽기의 효과들은 이렇게 소설 속에서 사건의 지위로 격상되어, 결국은 그 편지들이 전하기로 되어 있던 '실제' 사건을 밀어내는 결과를 빚는다.

그런데 이 명백한 구조적 특이성으로부터 토도로프는 일반적으로 구조주의적 해석의 징후라 할 포괄적인 결론을 이끌어 낸다.

이렇게 라클로Pierre Choderlos de Laclos는 문학의 심층적 특성을 상징화

아닌 자(Nobody)'라고 거짓으로 답함으로써 그가 자신을 붙잡아 잡아먹지 못하게 만든 것을 가리킨다. ─ 옮긴이

152 Todorov, *Poétique de la prose* (Paris, 1971), p. 77.

153 『위험한 관계(*Les Raisons dangereuses*)』는 18세기 프랑스 작가 라클로(1741-1803)의 작품으로, 프랑스혁명 이전의 문란한 프랑스 상류사회를 묘사하고 있다. ─ 옮긴이

한다. 즉 『위험한 관계』의 궁극적 의미는 문학 자체에 대한 진술이다. 모든 작품은, 모든 소설은, 직물 같은 사건의 얼개를 뚫고 자신의 창조에 관한 이야기, 즉 자신의 역사를 들려준다. 라클로나 프루스트의 작품은 모든 문학창조의 저변에 자리한 이 진실을 분명히 드러낼 뿐이다. 그리하여 주어진 소설이나 희곡의 궁극적 의미에 도달하려는 모든 시도가 헛되다는 것이 분명해진다. 한 작품의 의미는 자신을 말하는 데, 자신의 존재를 말하는 데 있다. 이처럼 소설은 우리를 자신의 현전 앞으로 데려가는 경향이 있으며, 소설은 사실상 소설이 끝나는 곳에서 시작한다고 말할 수 있다. 바로 소설의 존재가 그 얽힌 연쇄의 마지막 고리이며, 서술된 이야기, 즉 삶의 이야기가 끝나는 바로 그 지점에서 서술하는 이야기, 즉 문학의 이야기가 시작되기 때문이다.[154]

간단히 말해 여기서 우리는 앞서 형식주의 비평에서 목격한바 형식이 자신한테로 되돌아가는 현상, 바로 그 역설적인 자기지시가 구조주의적 분석의 차원에서 복제되는 광경을 보고 있는 셈이다. 형식주의 비평이 작품의 탄생을 작품의 궁극적 내용으로 보았다면, 구조주의자는 주어진 작품의 내용을 《언어》 자체로 읽는데, 이는 단순한 우연이나 비평가 개인의 별난 선택이 아니라 이 모델에 내재한 형식적 왜곡이다.

앞서 보았듯 『텔 켈』 그룹의 비평 작업이 복잡한 우의적 구조, 스크립트 내지 언어를 궁극적 의미로 하는 우의적 구조에 관련되었던 것도 이래서이다. 마찬가지로 교환의 틀에 입각한 다양한 해석(코르네유Corneille)의

---

154   Todorov, *Littérature et signification* (Paris, 1967), p. 49.

『시나Cinna』에 대한 자크 에르만Jacques Ehrmann의 분석[155]이나, 토도로프의 『데카메론』의 이야기들 읽기[156] 등)에도 언어적 혹은 소통적 내용이 함축되어 있다. 레비스트로스가 친족제도에 관한 저서에서 처음으로 소쉬르의 『강의』[157]를 마르셀 모스Marcel Mauss의 『증여론Essai sur le don』에 비견한 이래로 구조주의가 교환과 언어회로를 줄기차게 동일시해 왔던 만큼 말이다. 스토리텔링story-telling 구조를 계약의 파기와 최종적 재체결로 보는 영향력 있는 설명을 통해 그레마스가 그 구조에 부여하는 저 암묵적 내용에서도 이 자기지시auto-designation가 또 다른 형태로 작동하는 것을 볼 수 있다.[158] 이런 설명이 갖는 정치적 함의도 함의지만, 여기서 사회계약의 개념이 레비스트로스에게서 나온 것인 한, 이 설명이 법이라는 혹은 단적으로 말해 언어 자체라는 문화 일반의 기원을 의미한다는 것은 분명하다. 이러한 투사효과 내지 착시는 프로이트의 환영phantasm 개념에 대한 장 라플랑슈Jean Laplanche와 J. B. 퐁탈리스J. B. Pontalis의 연구와 같은 좀 더 주변적인 유형의 연구에서도 보이는데, 그들 또한 원초적 유혹 장면에 근원이 있고 거세라는 특권적 이미지를 지닌 이 개념을 궁극적으로 일종의 기원에 관한 고찰로 해석하는데, 이는 곧 자신의 기원에 관한 고찰이기도 하다.[159]

155　Jacques Ehrmann, "Structures of Exchange in *Cinna*", Michael Lane, ed., *Structuralism: A Reader* (London, 1970), pp. 222–247. 『시나』는 코르네유의 5막의 운문 비극이다. ― 옮긴이

156　*Grammaire du Décaméron*, pp. 77–82.

157　『일반언어학 강의』를 줄여 부른 것이다. ― 옮긴이

158　*Sémantique structurale*, pp. 207–208.

159　Jean Laplanche and J. B. Pontalis, "Fantasme originaire, fantasmes des origines, origine du fantasme", *Temps modernes*, No. 215 (December, 1964), 특히 pp. 1854–1855 참

그렇다고 이런 해석이 반드시 틀렸다는 말은 아니다. 형식주의자들의 관점에서는 모든 작품의 본질적 내용이란 해당 작품 자체의 탄생에 '지나지 않는다'고 주장할 수 있듯, 모든 언술은 언어에 대한, 아울러 자신에 대한 측면적 진술을 수반하고 그 구조 자체 속에 일종의 자기지시를 포함하고 있으며, 발화행위로서의 그리고 발화 일반의 재발명으로서의 자기 자신을 의미한다고 볼 만한 소지도 분명히 있다.

이 현상에 대한 가장 완전한 설명은 로만 야콥슨이 해 줬는데, 그는 이렇게 형식주의의 충동들을 새로운 구조주의 문제틀로 이전하는 작업을 완성하면서, 이제 이 자기참조성auto-referentiality을 소통행위 전체에 개재된 특정한 불균형의 결과로 바라본다. 그는 소통행위의 구조를 다음과 같이 요약한다.

> 발신자가 수신자에게 전언(메시지)을 보낸다. 전언이 가동되려면, 전언에는 수신자가 포착할 수 있고, 언어로 되어 있거나 언어화될 수 있는, 지시된 맥락(또 다른 다소 모호한 명칭법에서는 '지시대상')이 있어야 한다. 또한 약호 code, 발신자와 수신자(바꿔 말하면 전언의 약호 작성자와 약호 해독자)에게 완전히 아니면 부분적으로라도 공통된 약호가 있어야 하고, 마지막으로 발신자와 수신자 사이의 물리적 경로이자 심리적 연결로서 양측 모두 소통에 들어가 그 안에 머물 수 있게 해 주는 접촉이 있어야 한다. 언어적 소통에 불가분하게 수반되는 이 모든 요소들을 도식화하자면 다음

조. 프로이트에서 원초적 유혹 장면이란 아이가 최초로 부모나 보호자의 성행위를 목격하는 경험을 뜻한다. ─ 옮긴이

과 같다.

$$
\begin{array}{c}
\text{맥락} \\
\text{전언}
\end{array}
$$

발신자 ·· 수신자

$$
\begin{array}{c}
\text{접촉} \\
\text{약호}
\end{array}
$$

이 여섯 가지 요소는 각기 언어의 다른 기능을 결정한다.[160]

이는 곧 모든 언어 발화의 성격은 본질적으로 이 요소들 가운데 어느 것
이 다른 것들에 비해 강조되느냐에 달려 있다는 말이다. 가령 발신자 자
체에 대한 강조는 '표현적' 혹은 '정서적' 유형의 언어를 낳는 한편, 수신
자에 대한 강조는 일종의 호격이나 명령형(즉 '능동적conative' 기능)으로 볼
수 있다. 맥락에 치중하는 것은 지시적 혹은 외연적 강조를 가져오며,
한편 접촉이나 소통의 경로에 치중하는 경우를 야콥슨은 말리놉스키
Bronisław Malinowski를 따라 '친교적phatic' 표현이라 규정한다("의례적 문구
의 풍성한 교환 … 소통을 이어 가려는 의도로만 점철된 대화 …").[161] 그렇다면 이러
한 설명에 따를 때 언어의 '메타언어적' 기능은 사용된 약호를 강조하는
것으로, 우리가 "발신자 그리고/혹은 수신자가 자신들이 동일한 약호를
사용하는지 확인할 필요가 있을 때마다" 시도해 보는 일종의 '주해' 작업

---

160   Roman Jakobson, "Closing Statement: Linguistic and Poetics", *Style in Language*,
ed., Thomas A. Sebeok (Cambridge, Massachusetts, 1960), p. 353.

161   *Ibid.*, p. 356. 말리놉스키(1884-1942)는 폴란드 태생의 영국 인류학자로 인류학에서 언어학적 접
근을 중시하였는데, 그러는 가운데 의례적으로 날씨나 건강에 대해 말을 주고받는 "친교적 교감"
의 개념을 도입하기도 했다. ― 옮긴이

이 될 것이다. 한편 "전언 자체에의 조준Einstellung, 전언을 위한 전언에 초점 맞추기는 언어의 시적 기능이다."[162]

언어행위나 대상에 대한 이러한 포괄적이고 구조적인 관점은 여태껏 우리가 서사의 자기참조성이라고 불러 온 것(예컨대 서사의 궁극적 내용을 언어라 보고 바로 언어의 각도에서 서사를 해석하는 것)을 이제 모든 문학의 정태적이고 불변적인 속성으로 보기보다 역사적이고 상황적인 각도에서 바라볼 수 있게 해 준다. 물론 야콥슨은 전언 요소 '조준'이 시 그 자체의 특징을 제대로 말해 준다고 보지만, 아마도 이는 역사적 주장이기보다는 일종의 방향지시등인 면이 더 클 것이다. 그런데 서사 분석과 관련해서는, 자기참조성의 현상을 역사적 맥락에서 이해하는 것, 달리 말해 이런 해석의 기반을 일정한 역사적 조건의 논리에 두는 것이 이제 모든 구조적 분석의 과제가 된다. 내 생각에는, 이것이 이루어진다면, 형식이 내용이 되는 이러한 지각변동이 비교적 최근에 문학과 언어학에서 나타난 현상이지만 현대에는 어떤 면에서 절대적인 것이 되어 버린 현상임이 자연히 드러날 것이다. 따라서 심지어 더 오래되고 더 전통적인 형태의 내용을 자임하는 지금 이 시대의 작품들조차도 뭔가 무의식적으로 자기참조성에 지배당하는 모습을 밝혀낼 수 있겠다. 지금 떠오르는 것은 예컨대 심농Georges Simenon[163]의 소설들인데, 이것들은 그 참조적 측면(심농의 '심리학', 그가 보여 주는 '인간 심성에 대한 지식')에서나 일견 무한반복이 가능할 것 같은 그 플롯 구조의 정연함에서나, 비현대적이라고 여겨져 왔

---

162   *Ibid.*, p. 357.

163   심농(1903~1989)은 벨기에 작가로, 메그레 반장을 주인공으로 하는 추리소설 시리즈인 '메그레 시리즈'가 대표작이다. ─ 옮긴이

다. 잘 알려진 공식대로 메그레 반장은 일정한 성격적 혹은 심리적 이상 사례에 마주하게 된다. 그러나 중요한 것은 그가 결국 범죄를 합리적 추론이나 귀납적 발견보다는 상상력의 도약을 통해서 해결한다는 점이니, 메그레의 결론은 해결해야 할 범죄를 저지르는 문제의 인물을 그가 시각화할 수 있느냐 없느냐 하는 사실에 기반한다. 따라서 메그레Maigret는 자기 앞의 인물을 이러저러한 행위들을 할 수 있는 인물로 상상하거나 아니 실로 다시 창조해 내야 한다. 이는 곧 용의자 앞의 메그레가 마치 자신의 등장인물들 앞의 소설가 자신과 같다는 말이 아니겠는가? 따라서 메그레의 '해결' —또 한 편의 소설을 끝마칠 수 있게 만드는— 은 사실상, 심농이 주요 등장인물 —범인이나 용의자— 을 떠올리면서 처음으로 새 책을 구상했던 그 최초의 영감의 복제일 뿐이다. 이는 메그레가 본질적으로 심농 자신이라는 것을 넘어서는 말이자 그것과는 다른 말이다. 즉 이 작품의 구성 자체가 작품을 창작하는 순간의 작가의 무의식적 자화상, 실체를 향해 그리고 어떤 진정한 지시대상을 향해 나아가다가 오히려 모르는 사이에 거울에 부딪히고 만 그 충동의 일종의 특이한 구조적 굴절이라는 말이다. 따라서 심농 소설의 본질적 내용은 소설을 쓰는 행위라고, 그러나 이 내용 자체가 탐정소설 형식으로 말미암아 은폐되며 '글쓰기' 자체를 '상상력'과 '심리학적 통찰'이라는 개념들로 대체함으로써 위장된다고 말할 수 있겠다.

형식에서 내용에로의 이러한 미끄러짐이 구조주의 자체에서 모습을 드러내는 것일 때는, 이런 일이 어떻게 일어날 수 있는지 이해하기 어렵지 않다. 양의성은 언어라는 관념 자체에 들어 있으니, 이 관념은 한편으로 발화의 추상적 구조와 다른 한편으로 실제로 하는 말의 구체적인 사회적 관계 둘 모두를 가리킨다. 이 중 한 의미에서 다른 의미로 슬며시 옮겨 가는 현상은 아마도 라캉의 정신분석학에서 가장 뚜렷이 드러날 텐데, 여기에서 분석가는 상징계(달리 말해 몰개성적인 순수한 언어체계 자체)라는 관념에서 출발하는데, 그리고는 언어회로 상황의 온갖 구체적 내용을 나와 타자the Other의 관계로서 이 관념 속으로 은밀히 다시 끌어들인다. 따라서 이런 해석의 진짜 내용은 결국 언어 분석에서가 아니라 인간과 인간 사이의 관계에서 나오는 것임을 알 수 있다. 또한 언어 특유의 구조란 다름 아닌 거기 내장된 타자와의 관계("'나'와 '당신' 즉 언술의 방출자와 수용자가 항상 함께 등장한다는 기호학적 법칙"[164])에 있지 않냐고 항변해 봤자 별 소용이 없다. 모든 발화행위가 인간관계라는 말은, 하나의 명제로서, 모든 인간관계가 발화행위라는 주장과 같지 않기 때문이다.

7장

"글쎄, 아무것도 안 보이는데요"라고 나는 말하곤 했다. 그러면 그는 "한 번만 더 해 봐"라고 말하곤 했고, 그래서 나는 다시 눈을 현미경에 댔지만 역시 아무것도 안 보였다. 이따금 뭔가 우유 같은 희뿌연 물체가 보일 때도 있었지만, 초점이 안 맞아서 생긴 현상이었다. 원래는 윤곽이 선명한 식물세포들의 생생하고 규칙적인 끊임없는 움직임이

---

164   Todorov, *Littérature et signification*, p. 89.

보여야 했다. "우유 같은 게 많이 보이는데요"라고 나는 그에게 말하곤 했다. 그러면 그는 그것은 내가 현미경을 제대로 조작하지 못해서 생긴 일이라면서 나를 위해 아니 자신을 위해 그것을 다시 조정하곤 했다. 그리고 나는 다시 들여다보지만 역시 우유만 보였다.

— 제임스 서버, 『나의 삶과 어려운 시절』[165]

1. 인식의 장애를 서술하는 데 있어 특권적 언어를 자주 제공해 온 것은 눈의 이미지인 것 같다. 가령 마르크스와 엥겔스는 여러 차례에 걸쳐 관념론의 미망 —문화와 상부구조 일반의 자율성에 대한 믿음— 을 사실이 눈 망막에 거꾸로 비치는 전도轉倒의 결과로 서술하기도 했다.[166] 관련된 비유를 사용하여 앞서 약술한 현상을 설명하고 싶기도 하다. 즉 역사가 가능한 여러 담론 유형 중 하나일 뿐이라는 관점이 지닌, 자료를 역사적으로 다룰 수 없는 그 맹점, 그리고 형식이 홀연 내용으로 변하고 형식주의가 자신의 방법을 실체화함으로써 구조적으로 부재하는 내용을 채우는, 훨씬 더 징후적인 경향 말이다.

서버에게 일어난 일을 나는 항상 상징적이라고 생각해 왔는데, 그 상징성은 비단 구조주의에 일어나는 일에 그치는 것이 아니다. 그의 말에 따르면, 그는 "라이어널 배리모어Lionel Barrymore[167]처럼 부르르 온몸을

---

165   제임스 서버(James Thurber, 1894-1961)는 미국 작가이자 만화가로, 『나의 삶과 어려운 시절(My Life and Hard Times)』(1933)은 제1차 세계대전 무렵 오하이오주 콜럼버스에서 보낸 자신의 성장기를 다룬 해학적인 자서전이다. — 옮긴이

166   Jameson, Marxism and Form, pp. 369-372 참조.

167   라이어널 배리모어(1878-1954)는 미국의 연극배우이자 영화배우이다. — 옮긴이

떨기 시작한" 격분한 식물학 강사의 손에 숱한 고통과 그만한 학대를 당한 끝에 마침내 문득 "어지럽게 무리 지은 얼룩, 입자, 점들"을 볼 수 있었다. 그러나 그것을 그린 그림이 강사도 학생만큼이나 마음에 들지 않는다. "'그건 네 눈이잖아!' 하고 그는 고함을 쳤다. '렌즈를 눈이 비치게 맞춰 놓은 거야! 네 눈을 그린 거라고!'"[168]

자신의 특정한 상황에 관한 이론이 포함되어 있지 않은 철학, 다루는 대상에 대한 의식과 나란히 어떤 근본적인 자의식이 들어갈 자리가 없는 철학, 알고자 했던 것을 알아 가는 동시에 자신의 앎에 대해서도 뭔가 기본적인 설명을 제공하지 않는 철학은 자기도 모르는 사이에 자기 눈을 그리고 만다는 것은 자명한 공리가 아닌가 한다. 이와 별개의 예시로는, 비트겐슈타인의 언어 게임 이론을 떠올리기만 하면 된다. 이 철학자가 서술하고 있는 것이 절대적인 언어가 아니라 영미 계열 철학자들 특유의 언어 습관에 지나지 않는다는 것이 얼마 지나지 않아 분명해지는데, 이들은 소크라테스의 본보기를 따라 책 없이 작업하면서, 거기서 어떤 실제 용례들이라도 찾아보려고 자신의 머릿속을 마치 낡은 호주머니처럼 꼼꼼히 까뒤집어 본다.

구조주의도 어쨌든 자의식 이론을 갖고 있지 않느냐는 반론이 분명 나올 것이고, 이것이 바로 우리가 지금까지 미뤄 놓았던 메타언어 개념이다. 메타언어란 바로 자의식이 언어의 영역에서 취하는 형태인 것이다. 즉 그것은 자신에 대해 말하는 언어, 그 기의도 하나의 기호체계인 일련의 기호이다. 따라서 이것이야말로 자신이 하나의 과정임에 대한

---

168   James Thurber, *The Thurber Carnival* (New York, 1945), p. 223.

기호학의 자각을 나타내는 매개체이고, 그런 만큼 구조주의 도처에 여러 가지 모습으로 재등장한다(알튀세르의 경우에는 단순한 이데올로기와 대조되는 '이론적 실천'의 형태를 취한다).

그렇지만 나라면 자의식 이론을 발전시키는 것이 구조적으로 불가능한 그런 체계의 자의식이라고 부르는 편을 택할 것이다. 그것은 진정한 자의식의 가장 기본적인 기능을 수행할 수가 없다. 즉 자세를 고쳐 잡고, 실험에서 관찰자의 자리를 감안하고, 다음 구절에서 바르트를 난감하게 만드는 끝없는 퇴행을 끝장내는 일을 하지 못하는 것이다.

> 인간의 지식은 일련의 연속적인 메타언어를 통해서만 세계의 생성에 참여할 수 있는데, 이 메타언어 하나하나는 정해지는 순간 바로 소외된다. 이 변증법은 형식적인 각도에서 다시 표현할 수도 있다. 분석가가 자기 나름의 메타언어로 수사적 기의를 논하는 것은 무한한 유형의 지식체계를 출범(혹은 재개)시키는 것과 마찬가지다. 왜냐하면, 혹시 누군가 (딴사람일 수도 있고 훗날의 자신일 수도 있는데) 그가 쓴 글의 분석에 착수하고 숨은 내용을 밝히고자 한다면, 이 누군가는 또 하나의 새 메타언어에 의지해야 할 텐데, 이 메타언어로 말미암아 이번에는 그가 똑같은 상황에 노출될 것이기 때문이다. 그리고 구조적 분석이 대상언어의 수준으로 떨어져 이제 그것을 설명할 더 복잡한 체계로 흡수될 날이 오고야 말 것이다. 이상과 같은 무한 구축은 그리 복잡하지도 않다. 그것은 연구의 객관성이 일시적이고 뭔가 유예되는 점을 설명해 주며, 그 대상으로 말미암아 진리를 언어와 동일시해야만 하는 처지가 될 때마다, 인간지식의 헤라클레이토스적 성격이라고 할 만한 점을 확인해

준다.[169] 이것이 바로 구조주의가 이해하고자, 다시 말해, 언표하고자 하는 그 필연성이다. 즉 기호학자는 자신이 세계를 명명하고 이해해 온 바로 그 용어들로 미래의 자신의 죽음을 표현하는 사람이다.[170]

이렇게 공시적 확실성은 상대론적 역사주의의 비감悲感으로 화해 버린다. 이럴 수밖에 없는 것이, 모델 이론이 자신의 성립 토대가 된 전제 자체를 버리지 않고서는 스스로를 모델로 인식할 수가 없기 때문이다.

메타언어 개념의 바로 이 특이한 퇴행 구조가 특히 구조주의자들의 문체적 특징을 설명해 준다. 각자 방식은 달라도 그들은 모두 자신이, 결코 주어진 소여가 아니며 궁극적으로 언어 자체와 하나인 모종의 더 기본적인 대상언어에 대해 논평을 개진하고 있다고 생각한다. 바르트가 『S/Z』에서 논평 형식을 채택한 것, 그리고 언어를 다른 철학자들의 언어에 대한 (그리고 사실상 언어에 대한 그들의 생각에 대한) 주석 이상의 것으로 사용하는 데 대한, 체계적인 동시에 앞에서 보았듯 철학적인 동기도 결부된 데리다의 저항감[171]은 모든 구조주의적 사고에 공통된 주해적이고 이차적인 구조의 가장 극단적인 예일 뿐이다. 여기서 수학공식화에 대한, 그래프와 시각적 도식에 대한 열정도 나오는 것이니, 이들은 논평의 언어로는 영원히 닿을 수 없는, 그리고 다름 아닌 《언어》 그 자체인, 어

---

169   그리스 철학자 헤라클레이토스(Heracleitos, 530~470 B.C.)의 만물은 유전하며 모든 것은 그 대립물로 바뀐다는 사상에 대한 언급으로 보인다. ― 옮긴이

170   Barthes, *Système de la mode*, p. 293. 강조는 제임슨.

171   따라서 데리다가 "La Différance", *Tel Quel: Théorie d'ensemble*에서 보여 준 자신의 '체계'에 대한 유일한 직접적 설명은 스스로에 대한 일종의 논평 형식을 취한다.

떤 궁극의 대상언어를 의미하도록 고안된 구조주의의 상형문자이다. 여기서 그들의 문체도 나온다. 소수한테만 통하든 무색이든, 레비스트로스의 고품격 문체와 고전의 혼성모방이든 바르트의 꺼끌꺼끌한 신조어든, 라캉의 자의식적이고 지나치게 정교한 유인의 언사든, 알튀세르의 단호하고 강압적인 어투든 — 이 모든 문체에는 자신으로부터의 일종의 거리가, 문체 차원의 불행의식이라 부르고 싶어지는 무언가가 있다. 그들의 체계의 틀로는 헤겔의 언어와 같은 일차적 언어의 고요한 밀도를 절대 따라갈 수 없다. 또한 (구조주의자이자 어떤 한 특정 분야의 전문가인) 구조주의자들의 직업적 이중성은 이 애초의 문체적·존재론적 분산을 반영할 뿐이다.

2. 이런 인식론적 불확실성의 직접적 결과는 이론적이 아니라 실천적이다. 구조주의 연구 대부분의 특징인바 순전히 실증적인 틀, 미셸 푸코가 가장 드러내 놓고 대변하는 틀도[172] 바로 여기서 비롯된 것 같다. 이런 상황에서는 다른 경우 구조주의가 기획하는 듯 보였던 저 방대한 구체의 과학 안에 기성 전문분야들을 녹여 낼 수가 없다. 그 대신 이것들은 불편한 경쟁상태로 공존하는데, 자기가 보기에는 순전히 인류학적인 진술에 철학적 비평이 가해질 때 레비스트로스 같은 사람이 느끼는, 혹은 언어학이라는 별개 분야의 전문적인 작업을 아무 상관없어 보이는 정신분석학이나 정치학의 영역으로 외삽外揷하는 것을 지켜보며 그레마스 같은 사람이 느끼는 격분도 이것으로 설명된다.

---

172   특히 그의 *Archéologie du savoir* (Paris, 1969)를 보라.

좀 더 일반적으로 볼 때, 주목할 만한 점은 이러한 논제들이 떠오르고 공개적으로 제기되고 자체적으로 해결되지 못하게 막는 것이 바로 주어진 텍스트에 대한 면밀하고도 신중히 한정된 작업이라는 사실이다. 이런 연구의 형식 자체가 우리가 이 책에서 강조한 바 있는 이론적 이율배반의 문제를 무한정 지연시키거나 심지어 망각해 버린다. 이율배반은 개별 텍스트를 분석하는 동안은 다룰 필요가 없고, 한 텍스트와 다른 텍스트의 관계, 나아가 한 분석 형식과 다른 분석 형식의 관계를 검토할 때만 문제로 떠오르기 때문이다. 이것이 고전적인 영국 학파든 니체든 (그를 근본적으로 반反혜겔적·반변증법적인 사상가로 보는 질 들뢰즈Gilles Deleuze의 해석을 따르자면), 아니면 현대의 논리실증주의든, 경험론 일반의 기본적인 추동력이자 동기이다. 즉 변증법적 의미에서의 구체적인 것을 개별적인 것, 특정한 것으로 대체하고, 각각의 자료를 고립시켜 그것과 전체의 관계를 다룰 필요를 아예 없애는 것이다. 전체는 결코 시야에 들어오지 않으니 말이다. 이런 접근법의 실질적 이점은 주어진 분야에서의 작업은 가능케 하면서 그 기본적인 철학적 전제들의 한층 성가시고 일면 형이상학적인 문제들은 유예시킬 수 있다는 점이다. 하지만 그 이데올로기적 효과는 전문적인 지적 분야가 그것의 기반이 될 수밖에 없는 구체적인 사회적·역사적 조건으로 결국 돌아가는 것을 막는 데 있다. 그래서 처음에는 오그던과 리처즈 같은 사상가의 경험주의적 절차와 구별되는 변증법적 기제를 지닌 듯 보였던 학파가 그 실천에서 필경은 그 비슷한 철학적 비판을 받아 마땅한 지경이 되는 것이다.

3. 우리가 기호이론에서 지시대상의 지위를 밝히려고 할 때도 동일

한 존재론적 분산, 동일한 불연속적·경험적 단편화가 여실히 감지되니, 기호이론은 지시대상의 존재를 인정하면서도 동시에 괄호쳐 버린다. 이 문제는 우리가 상부구조와 하부구조의 관계와 같은, 마르크스주의가 다루어야 할 종류의 쟁점들을 제기할 때 특히 핵심적인 문제가 된다. 그렇다면 이제 사회적 삶에서 언어의 위치라는 문제, 마르 논쟁Marr controversy'이 진행되는 동안 뜨겁게 논의되다가 스탈린("한마디로, 언어는 토대라 할 수도 상부구조라 할 수도 없다")에 의해 해결이 아닌 청산을 맞이했던 문제를 다루어야 하는가?[173] 그러나 지금의 맥락에서는 이 문제 자체를 거부해야만 한다. 이 문제가 《언어Language》의 실체화에 해당하는 한 그렇다. 존재하는 것은 오직 개개 언어들 및 언어체계들뿐이다. 더 정확하게 말하면 우리를 둘러싼 세계에 경험적으로 이미 존재하고 있으며 역사적 총체의 다른 구성인자들과 지극히 다채로운 관계를 맺고 있는 개개의 언어적 대상 및 언어행위, 다양한 유형의 기호뿐이다. 그러나 《언어》라는 (혹은 《의미Meaning》라는) 개념 자체를 이렇게 거부하는 것은 구조주의 연구의 출발점과 근본적 전제들부터 거부하는 것과 마찬가지 아닌가?

가장 비중 있는 구조주의 이론가들이 그랬듯, 지시대상은 새 기호체계의 형태로 항상 언어로 다시 흡수되기 때문에 지시대상의 문제란 성립될 수 없다고 말하는 것은 이 문제를 제쳐 둘 뿐, 문제는 고스란히 남

---

[173] Joseph Stalin, *Marxism and Linguistics* (New York, 1951), pp. 33–34. '마르 논쟁'은 1920–1930년대 소련에서 있었던 언어학 및 이데올로기 논쟁으로, 야페테제어(Japhetic languages)가 모든 언어의 기원이라는 언어학자 마르(Nikolai Marr, 1865–1934)의 민족주의적 언어관을 소비에트 당국이 채택하면서 논쟁이 일어났으나 이후 1950년 스탈린의 기고로 종식되었다. — 옮긴이

게 된다. 물론 하부구조도 그 자체로 하나의 기호체계 내지 그런 체계들의 복합체라는 점은 얼마든지 인정할 의향이 있다. 그럼에도 아직 규명해야 할 것은 그런 체계들과 마르크스주의가 상부구조를 형성한다고 보는 저 한층 명백히 언어적인 체계들이 갖는 관계의 정확한 성격이다. 여기에는 공시성과 통시성 둘 다가 걸려 있으니, 그것은 '일시에' 둘 이상의 체계를 조정하는 문제일 뿐 아니라, 별도이면서 동시적으로 각각에서 일어나는 변화들을 조정하는 문제이기도 하기 때문이다.

단순히 이론적인 문제만이 아니라 실제 연구의 형태와 방향과도 매우 직접적인 상관이 있는 이 문제를 해결하려는 시도에서, 구조주의는 두 가지의 좀 다른 전략을 발전시켜 온 것 같다. 그중 더 만족스러운 편인 첫 번째 해법은 나한테는 하부구조나 사회적 결정요소들을 하나의 상황으로 파악하는 사르트르의 발상을 상기시키는데, 문화 차원의 사건들은 상황에 대한 일종의 반작용 내지 반응이 된다. 신화나 원시예술을 실재하는 사회적 모순의 상상적 해소로 보는 레비스트로스의 발상도 이런 것이다. 그리고 다른 곳에서도 지적했듯, 내가 보기에 실질적으로 이런 설명은 계급투쟁이나 경제발전의 국면에서 이데올로기적 대상이 하는 기능을 밝혀내고자 한다는 점에서 마르크스주의와 완벽히 일치하는 것 같다.[174] 사고와 이론이 문제틀 자체라는 한층 근본적인 차원에서 일어나는 변동과 재구조화에 따라 재조정된다고 보는 알튀세르의 해법도 레비스트로스의 이런 견해와 일치하는 것처럼 보일 수도 있다. 그러나 그의 해법에는, 용인할 만한 작업용 해법이라 해도 이론적으로는 완

---

174   Jameson, *Marxism and Form*, pp. 375-384 참조.

전히 만족스럽지는 못하다는 것을 보여 준다는 미덕이 있다. 그 말하는 방식 자체가 우리를 문제틀의 변화와 '실제세계'의 변화의 관계라는 미해결 문제에 정면으로 다시 마주하게 만들기 때문이다. 이 문제는 레비스트로스도 제대로 해결하지 못한다는 것은, 그가 말하는 모순이란 이율배반, 즉 인간정신이 풀어야 할 딜레마라고 부르는 편이 더 적절하다는 점을 생각하면 알 수 있을 것이다. 어쨌든 사회적 삶의 뭔가 더 기본적인 모순을 '반사reflect'하는 것은 이 이율배반이다. 따라서 이러한 '반사reflexion' 내지 관계의 성격이라는 이론적 문제는, 분석적 실천의 결과와 상관없이, 여전히 열린 문제로 남는다.

그렇지만 구조주의자가 이 문제를 다룰 때 사용해 온 가장 흔한 전략은 단연코 상동相同, homology 혹은 동형同形, isomorphism의 개념이다. 상동이라는 용어는 뤼시앵 골드만이 유행시켰는데, 그의 작업은 딱히 현재 의미에서 구조주의적이라고는 할 수 없지만, 한 가지 현상의 다양한 '차원'들 사이의, 예컨대 라신의 비극과 포르루아얄Port-Royal 수녀원[175]의 이데올로기 사이의, 19세기 장편소설 형식과 시장체제 구조 사이의, 구조적 병치관계를 입증하는 데 이 전략적 기법을 제안한 바 있다. 내가 보기에 구조적 차원들의 상호관계에 대한 이러한 정태적 관점은 —더 뛰어난 방법론적·분석적인 엄밀성에도 불구하고— 이폴리트 텐Hippolyte Taine이나 슈펭글러Oswald Spengler[176]의 저작에서 환기된 종

---

175 포르루아얄 수녀원은 엄격한 규율과 금욕을 강조하는 가톨릭 교파 얀센주의(Jensenism)의 본산으로 라신의 비극의 인물과 갈등이 이 이데올로기와 병치된다는 것이 골드만의 주장이다. — 옮긴이

176 이폴리트 텐(1828-1893)은 프랑스의 문예비평가로, 문학은 작가가 처한 시대의 '총체적 시대양식'을 나타낸다고 본다. 슈펭글러(1880-1936)는 독일의 역사가로, 『서구의 몰락(The Decline of the

류의 총체적 시대양식과 본질적으로 다르지 않다. 그리고 주어진 시대에 대한 탐사를 시작할 때마다 뭔가 그런 식으로 그 사유구조들의 특수성을 찾아내려 들고, 그 사유구조들과 그 시대의 사회적·경제적 현실에 존재하는 역시 특수한 다른 구조들 사이의 독특한 관계를 정확히 인식하려고 시도한다는 것은 분명하다.

그런데 이 여러 차원의 구조들이 '동일'하다는 추상적인 확언으로는 분명 아무것도 이루어지지 않는다. 사실 실천에서 보자면, 이미 언어적인 성격을 지니고 있는 문화적 대상으로부터 언어구조를 추출해 내는 것이 경제 영역으로부터 추출해 내는 것보다 훨씬 쉽다. 그러한 상동성은 많은 경우 결국 문화적 대상을 성급하게 경제 영역에 투사한 데 지나지 않으며, 따라서 이에 이어지는 둘 사이의 '동일성'은 그다지 놀라운 것은 아니다. 이렇지 않은 경우에도, 이 동일성이 구체적 현실이 아니라 거기서 파생된 개념적 추상들에만 해당될 위험은 남는다. 이런 입론이 지식인들에게 머리만 좀 잘 쓰면 역사적 현실의 분석을 머릿속에서 지어낼 수도 있겠다는 믿음을 부추기는 한, 그것은 의식을 하부구조적 맥락과 사회적 토대 자체의 저항으로부터 유리시킴으로써 그들의 직업적 관념론을 더 강화시킬 뿐이다. 따라서 하나의 방법으로 상동 찾기는 이론적으로는 물론이고 이데올로기적으로도 비판을 면하기 어렵다.

4. 인식론의 관점에서 보자면, 구조주의가 의식적·무의식적으로 갇혀 있었던 곳은 오히려 칸트의 비판철학의 딜레마라는 주장이 있어 왔

West)』에서 문명은 유기체로 발생·성장·노쇠·사멸의 과정을 밟는다고 주장한다. — 옮긴이

다.[177] 우리의 검토를 마무리해 가는 이 시점에서는, 철학적 전통의 이런 무의식적인 요약반복에도 나름의 이점이 아주 없지는 않은 듯하다. 우리는 어떤 의미에서는 이 이야기의 속편을 알고 있고, 역사적으로 맥락화하는 변증법적인 사고가 정태적으로 기술된 칸트의 정신적 범주들을 논리나 과정의 전개의 역사적 계기들로 바꿀 수 있었다는 것을, 그리고 이 새로운 시각에서는, 여태껏 불가지였던 '물자체'가 경험 자체를 구성하는 주체와 객체의 관계복합체 중 한 가지의 일정한 절합에 불과하다는 것이 불현듯 드러난다는 것을 잘 알고 있기 때문이다. 루카치도 기존의 정태적인 논리적 범주들이 헤겔 변증법에 의해 변형되는 양상을 바로 이런 식으로 설명한 바 있다.

> 가장 추상적인 범주들의 의미능력이 이들을 그 운동과 상호관계 속에서 보여 주는 수단을 제공한다는 점, 이런 의미에서 형식논리의 '내용결여'란 그것에 내재된 의미능력의 극단적 사례일 뿐이라는 점, 또 바로 그런 까닭에 객관적 현실의, 그리고 인간의 주관적 인지의 다양한 문제들이 [어떤 새로운 ─제임슨] 변증법적 논리의 대상이 된다는 점을 이해했다는 것 … 이런 성취는 오로지 헤겔뿐이었다.[178]

물론 이 같은 철학적 재전환은 그야말로 엄청난 변증법적 기어 변경으로밖에 달리 생각할 길이 없는데, 그냥 한마디 제안만 하는 것으로는 아

---

177   리쾨르(Paul Ricoeur, 1913-2005)의 표현으로는 "선험적 주체를 뺀 칸트주의"이다[Paul Ricoeur, *Le Conflit des interprétations* (Paris, 1969), p. 55].

178   Georg Lukács, *Der Junge Hegel* (Berlin, 1954), p. 508.

무런 실질적 내용이 없는 순전히 형식적인 제안밖에 안 될 것이다.

그레마스가 의미론이나 기호론semiology보다는 기호학semiotics으로 여기게 된 그 학문[179]이 마주한 과제에 대한 그의 최근 성찰이 우리의 관심을 끄는 것도 이 때문이다. 이런 학문이 그 목적을 다름 아닌 의미의 생산에 두는 한, 앞에서 우리가 여러 차례 강조할 기회가 있었던바, 결국은 기표에서 기의로의, 언어학적 대상에서 메타언어로의 그 무한한 퇴행이라는 문제를 감당하고 해결해야만 한다. 하지만 이는 이제 의미의 성격에 대한 이해 자체에 이러한 무한한 퇴행을 포함시킴으로써 이루어진다. "의미작용은 따라서 언어의 한 차원에서 다른 차원으로의, 한 언어에서 다른 언어로의 전치일 뿐이며, 의미란 다름 아닌 이 약호변환의 가능성이다."[180]

약호변환으로서의 진리, 한 약호에서 다른 약호로의 번역으로서의 진리 ― 나로서는 (그레마스 본인의 유사한 표현을 좇아) 진리효과truth-effect는 바로 이러한 개념 작업을 수반하거나 혹은 이 작업의 결과라고 말하고 싶어진다. 이는 진리에 도달하는 과정에 대한 아마도 완벽하게 적확한 형식적 정의가 될 것이다. 그 진리의 내용에 대해서는 아무런 전제도 하지 않을 것이며, 이런 약호변환 작업 모두가 반드시 똑같은 힘 내지 '타

---

179 일반적으로 'semiology'가 소쉬르에서 기원하는 언어학 분야의 기호이론이라면, 'semiotics'는 미국의 철학자 퍼스(Charles Sanders Peirce, 1839~1914)에서 기원하는 언어와 비언어를 포괄하는 기호 일반을 연구하는 학문인데, 전자가 기호 내적 요소들 간의 관계에 초점을 둔다면, 후자는 기호 안팎의 요소를 다 아우르는 좀 더 유연한 틀을 사용하는 경향이 있다. 이제까지 이 책에서 다뤄진 것은 구조주의와도 연관되는 'semiology'인데, 우리말로는 통상 둘 모두 '기호학'으로 불리니만큼, 우리도 '기호학'이라는 명칭으로 옮겼으며, 'semiotics'와 구분 짓는 이 맥락에서만 '기호론'으로 옮겼음을 밝혀 둔다. ― 옮긴이

180 A. J. Greimas, *Du Sens*, p. 13.

당성'을 지닌 진리효과로 귀결된다는 뜻은 아니겠지만 말이다. 그래도 이런 공식은 구조분석을 구조 자체의 신화, 즉 대상의 어떤 영구적이고 유사공간적인 구성의 신화로부터 해방시킨다는 ─데리다적 의미에서의─ 이점이 있을 것이다. 그것은 '대상'을 괄호치고 분석적 실천을 '오로지' 시간 속에서 이루어지는 작업으로 바라볼 것이다. 따라서 그것은 구조주의적 절차를 진정한 해석학이라고 기술하는 것을 처음으로 가능케 해 줄 것이다. 다만 이때의 해석학은 비록 프랑스에서는 리쾨르Paul Ricoeur가, 독일에서는 가다머Hans-Georg Gadamer[181]가 가미한 신학적 색채와는 거의 무관한 해석학이겠지만 말이다. 사실 여기서 예견되는 해석학은 기존의 약호와 모델 들의 존재를 드러내고 분석자 자신의 자리를 다시 강조함으로써 텍스트와 분석 과정을 다같이 온갖 역사의 바람風 앞에 다시 열어 놓을 것이다. 이와 같은 새로운 방법론적 발전을 불러오는 무슨 바꿀 수 없는 숙명 같은 것이 철학사에서 작동하는 것은 아니다. 그러나 내 생각에는, 오로지 이런 발전이나 이에 준하는 것을 치르고서야 비로소 공시적 분석과 역사의식, 구조와 자의식, 언어와 역사의 일견 통약 불가능한 한 쌍의 요구들의 화해가 가능할 것이다.

---

181 가다머(1900~2002)는 독일의 철학자로 주요 저서는 『진실과 방법(Wahrheit und Methode)』(1960)이 있다. ─ 옮긴이

『언어의 감옥』, 그 현재적 의미

영미비평계에서 문학 및 문화 분야의 이론가 가운데 프레드릭 제임슨Fredric Jameson만큼 광범하고 심원한 영향력을 미친 사람도 드물 것이다. 1934년 미국 오하이오주 태생인 제임슨은 사르트르 연구로 예일대에서 학위를 받고 이후 하버드대, 캘리포니아대, 예일대를 거쳐 현재 듀크대에서 교수로 재직하고 있다. 미국 진보학계를 대표하는 문화이론가인 제임슨의 비평은 마르크스주의 전통을 계승하면서 현 시기의 문화와 사회를 읽어 내는 시각에서 가히 독보적이다. 특히 그의 작업은 전 지구적 자본주의가 형성되어 온 오늘날의 세계질서를 해석하고 그 극복을 모색하는 비평 고유의 과업에 누구보다도 충실하게 대응하고 있는 점에서 주목을 받아 왔다. 2008년 인문사회과학 분야의 노벨상이라고도 불리는 홀베르그상Holberg Prize을 수상한 그는 현재 구순에 가까운 나이에도 불구하고 최근까지 *Allegory and Ideology*(2019), *The Benjamin Files*(2020)를 잇달아 내는 등 여전히 왕성한 저술 활동을 펼치고 있다.

이 책은 그의 초기 저작인 *The Prison-House of Language: A Critical Account of Structuralism and Russian Formalism*(Princeton University Press, 1972)

을 옮긴 것이다. 1961년 예일대 박사학위 논문인 *Sartre: The Origins of a Style*을 출간한 그는 1971년 *Marxism and Form: Twentieth-Century Dialectical Theories of Literature*에 이어 이듬해 이 책을 출간함으로써 영미학계의 주목받는 마르크스주의 비평이론가로 떠올랐다. *Marxism and Form*에서 아도르노, 루카치, 사르트르 등 20세기 초의 진보적 이론 가들을 변증법적 문학이론의 전개라는 관점에서 검토한 그는 이 책에서 당대에 새로운 비평 흐름으로 대두된 구조주의 및 탈구조주의에 집중하여 이를 변증법적 시각에서 해석하고 개관한다. 그리고 그 10년 후 내놓은 그의 또 다른 주저인 *The Political Unconscious: Narrative as a Socially Symbolic Act*(1981)에 이르러 제임슨은 탈구조주의와 정신분석비평을 비롯한 새로운 비평담론과 교섭하면서 문학 및 문화와 사회를 보는 그 자신의 독자적인 이론체계를 좀 더 전면적으로 개진한다. 이 저서에서 제임슨은 문학적 서사를 '사회적으로 상징적인 행위'로 규정하면서 텍스트 내부에 집단무의식처럼 자리 잡고 있는 지배이데올로기와 권력구조의 단초를 식별하고 해석하는 것을 마르크스주의 비평의 과제로 제시한다.

루카치적인 정통 마르크스주의의 전통을 잇고 있는 제임슨의 비평이론이 현재성을 가지는 것은 이처럼 20세기 후반을 넘어서면서 맹위를 떨치게 되는 '소쉬르 이후의Post-Saussurean' 문화이론 방법론들과 대결하고 또 대화하는 가운데 형성되어 왔기 때문이다. 이후 평생에 걸친 제임슨의 이 같은 비평작업을 위한 밑바탕이 된 책이 바로 『언어의 감옥』이라고 할 수 있다. 이 책이 집필되던 1960년대에서 70년대 초에는 전통적인 의미의 구조주의를 대신하여 탈구조주의가 태동하고 부상하기 시작하고 있었다. 탈구조주의의 중심인물인 자크 데리다의 주저라고 할 수 있는 『그라마톨로지De la grammatologie』와 『글쓰기와 차이L'écriture et la différence』가 1967년에 나왔고, 같은 해 『에크리Écrits』가 출간되면서 자크 라캉의 세미나들이 주목을 받던 시기였다. 제임슨은 이 같은 흐름이 근본적으로 소쉬르의 혁신적인 언어 모형에 근거하고 있음에 주목하는 동시에 러시아 형식주의 또한 그와 유사한 언어학적 인식에 근거하고 있음을 통찰한다. 특히 그는 구조주의의 확산과 더불어 새롭게 모습을 드러낸 이 '탈구조주의'의 의미와 그 한계를 마르크스주의적인 관점에서 해석해 낸다. 데리다의 해체론이 그렇듯 탈구조주의는 구조주의로부터의 탈피와 그 극복을 내세우며 등장했지만, 제임슨은 그것이 소쉬르의 언어 모형에 기반한 구조주의의 한 국면이자 '구조주의에 대한 구조주의적 비판'임을 예리하게 밝혀낸다.

러시아 형식주의와 구조주의에 대한 제임슨의 이 같은 관점이 그의 시대의식과 맺어져 있다는 것도 주목할 필요가 있다. 언어가 인간의 삶에서 차지하는 중요성은 말할 나위도 없지만 모든 것이 언어처럼, 더 정확하게는 특정한 언어학의 모형에 따라 구성된다는 발상이 힘을 얻게 된 현상 자체가 현금의 자본주의 발전의 전개에 따른 변화의 추세를 반영한다는 것이 제임슨의 인식이다. 소쉬르적인 언어 모형이 가지는 위력과 그 작동원리를 그것대로 이해하면서 그 한계와 문제성을 드러내는 것은 바로 이 시대 사회구조의 메커니즘을 이해하고 넘어서는 일이기도 하다. 그가 러시아 형식주의와 구조주의를 면밀하게 검토하면서 그 관념성을 짚는 동시에 거기서 진정한 역사 현실과 만날 접점을 찾고 이를 통해 어떤 변증법적 인식의 실마리를 얻고자 하는 것도 이 때문이다. 우리가 언어를 벗어날 수 없다는 점에서 그것은 '감옥'이지만, 그 감옥을

벗어나는 일 또한 언어를 통하지 않고 이룩될 수는 없다. '언어의 감옥'
이라는 이 책의 제목부터가 언어 모형에 갇혀 있는 러시아 형식주의와
구조주의에 대한 비판임은 분명하지만, 그 한계를 제대로 벗어나고 극
복하기 위해서는 그 내부의 논리를 뚫고 나오는 내파內破가 필요하다는
것이다.

모두 3부로 구성되어 있는 이 책은 제1부에서 러시아 형식주의와 프
랑스 구조주의의 이론적 바탕을 이루는 소쉬르의 언어 모형을 정밀하게
검토하고, 여기에 입각하여 제2부 및 3부에서 각각 두 비평 사조를 다룬
다. 소쉬르의 구조주의적 언어관과 이어지는 점에서는 두 비평이론이
마찬가지지만 제임슨이 역점을 두는 것은 역시 구조주의라고 할 수 있
다. 무엇보다도 직접적으로 소쉬르의 언어 모형에 기반하고 있는 것이
구조주의이기도 하거니와, 러시아 형식주의가 비평운동으로서는 일단
락된 데 비해 이 책의 집필 무렵 등장하고 있던 탈구조주의까지 포함한
넓은 의미의 구조주의는 당대 비평이론 가운데 가장 활동적이고 도전적
인 흐름이라고 볼 수 있기 때문이다. 제임슨은 대표적인 구조주의 이론
가들의 핵심 개념이나 주장에 초점을 맞추어 이를 자신의 맥락에서 해
석하고 그 의미를 사는 동시에 그것이 가진 문제점과 한계를 짚는다. 언
어 모형의 '공시적' 체계가 '통시성'과 만나는 지점을 탐색하는 한편으로
구조주의적 관점의 비역사성에 대한 비판은 엄연하다. 소쉬르의 언어
모형이 열어 준 새로운 인식은 그것대로 살피면서도 그것이 어떻게 실
재의 역사와는 유리된 '감옥'이 되는지를 동시에 읽어 내는 것이다.

제임슨이 소쉬르의 언어 모형 및 그와 이어지는 비평담론들과 벌인
이론적 씨름은 집요하면서도 치열한 바가 있다. 이 책이 러시아 형식주

의와 구조주의에 대한 유용한 '개설'의 차원을 넘어서는 이론적 탐구의 힘과 매력을 지니는 것은 그 때문이다. 제임슨은 형식주의와 구조주의의 중심 이론가들의 논점의 핵심을 그야말로 적확하게 파고들면서 그 방법론의 도전에 정면으로 맞선다. 이 두 유형의 비평이론에 대한 해석과 비판을 바탕으로 하면서도 언어 모형에 기초한 공시적 체계 분석을 역사와 현실에 대한 변증법적 이해를 위해 전유하고자 하는 모색 또한 일관된다.

이 책에서 비중 있게 다루어지는 이론가만 하더라도 두 비평이론의 대표적인 이론가들이 거의 망라되다시피 하고 있다. 형식주의 비평이론의 경우 그 중심논자인 시클롭스키에 논의가 집중되고 그 외에는 프로프와 티냐노프 정도가 거론된다. 하지만 구조주의를 다루는 부분에서는 핵심이론가들을 거의 빠트리지 않고 불러내어 그 각자와 심도 있는 논쟁을 벌인다. 여기에는 레비스트로스를 비롯한 그레마스, 토도로프, 푸코 등의 구조주의자가 포함되고 바르트, 라캉, 데리다 등 탈구조주의에 해당하는 이론가들은 물론 구조주의적 마르크스주의자라고 할 수 있는 알튀세르까지 동원된다. 이 길지 않은 책에서 이처럼 많은 이론가들의 중심주장을 압축적으로 정리해 내는 역량도 대단하지만, 단순한 해석이나 비판에 머물지 않고 그 핵심논지를 자신의 변증법적 사유를 통해 재해석하고자 하는 끈질긴 시도는 경이롭다. 그런 특성이 이 책의 해독을 어렵게 하고 번역의 난점을 불러오기도 한다. 그러나 힘겹더라도 그 과정을 따라가는 것 자체가 이 책을 읽는 일을 더욱 의미 있는 지적 경험으로 만들어 준다. 독자로서는 그의 변증법적 사유의 궤적을 추적하면서 실천으로서의 비평을 공부하는 보람을 느낄 수 있다면 금상첨화일 것이다.

　이 책이 발간된 1970년대 초 이후 탈구조주의의 방법론과 문제의식이 문학 및 문화이론과 사회분석 일반에 큰 영향력을 미쳐 왔고, 제임슨 자신도 그 같은 새로운 추세와 더 본격적으로 대면하면서 '탈근대적' 현실을 해독하고자 하는 노력을 이어 왔다. 특히 지구화가 본격화된 1990년대 이후 제임슨은 *Postmodernism, or, the Cultural Logic of Late Capitalism* (1991), *A Singular Modernity: Essay on the Ontology of the Present*(2002), *The Antinomies of Realism*(2013) 등의 역작들을 통해 자본주의 근대성의 단계에 대한 고찰을 예술형식의 문제와 관련하여 사고하는 그 특유의 '변증법적 해석학'을 더욱 발전시켜 왔다. 구조주의 및 탈구조주의에 대한 이해도 이처럼 본격화된 지구화와 더불어 더 깊어지고 세부적인 대목에서는 일정한 변화도 엿보인다. 그럼에도 『언어의 감옥』에서 그가 읽어 낸 소쉬르적 언어 모형이라는 기원과 그 구조주의적 구현의 의미와 본원적 한계에 대한 인식은 그의 작업의 바탕이 되어 왔고, 그것은 지금 이 시기에도 여전히 중요한 통찰로 남아 있다고 해야 할 것이다.

　이제 이 번역이 나온 경위를 밝혀 두는 것으로 후기를 마치고자 한다. 우리 역자들은 영미문학과 문화이론을 공부하면서 현대비평이론의 영역에서 특별한 자리를 차지하는 제임슨의 작업에 주목해 왔다. 그는 탈구조주의나 포스트모더니즘이 대세를 이루는 가운데서도 근대성과 리얼리즘이라는 의제를 견지하면서 현대사회의 구조 및 그 모순을 총체적으로 해석하고자 하는 드문 이론가로 여겨졌다. 우리가 각기 그의 초기 저작들을 번역하게 된 것도 그런 연유에서다. 김영희는 *Marxism and*

*Form*을 『변증법적 문학이론의 전개』(창작과비평사, 1984)라는 제목으로 여
홍상 교수와 함께 번역하였고 윤지관은 *The Prison-House of Language*
를 『언어의 감옥』(까치, 1985)이라는 제목으로 번역하였다. 당시에는 제임
슨이라는 비평가가 국내에 막 알려지기 시작하던 터라 이 두 역서는 그
의 작업을 본격적으로 소개하는 역할도 겸했던 셈이다.

　이후 제임슨이 전지구적 자본주의의 전개에 대응하는 핵심적인 이론
가 중 한 사람으로 부각되면서 2000년대 들어서는 그의 저작들이 잇달
아 번역 출간된다. 2000년에 출간된 『후기 마르크스주의』(한길사, 2000)를
비롯하여 그의 주저라고 할 수 있는 『정치적 무의식』(민음사, 2015), 『단일
한 근대성』(창비, 2020), 『포스트모더니즘, 혹은 후기 자본주의 문화논리』
(문학과지성사, 2022) 등이 여러 역자들의 노고로 국내에 소개되었다. 또 제
임슨의 대화록을 엮은 *Jameson on Jameson: Conversations on Cultural
Marxism*(2007)도 『문화적 맑스주의와 제임슨』(창비, 2014)이라는 제목으로
번역되었다. 그 외에 제임슨과 그의 이론을 소개하는 책도 여럿 나왔다.
첫 출간 당시에는 '맑스주의'라는 용어를 쓰는 것조차 위험시되던 엄혹
한 출판환경 탓에 『변증법적 문학이론의 전개』라는 제목으로 간행되었
던 *Marxism and Form*도 같은 출판사에서 『맑스주의와 형식』(창비, 2014)
이라는 원래의 이름으로 개정본이 나오기도 했다.

　이처럼 제임슨 번역이 활발해졌지만 1985년판 『언어의 감옥』은 절판
되어 시중에서 구할 수 없게 되었던 차에 마침 판권을 확보한 세창출판
사에서 재출간을 제의해 왔고, 이 기회에 이 책을 재번역하여 제대로 된
모습으로 다시 선보이고 싶은 마음이 컸던 윤지관은 공부와 인생의 동
반자인 김영희와 이 책을 공역키로 하고, 출판사로부터 1년의 말미를

받아 번역에 착수하였다. 평소에도 언젠가는 개역판을 내야겠다고 마음먹고 있었을 정도로 과거의 번역에 미흡한 점이 많다는 것은 알고 있었지만, 이 책을 다시 번역하는 과정에서 그것을 더 실감하게 된 역자들은 그야말로 새로운 번역본을 낸다는 각오로 임하게 되었다. 그 과업은 만만치 않았지만 역자 자신들도 구조주의 및 제임슨의 논지를 더 깊이 이해할 계기를 얻은 셈이다. 새로운 번역으로 독자를 만나는 이런 기회를 제공해 준 세창출판사에 감사드린다.

번역은 매번 새로운 번역에 준하는 수차례의 수정 작업을 거쳐 이루어졌다. 우선 윤지관이 기존 역본을 손질한 후 김영희가 그 원고를 토대로 다시 작업하고, 이후 여러 번의 상호 협의 및 검토를 거쳐 최종 원고를 확정하는 과정을 거쳤다. 그 결과 이전본과는 완전히 다른 새로운 번역서를 내게 되었다고 자부한다. 아울러 이전본에는 달지 않았던 역주도 최대한 충실하게 달고자 했고, 주요 용어들도 역자들 사이의 협의를 거쳐 조정하였다. 워낙 많은 이론가들의 논지를 압축적으로 담아내고 있는 터라 그 논의를 곧이곧대로 따라가기가 쉽지 않은 책인 것만은 분명하다. 그렇다 보니 때로는 '가독성'을 고려한 의역을 감수할 수밖에 없었지만 어디까지나 '정확성'을 훼손하지 않는 범위 내에서 그렇게 하고자 노력하였다. 미흡한 점이 있다면 눈 밝은 독자 여러분들의 지적과 가르침을 통해 바로잡을 기회가 오기를 기대할 뿐이다.

2024년 6월
역자 일동

Althusser, Louis. *Lénine et la philosophie*. Paris: Maspéro, 1969.

   Lire le Capital. 2 vols. Paris: Maspéro, 1968.

   Montesquieu. Paris: Presses universitaires de France, 1959.

   Pour Marx. Paris: Maspéro, 1965.

Alonso, Amado. "Prólogo a la edición española," in F. de Saussure, *Curso de lingüística general* (Buenos Aires: Editorial Losada, 1945), pp. 7–30.

Alonso, Damaso. *Poesia española*: *Ensayo de Métodos y Limites Estilisticos*. Madrid: Editorial Gredos, 1962.

Ambrogio, Ignazio. *Formalismo e avanguardia in Russia*. Rome: Editori Reuniti, 1968.

Barthes, Roland. *Critique et vérité*. Paris: Seuil, 1964.

   L'Empire des signes. Geneva: Skira, 1970.

   Essais critiques. Paris: Seuil, 1964.

   Michelet par lui-même. Paris: Seuil, 1965.

   Mythologies. Paris: Seuil, 1957.

   Sade, Fourier, Loyola. Paris: Seuil, 1971.

   Sur Racine. Paris: Seuil, 1963.

   Système de la mode. Paris: Seuil, 1967.

   S/Z. Paris: Seuil, 1971.

Benveniste, Émile. *Problèmes de linguistique générale*. Paris: Gallimard, 1966.

Blanché, Robert. *Les Structures intellectuelles*. Paris: Vrin, 1966.

Brecht, Bertolt. *Schriften zum Theater*. Frankfurt: Suhrkamp, 1957.

Bremond, Claude. "La Logique des possibles narratifs." *Communications*, No. 8 (Spring, 1966), pp. 60-76.

"Le Message narratif." *Communications*, No. 4 (Winter, 1964), pp. 4-32.

Brøndall, Vigo. *Essais de linguistique générale*. Copenhagen: Einar Munksgaard, 1943.

Théorie des prépositions. Copenhagen: Einar Munksgaard, 1950.

Bukharin, Nikolai. "O formalnom metode v isskustve." *Krasnaya Nov*, Vol. III (1925), pp. 248-257.

Chomsky, Noam. *Current Issues in Linguistic Theory*. The Hague: Mouton, 1964.

De Mallac, Guy, and Eberbach, Margaret. *Roland Barthes*. Paris: Editions universitaires, 1971.

De Man, Paul. "Rhetorique de la cécité." *Poétique*, No. 4 (Winter, 1970), pp. 455-475.

Derrida, Jacques. *De la grammatologie*. Paris: Editions de minuit, 1967.

L'Écriture et la différence. Paris: Seuil, 1967.

"La Pharmacie de Platon." *Tel Quel*, No. 32 (Winter, 1968), pp. 3-48; and No. 33 (Spring, 1968), pp. 18-59.

La Voix et le phénomène. Paris: Presses universitaires de France, 1967.

Doroszewski, W. "Quelques remarques sur les rapports de la sociologie et de la linguistique: Durkheim et F. de Saussure." *Journal de psychologie normale et pathologique*, Vol. xxx (1933), pp. 82-91.

Dundes, Alan. *The Morphology of North American Indian Folktales*. FF Communications No. 195. Helsinki: Suomalainen Tiedeakatemia, 1964.

Eco, Umberto. *La Struttura assente*. Milan: Bompiani, 1968.

Ehrmann, Jacques, ed. *Structuralism*. Yale French Studies, Nos. 36-37 (October, 1966).

Eichenbaum, Boris. *Aufsätze zur Theorie und Geschichte der Literatur.* Edited and
    translated by A. Kaempfe. Frankfurt: Suhrkamp, 1965.

    Lermontov. Leningrad, 1924.

    Literatura (Teoria, Kritika, Polemika). Leningrad, 1927.

    O. Henry and the Theory of the Short Story. Translated by I. R. Titunik.
    Ann Arbor: Michigan Slavic Contributions, 1968.

Eisenstein, Sergei. *Film Form and the Film Sense.* New York: Meridian, 1957.

Erlich, Victor. *Russian Formalism.* The Hague: Mouton, 1955.

Faye, Jean-Pierre, and Robel, Léon, eds. "Le Cercle de Prague." *Change*, No. 3
    (Fall, 1969).

Foucault, Michel. *Archéologie du savoir.* Paris: Gallimard, 1969.

    Histoire de la folie. Paris: Plon, 1961.

    Les Mots et les choses. Paris: Gallimard, 1966.

Garvin, Paul, ed. and trans. *A Prague School Reader on Esthetics, Literary
    Structure, and Style.* Washington, D.C.: Washington Linguistics Club,
    1955.

Geyl, Pieter. *Debates with Historians.* London: Batsford, 1955.

Godel, Robert. *Les Sources manuscrites du Cours de linguistique générale de F. De
    Saussure.* Geneva: Droz, 1957.

Greimas, A. J. *Du Sens.* Paris: Seuil, 1970.

    Sémantique structurale. Paris: Larousse, 1966.

Guillén, Claudio. *Literature as System.* Princeton: Princeton University Press,
    1971.

Hayes, E. Nelson, and Hayes, Tanya, editors. *Claude Lévi-Strauss: The
    Anthropologist as Hero.* Cambridge, Massachusetts: MIT Press, 1970.

Hjelmslev, Louis. *Prolegomena to a Theory of Language.* Trans. by F. J.
    Whitfield. Madison: University of Wisconsin Press, 1963.

Ivić, Milka. *Trends in Linguistics.* The Hague: Mouton, 1965.

Jakobson, Roman. "Closing Statement: Linguistics and Poetics," in *Style in Language*, ed. Thomas A. Sebeok (Cambridge, Mass.: MIT Press, 1960), pp. 350–377.

Essais de linguistique générale. Paris: Editions de minuit, 1963.

"Principes de phonologie historique," in Troubetskoy, N. S., *Principes de phonologie* (Paris, 1964), pp. 315–336.

"Une Microscopie du dernier *Spleen* dans les *Fleurs du mal.*" *Tel Quel*, No. 29 (Spring, 1967), pp. 12–24.

"Randbemerkungen zur Prosa des Dichters Pasternak." *Slavische Rundschau*, Vol. VII (1935), pp. 357–374.

"Two Aspects of Language and Two Types of Aphasic Disturbances." In R. Jakobson and M. Halle, *Fundamentals of Language* (The Hague: Mouton, 1956), pp. 55–82.

(with P. Bogatyrev:) "Die Folklore als eine besondere Form des Schaffens." *Selected Writings*, Vol. IV (The Hague: Mouton, 1966), pp. 1–15.

(with C. Lévi-Strauss:) *"Les Chats." L'Homme*, Vol. II, No. 1 (January-April, 1962), pp. 5–21.

Köngäs, Elli-Kaija, and Miranda, Pierre. "Structural Models in Folklore." *Midwest Folklore*, Vol. XII, No. 3 (Fall, 1962), pp. 133–192.

Kristeva, Julia. *Semeiōtikē: Recherches pour une sémanalyse.* Paris: Seuil, 1969.

Kuhn, T. S. *The Structure of Scientific Revolutions.* Chicago: University of Chicago Press, 1962.

Lacan, Jacques. *Écrits.* Paris: Seuil, 1966.

The Language of the Self. Ed. and trans. by A. G. Wilden. Baltimore: Johns Hopkins Press, 1968.

Lane, Michael, ed. *Structuralism: a Reader.* London: Jonathan Cape, 1970.

Lemon, Lee T. and Reis, Marian J., eds. and trans. *Russian Formalist Criticism: Four Essays.* Lincoln: University of Nebraska Press, 1965.

Leroy, Maurice. *Les Grands courants de la linguistique moderne.* Brussels: Presses universitaires de Bruxelles, 1966.

Lévi-Strauss, Claude. *Anthropologie structurale.* Paris: Plon, 1958.

    Le Cru et le cuit. Paris: Plon, 1964.

    Du miel aux cendres. Paris: Plon, 1966.

    "La Geste d'Asdiwal." *Temps modernes*, No. 179 (March, 1961), pp. 1,080–1,123.

    L'Origine des manières de table. Paris: Plon, 1968.

    La Pensée sauvage. Paris: Plon, 1962.

    The Scope of Anthropology. London: Jonathan Cape, 1967.

    "La Structure et la Forme." *Cahiers de l'institut de science économique appliquée*, No. 99 (March, 1960), pp. 3–36.

    Les Structures élémentaires de la parenté. Paris: Presses universitaires de France, 1949.

    Le Totémisme aujourd'hui. Paris: Presses universitaires de France, 1962.

    Tristes tropiques. Paris: Plon, 1955.

Lotman, Iurii M. *Lektsii po Struktural'noi Poetike.* Providence, R.I.: Brown University Press, 1968.

    Struktura khudozhestvennogo teksta. Providence, R.I.: Brown University Press, 1971.

Marin, Louis. *Sémiotique de la Passion.* Paris: Bibiliothéque de Sciences Religieuses, 1971.

Matejka, Ladislav, and Pomorska, Krystyna, editors. *Readings in Russian Poetics: Formalist and Structuralist Views.* Cambridge, Massachusetts: M.I.T. Press, 1971.

Merleau-Ponty, Maurice. *Signes.* Paris: Gallimard, 1960.

Ogden, C. K., and Richards, I. A. *The Meaning of Meaning.* London: Routledge and Kegan Paul, 1960.

Ong, Walter J. *The Presence of the Word*. New Haven: Yale University Press, 1967.

Oulanoff, Hongor. *The Serapion Brothers*. The Hague: Mouton, 1966.

Pomorska, Krystyna. *Russian Formalist Theory and its Poetic Ambiance*. The Hague: Mouton, 1968.

> *Problèmes du structuralisme. Les Temps modernes*, No. 246 (November, 1966).

Propp, Vladimir. *The Morphology of the Folk Tale*. Trans. by Lawrence Scott. Austin: University of Texas Press, 1968.

Qu'est-ce que le structuralisme? Paris: Seuil, 1968.

Ricoeur, Paul. *Le Conflit des interprétations*. Paris: Seuil, 1969.

Rifflet-Lemaire, Anika. *Jacques Lacan*. Brussels: Charles Dessart, 1970.

Saussure, Ferdinand de. *Cours de linguistique générale*. Paris: Presses universitaires de France, 1965.

> *Edition critique du Cours*. Edited by Rudolf Engler. 3 vols. Wiesbaden: Harrassowitz, 1967.

Scholes, Robert. *Structuralism in Literature*. New Haven: Yale University Press, 1974.

Sebag, Lucien, *Marxisme et structuralisme*. Paris: Payot, 1964.

Sheldon, Richard. *Viktor Borisovič Shklovsky: Literary Theory and Practice* 1914-1930. Ann Arbor: University Microfilms, 1966.

Shklovsky, Viktor. *Erinnerungen an Majakovskij*. Trans. by R. Reimar. Frankfurt: Insel, 1966.

> *O teorii prozy*. Moscow, 1929.

> *Schriften zum Film*. Trans. by A. Kaempfe. Frankfurt: Suhrkamp, 1966.

> *A Sentimental Journey*. Trans. by Richard Sheldon, Ithaca: Cornell University Press, 1970.

> *Theorie der Prosa*. Trans. by Gisela Drohla. Frankfurt: Fischer, 1966.

Sollers, Philippe. *Logiques*, Paris: Seuil, 1968.

Stalin, Joseph. *Marxism and Linguistics*. New York: International, 1951.

Tel Quel: Théorie d'ensemble. Paris: Seuil, 1968.

Todorov, Tzvetan. *Grammaire du Décaméron*. The Hague: Mouton, 1969.

    Introduction à la littérature fantastique. Paris: Seuil, 1969.

    Littérature et signification. Paris: Larousse, 1967.

    Poétique de la prose. Paris: Seuil, 1971

    (editor and translator:) *Théorie de la littérature*. Paris; Seuil, 1965.

Tomashevsky, Boris. "La Nouvelle école d'histoire littéraire en Russie." *Revue des études slaves*, Vol. VIII (1928), pp. 226-240.

Trier, Jost. *Der deutsche Wortschatz im Sinnbezirk des Verstandes*. Heidelberg: Winter, 1931

Trotsky, Leon. *Literature and Revolution*. New York: Russell and Russell, 1957.

Troubetskoy, N. S. *Principes de phonologie*. Paris: Klincksieck, 1964.

Tynyanov, Yury. *Arkhaisty i novatory*. Leningrad, 1929.

    Die literarischen Kunstmittel und die Evolution in der Literatur. Ed. and trans. by A. Kaempfe. Frankfurt: Suhrkamp, 1967.

    Problema stikhvortnogo yazyka. Leningrad, 1924.

Uitti, Karl D. *Linguistics and Literary Theory*. Englewood Cliffs, N.J.: Prentice-Hall, 1969.

찾아보기